渋谷駅周辺概略図

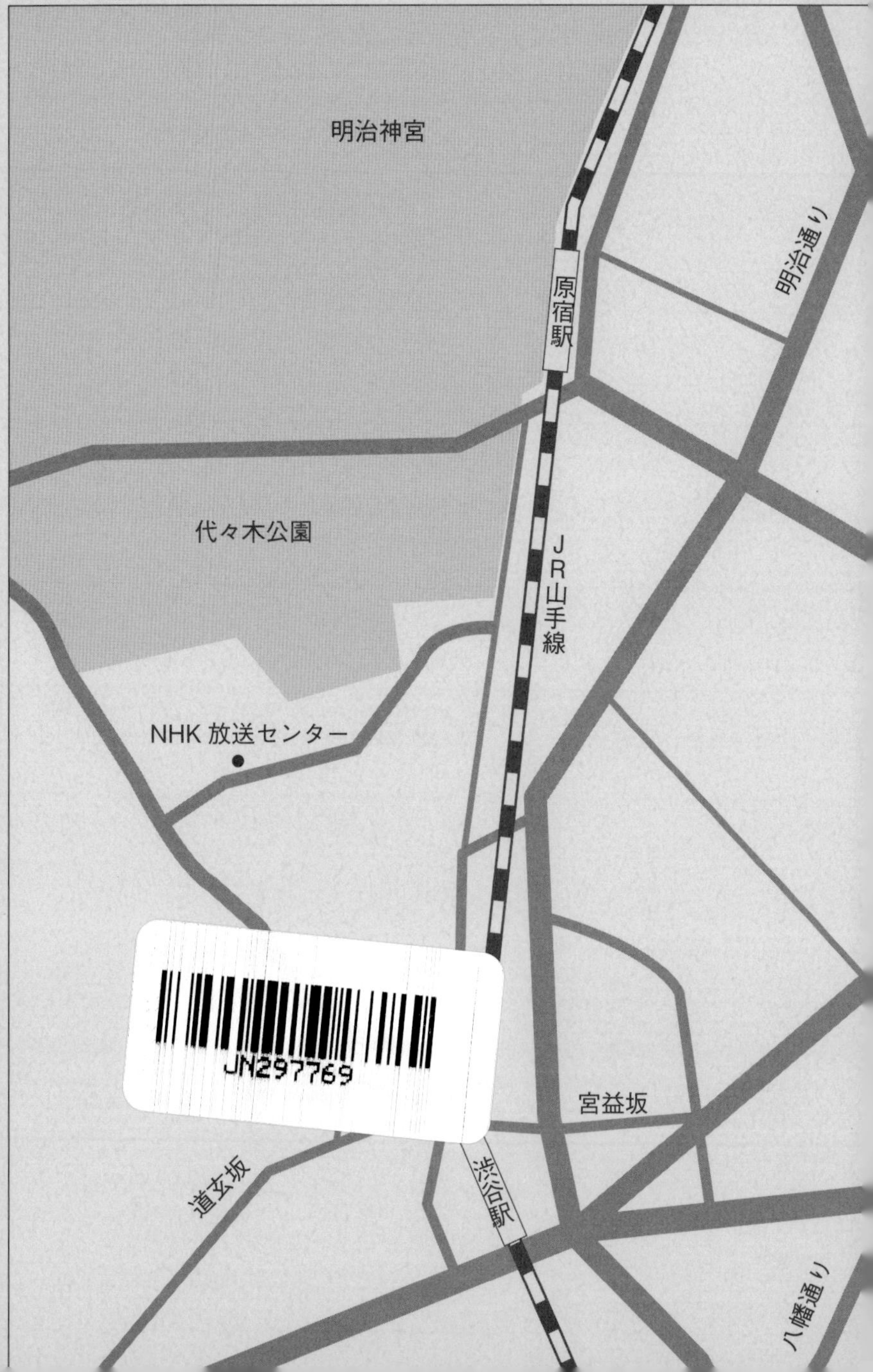

木枯らしの舞

Kogarashi no Mai

悟 謙次郎 *Kenjiro Satori*

共栄書房

木枯らしの舞◆目次

省線電車山手線渋谷駅改札口付近で、主人の帰りを待つ「忠犬ハチ公」の姿をよく見掛けたという大正生まれの先輩方の、学生時代の話を幾度か耳にしたことがある。戦前の修身の教科書にでも出てくるような心温まる話であると、聞き入ったものだ。

この「木枯らしの舞」という物語は、そこまで古い話ではないが、戦後の焼け跡から二十年を経た頃の渋谷駅界隈には（忠犬ハチ公はすでに銅像となっていたが）、東急百貨店本店も西武百貨店もパルコもハンズも１０９もＮＨＫホールもまだなかった。

戦後、ワシントンハイツと呼ばれ、進駐軍が居留地として占有していた代々木練兵場跡地が返還され、スポーツ施設や選手村など代々木公園としてその姿を変え、一九六四年、東京オリンピックを迎えるのである。それまで東急電鉄の城下町と言われてきた渋谷が、若者の街として、新しい時代を歩み始めた頃の話である。

1　提灯行列の夜

　一九六六年十一月三日昼下がり、渋谷駅東口、東急文化会館前広場の停車場を出発した神田須田町行きの都営路面電車が尻を振り振り、とろとろと宮益坂を登っていく。仁丹塔の屋上から髭のビスマルク（?）が街を見下ろす宮益坂上五差路の交差点で坂を登りきり、一つ目の停車場、「青山車庫前」で、大勢の乗客が降りる。この日、「マウント（Ｍｔ）大学」の学園祭が最終日を迎え、好天にも恵まれ、都内の大学生、高校生がワンサとつめかけ賑わっている。

　今、都電から降りた乗客の中にＭｔ大学法学部私法学科二年生、山本純子と文学部英米文学科二年生、高山美紀がいる。二人は、今夕の学園祭後夜祭の提灯《ちょうちん》行列に荒木信一教授のアドバイザーグループ（通称「荒木アドグル」）の一員として参加するため、この時刻に青山キャンパスにやって来たのである。

　初めにＭｔ大学のアドバイザーグループ（アドグル）と呼ばれる制度を簡単に説明しておこう。後述するこの制度の因って起つ立派な目的はあるのだが、建前はさておき、このアドバイザーグループの役割は、学生間相互の友情を育み、広く全学的に交際相手を詮索しあう学内制度なのである。言うまでもなく、年頃の男女が、このグループ活動の中でお互いを知り、悩みを相談し助け合い、結果的にカップルとして結ばれることも少なくない。

しかし学問の府、大学教育の一つの制度である以上、その趣旨・目的はそう露骨ではない。この制度はＭｔ大学に在籍する全学部の学生が、全学部の教授、助教授、専任講師の中から、入学時に配布される各教師のアドバイザーグループ活動方針等の解説書を手がかりに任意に一人の教師を選択し、その選択した教師を中心に結成される学生達の懇親グループである。学部の垣根を越えた学生間の交流、親睦を図る上でお互いの考えを語り合い、人の和を育むきっかけとなるような役割を持たせようとするもので、中には日本各地から単身上京し都会の生活の中で遭遇する様々な不安を持ち寄り、個人的に学業や生活上の悩み事などを教師に相談したりもする。グループ自体が、初めから統一的な定まった目標は持たない制度で、それぞれの構成メンバーも少数で、時折、教授の自宅に集まる家族的なものから、百人を超す人員を擁すグループもあり、また、そのグループから巣立った卒業生、例えばオーナー社長や重役の地位にある先輩方と、就職活動などの繋がりの深いものや、中には信州に独自の山荘を所有する伝統あるものまであり、その活動は様々なのである。

新入学時のグループ加入は半ば強制であるが、二年次以降は全く学生の判断に任されており、上級生の中には独自の価値観から、アドグルに登録していない学生も多い。各アドグル内の活動も原則自由参加で、学校当局から活動費用の援助も受けないから、活動報告など学生部への届け出も不要であるが、グループ毎の登録人員は毎年、大学事務局が掌握しており、各グループの担任教授には、登録人数に応じて活動手当てが支給されている。

一般的にこの時代、大学生達が相集う学内組織は、第一は各学部の授業のクラスであり、第二に体連、文連などクラブ活動が目的のクラブ、あるいは同好会などのサークルであり、その他に授業の一貫であるゼミナール、更にMt大学では、人的な繋がりを豊かにするアドバイザーグループがあるのである。

その他に忘れてはならないのは、学生達の政治活動団体がある。その源流は国公私立大学の自治会活動を束ねていた「全日本学生自治会総連合会」という組織である。通称「全学連」と呼ばれる組織で、戦後まもなくGHQが率先して、大学の自治活動を推進させようと支えてきたが、皮肉にも六〇年日米安保闘争前頃から、その組織は分派、統合を繰り返し、代々木に本部を置く日本共産党系の「日本民主青年同盟」、これに対し、むしろ多数派であった反代々木派と呼ばれる学生達が「共産主義者同盟（ブント派）」を結成し、六〇年安保闘争を戦ったのである。

一気に盛り上がりを見せた学生運動の渦は、六〇年安保闘争後、雨後の筍のごとく新派を結成しては分裂し、主なものでも、旧ブント派、中核派、社青同解放派、革マル派など、激しく理論闘争や指導権争いを繰り返しながら、七〇年安保闘争に突き進むのである。この頃からM ｔ大学の学生にも積極的に学生運動に関わる者もいたが、まだその数は少なく、嵐の前の静けさとでもいうのか、学内は比較的平穏であった。

後夜祭、提灯行列が始まる夕刻まではまだ時間があり、山本純子と高山美紀は、大学七号館、学生会館の地下にある学生食堂で早めの腹ごしらえをし、その後、今年話題を呼んだ学園祭の展示会場をひと回りして、夕刻五時過ぎには大学五号館五階の荒木教授の研究室前に集合することにしていた。しかし、この日の学食は見学の高校生や同伴の保護者、他大学からの訪問学生などでごった返しており、いつものようにゆっくり時間を過ごす雰囲気ではなかった。

純子と美紀はＭｔ大学の寮生で一昨年、世田谷区の廻沢キャンパスに新築された女子寮からこの青山キャンパスまで、毎日、京王線から井の頭線に乗り継いで通学していた。寮生には、昼食以外は寮で食事がついており、日頃は昼食だけをこの学食で軽くとっていた。毎日の昼食時間は昼食をとることより、サロンのように学友と閑談するのが楽しみで、昼時に限らず、休講などで時間が空くと、図書館やこの学食で過ごすことが多かった。この日は大賑わいの学食でやっと二つ分の席を確保できたものの周囲が騒々しく、いつものようにゆっくり談話する雰囲気ではなく、行列に並んでやっと手にしたミートソーススパゲティを早々にお腹《なか》に流し込み、逃げ帰るように地下食堂を抜け出してきた。

この二人は在籍学部が違うため、日頃から行動をともにしているわけではなかったが、女子寮の中では同学年でもあり、部屋が同じ四階で近いこともあって、寮内の談話室などで親しく話す機会は多かった。英米文学科二年の高山美紀は、一年次から荒木アドグルに登録、在籍しており、アドグルの中ではいつも明るく、頭脳《おつむ》の回転が早く、上級生とも闊達な会話を交わし、可愛く振舞っていたため人気者であった。

一方、荒木アドグルのメンバーとして今日、初参加の私法学科二年の山本純子は、一見モデルのように背が高く、肩幅が広い割に細面《ほそおもて》で、都内で注目されるMt大学の女子大生の中でも別格の美女学生であり、ほかの女子学生から一緒に並んで歩くのを敬遠されていると噂されるほどの注目の学生で、日頃、如才ない都会派のマウンテンボーイ達も、この女子学生にだけは、若干遠慮気味に腰が引けて対応していた。

このように恵まれた環境の中で、傍目には何一つ不足の無いと思われる山本純子にも、やはり心中思い煩うものを抱えていた。その一つにこの時期、法学部二年の学生達は、三年次春から始まる授業科目の一つ、演習（ゼミナール）の選抜試験が迫っており、同じ学部の仲間うちでの最近の話題は、ほとんどそのことが中心となっていた。人気の高いゼミナールは当然希望者が多く、担当教授による面接試験により、一ゼミ十数人のゼミ生が選抜されるのである。ゼミナールの活動は担当教授によって様々であるが、最終的には、四年生の卒業論文の指導を受けることになり、どのゼミナールも学術研究を目的とする正課授業の研究グループであることは間違いない。この学園祭にも各ゼミナールは、それぞれ一参加団体として自主的に学術研究発表の形で参加しており、どこのゼミが今年は何をテーマとして取り上げているかは、これからゼミを希望し、入ゼミ試験を目指す二年生の学生の注目するところであった。

入ゼミ試験の迫るこの時期、ゼミを受験する学生たちは自分が希望するゼミに在籍している上級生にアタックし、渡りをつけ、ゼミへの足がかりをつかもうとする動きが、近年慣行のようになっていた。山本純子も法学部のクラスメイトと話し合う中で、その足がかりを模索していたが、まだお互いに自分の心のうち（希望のゼミ）を他人に明かすことはしていなかった。純子も胸のうちでは、すでに夏頃から希望のゼミは決めており、受験に向けての道筋もほぼ固まっていたが、今は、そのために動き出すタイミングを計っていた。

そんな中、去る十月二十日、純子は自分の思い描いた筋書きに沿って、学部は違うが女子寮の中で親しい、文学部の高山美紀に悩みを相談するように問いかけていた。それに対し美紀は、早速、

「自分のアドグル（荒木アドグル）に法学部の先輩が何人かいるので聞いてあげよう」

と、いってくれた。そして一週間ほど前、純子が第一希望としていた商法（会社法）の山田清二教授のゼミに在籍する四年生の三田昭雄《みたあきお》を美紀から紹介されて、山田ゼミ受験までの大まかなアドバイスを受けたのであった。その時、純子は三田から、高山美紀と一緒に荒木アドグルの仲間として、学園祭、後夜祭の提灯行列に参加してみないかと誘われ、同じ荒木アドグルにいる、山田ゼミ在籍の三年生の山名秀《やまなしゅう》もたぶん提灯行列に参加するので、詳しいことは、昨

年受験した山名から聞いたほうがいいだろうと勧めてくれた。純子は、山名秀という名前はこれまでにも何度か女子寮の中で話題になることがあり、以前から山名秀が山田ゼミに在籍していることも知っていた。

純子は二年生になってアドグルの入会登録をしておらず、その時までアドグルに関しては無所属であり、フリーな立場にいた。後夜祭の提灯行列に参加するために、アドグルの入会登録が必要であるという条件は特になかったが、三田に誘われて、純子は無登録のままでも荒木アドグルの一員として提灯行列に参加することに、乗り気になっていた。早速美紀に、紹介してくれた三田から荒木アドグルの後夜祭の提灯行列への参加を勧められたことを打ち明けると、美紀からは、

「自分はまだ、後夜祭に参加するかどうかわからない」

と、冷たい返事が返ってきた。一度は三田の誘いに乗り気になっていた純子は出鼻を挫《くじ》かれたような思いで迷ったが、すぐに提灯行列に、たとえ美紀が参加しなくても、三田の誘いを受けて自分は参加すると強い決意を固め、純子は走り出したのであった。そして一昨日、美紀に仲介を依頼し、アドバイザーグループの指導教授、荒木信一教授の研究室を訪ね面会を果たし、同時に荒木アドグルへの正式加入登録の手続きも取ったのである。

勿論これは純子の当初の筋書きにはなかった。そして純子は今日初めて、荒木アドグルの正式メンバーとして、後夜祭に参加することにしたのであった。その純子の素早い動きとの関連

は定かではないが、それまで曖昧な返事を繰り返していた美紀も結局、提灯行列に参加することにしたのであった。

今日、最終日を迎えているＭｔ大学の学園祭は、学生の文化団体連合や体育団体連合に所属する各部、その他同好会、ゼミナール、アドバイザーグループなども催しや展示などで、参加をしているが、純子が志望する法学部の山田ゼミナールも研究発表のブースを設定し、展示参加していた。山田ゼミの研究発表の会場は今年、くじ運が悪く、メインストリートから遠く外れ、青山通りの正門から入って最も奥の女子短期大学の隣の校舎、大学十号館の二階で、会場面積はゆったりとしていたが、目的意識を持って尋ねてくるもの以外、通りがかりにふらりと立ち寄って見るような場所ではなかった。しかし、研究テーマが（株式会社法における）「株式の譲渡制限の一部導入」という今回（昭和四一年）の商法改正の目玉とされる部分であったため、他大学の法学研究グループや司法試験志望学生や会社法に携わる大学院の学生など、商法部門では著名な山田清二教授の見解を求めて、わざわざ不便な会場を訪ねて来た者もいた。

今回の商法二〇四条の改正は、これまで株式会社の大原則である株式の自由譲渡性を絶対的に保障し、定款によっても譲渡性を制限することを禁止していた現商法を、改正によって、あらかじめ定款で定めていれば株式の譲渡を制限することができるとするもので、場合によって株式譲渡に取締役会の承認を要する旨の規定を定款に入れることを認めたものである。これは元来、開かれているべき株式会社の一部閉鎖性を認める大きな方向転換で、この改正は学会でも実業界でも大いに議論が分かれるところであったが、結局、成長途上にある現存の中小株式会社が抱える会社乗っ取りからの自己防衛等、各種の問題の実態に合わせることを優先し、改正することに至ったのである。この改正に伴い派生する諸問題について、あらかじめ想定し、今後の株式会社のあり方を様々な角度から考察しようとする理論上の研究課題であった。

山田ゼミでは学園祭の研究発表は例年、三年生のゼミ生が担当することに決めており、学園祭が近づくと毎週のように準備会を重ねた。十月の学校行事、秋のアドグルデーの旅行休暇を利用して、ゼミ生たちは房総岩井海岸で三日間の合宿を行い、法解釈における学説選択の調整など最後の詰めを行って、この発表に備えていた。

そうして彼らなりに万難を排して臨んだ学園祭も今日、最終日を迎え、午後からはもう展示会場の片付けに掛かっていた。山本純子もこの学園祭の期間、一度だけ、自分が希望する山田ゼミの研究発表会場を恐る恐る覗いたが、法学部の学生とはいえ、まだ二年生の純子にその内容を理解することはほとんど不可能であり、はじめから逃げ腰で会場を一巡し、その雰囲気だけを察知し、さっさと退散したのであった。純子はその際、一人で訪れたらしいが、三年生ゼミ生の山名秀はたまたまその会場にいなかったのか、純子の対応は誰がしたのか、秀は純子が会場を訪れたことすら知らなかった。

山田ゼミの展示会場の後片付けは午後四時ごろ終わり、山名秀ら三年生のスタッフが会場の片隅に円陣をつくるように教室の椅子を並べ、インスタントコーヒーと煎餅のような乾菓子を摘みながら、相互の慰労を交わしてくつろいでいた。男たちだけ六人が、ようやく終ったという達成感のある思いで、期間中に受けた質問などを振り返って、意見の交換を行っていた。三年生になって、ゼミやサブゼミで鍛えられ、お互いに論争し、論理の矛盾を突かれ、勉強不足を突かれ、知識の希薄さや法理論の難解さ、その未熟さを吐露し、恥をかきあい切磋琢磨し、学問の厳しさがなんとなく判ったという感想が多かった。

一般教養科目の中に専門科目がちらほら混在する一、二年生と違い、三年生となると全科目専門科目だけの授業で、その中でも各自が選択したゼミは、その学生の生涯の専門性を形成するもので、学生達はこの三年目という年に、学問的力量を全力で蓄えなければならなかった。だから、二年生の純子も今は珍粉漢《ちんぷんかん》の状態でも、三年生の秋までには、短期間に急峻な山に果敢に挑戦し、このレベルの学術発表も十分理解し、自分達で研究発表し、来訪者の質問に答えなければならないのである。

秀らが展示会場の現状復帰、ごみの片付けも終え、会場の戸締りをして外に出たのは、午後五時半近くであった。晩秋の日暮れは足早で、すでにあたりは夕暮れを迎え、後夜祭の会場であるキャンパス内のグラウンドから、フォークダンスの音楽が流れてきて、グラウンドには幾重にも学生たちの大きな輪ができ、自由参加のフォークダンスがすでに始まっていた。秀は、別れ際に山田ゼミの仲間から、更に渋谷駅界隈の喫茶店か居酒屋かどこかで反省会でもと誘われたが、ひとりその誘いを断り、荒木アドグルの仲間達と久しぶりに合流することを決めていたのである。

あらかじめ聞いていた荒木教授の研究室の前での集合時刻はとっくに過ぎており、秀は後夜祭の会場であるグラウンドに直行した。グラウンドの周辺は、後夜祭参加学生で埋め尽くされていた。その混雑の中、グラウンドの入口ゲート付近の通路に荒木アドグルの仲間が何人かかたまって立っており、大柄な秀を早速見つけ、手を振って合図をしてくれる者もいた。秀は今年になって山田ゼミの研究発表の準備に追われ、荒木アドグルの集まりに参加するのは、春の新入生歓迎会以来七ヶ月ぶりであった。フォークダンスの輪には入らず、会場の入口ゲート付近でかたまっている集団は、荒木アドグルの仲間だとすぐ分かったが、中には今年の春以降入会した者も少なからずいて、秀にはその集団のどこまでが荒木アドグルの仲間なのか、すぐには判断がつかなかった。

「山名先輩、お久しぶりです。お元気でしたかー」

と奇声を上げる歓迎会以来の一年生の女子学生、その周辺には、秀が初めて見る顔も何人かいた。三田、江本の四年生の二人の先輩には、秀は丁寧に挨拶をした。山田ゼミに席を置く先輩でもある比較的小柄な三田が長身の秀に、

「今回の学園祭での山田ゼミの学術発表『株式の譲渡制限』は成功だったそうだね」

と、ねぎらいの言葉を掛けた。

「有り難うございます。そう言っていただくとうれしいです。この夏、信州小諸での合宿から、それだけに打ち込んできたといってもいい過ぎではないくらいですから……、やっぱり大変でした」

「これから少し時間ができたら、アドグルにも顔を出して後輩の面倒見てやってよね」

「はい。ご迷惑を掛けました。……これからはなるべく時間をとって、アドグルにも参加するつもりです」

三田は若干、声を弱めて、

「今日、山名に是非参加して欲しかったのは、あそこにいる背の高い彼女が今年、山田ゼミの受験を希望していて、ゼミ受験のアドバイスを受けたいというのだ」

三田が手で示した方向の女子学生の集団の中で、頭半分抜きん出た背の高い女の子が、こちらの会話を察したのか、秀のほうにぺこりと頭をさげた。秀はこれに応えるように、右手を上げて了解の合図を送った。どこか見覚えのある顔であった。

「あとでね……」

と、秀は少し離れたところにいる山本純子に声をかけた。夕暮れの中で純子の顔が紅潮し、口もとをぎゅっと結んで、ゆっくりうなずくのが分かった。純子が秀から声をかけられたのは、この時が初めてであった。アドグル参加、久しぶりの秀が、

「三田さん、半年くらいご無沙汰している間に新顔が増えましたね」

「そうだろう。荒木アドグルも大きくなったぞ。人数も三十人を超えたのではないかな」

「昨年春、九人で立ち上げたのが昔のことのようですね。……株式会社の設立要件は、商法一六五条で発起人七人以上と定めていますが、うちのアドグルの発起人メンバーもどっこいどっこいだったですよね」

「そうだな、アドグルの立ち上げには人数の規則はないが、去年の春、創設当初は、四年生一人、俺たち三年生二人、山名達二年生二人、一年生四人の九人だったよな」

「急に二年生、一年生が増えたんですね」

「さっきのあの子、法学部二年生山本純子、今日、初参加だよ。おととい先生に会って入会登録したばかりだそうだ。山名は広瀬、茂山も知らないだろう。新しいメンバーが増えて、十月のアドグルデーの旅行楽しかったぞ」

「へー、筑波山・潮来の旅でしたね。その頃、私たちは地獄でした。ゼミ合宿を千葉の岩井海岸の民宿で三日間。ろくに寝る時間もないくらいでした。男ばかりの生活で、徹夜をし暁け方、気晴らしに誰もいない岩井海水浴場の浜辺をみんなで散歩し、いい思い出にはなりましたが……」

「今年は女性の参加者はなかったのか……。毎年三年生の夏から秋にかけて、みんなその学術研究発表を経験して成長するんだ」

「学術研究に男女は関係ないですよ、今のような自由参加がいいですよ。ゼミの中でもやる気のある奴が集まれば……」

　秀がアドグルの仲間と合流してから十五分ほど続いていたグラウンドのフォークダンスもそろそろ終わりが近づき、引き続き提灯行列が始まることを学園祭実行委員会（文連、放送研究部の女子学生アナウンサー）が場内放送で呼びかけている。ダンス音楽が止むと、フォークダンスの輪がバラけ、広いキャンパスの中を学生達は徐々に青山通りに面した正門の方へ移動し始めていた。

　提灯行列のスタートラインである大学正門付近では、立派な校旗を掲げた学生服姿の応援団を先頭に、鮮やかなコスチュームを装ったチアリーダーやチューバ奏者に象徴される胸のモールが輝く軍楽隊の衣装を着けた吹奏楽部員と華やかに続き、まさに出発の準備は整っていた。その列の後に一般参加学生が紅白の縦縞模様の提灯を手に、銀杏並木に沿って三列に整列し、いよいよ提灯行列の開始である。

　警視庁渋谷警察署員の規制のもと、隊列は正門を出て、片側三車線の広い青山通りを中央分離帯を越え、反対車線に渡り右へ、先ずは青山通りを赤坂見附方面に向かい、明治神宮の表参道との交差点を左折、ケヤキ並木の美しい表参道を原宿まで下り、明治通りとの交差点を左折、渋谷駅方向の宮下公園まで、約二キロの行程である。参加学生全員にそれぞれ一個ずつ提灯が配られ、出発前にローソクに火を入れ、大学学生部長の合図で午後六時、行進がスタートを切った。

ブラスバンドの奏でる軽やかな「クワイ河マーチ」にのって先頭集団は華やかであるが、それに続く一般学生の行進は、特別手を振る訳でも、足を上げる訳でもなく、何の芸もないまま、荒木アドグルの仲間達も先頭から数百メートル後ろを、提灯をかざして、ひたすら特徴のない行進を続けていた。時折行進中、閑に任せて大声で母校の応援歌や「カレッジソング」を歌ったり、奇声を上げたり、普段の生活から外れた無礼講を決め込んで、若さを発散させるのである。

近頃よく見かける政治運動のデモ行進と同じように一般車両の通行を規制し、左端の車道一車線を使っての行進である。今、若い男女が手を取り合って、学生であることの特権を体で表現している。いったい何のためにこうして歩くのかといきなり問われても、説得力のある答えなぞない。喜びの表現といっても、日常の自己規制からの開放を味わうとでも言うのか、今時の真面目な学生達の一時の身勝手な無礼講なのである。大都会のメインストリート、日暮れを迎えた表参道や青山通りの、いつもは横目で見て通る車道を、みんな我がもの顔で、提灯を提げてワイワイ歩く。戦時中、日本軍によるシンガポール陥落やもっと古く日露戦争の戦勝祝いの提灯行列でも、当時の日本国民は熱狂的にこうした祝賀の群集心理に浸っていたのか――と、表参道の坂を下る途中、欅並木の沿道の人達から理由のわからない温かい声援を受け、学生達も皆で手を振り応える。

「がんばれよー」

「……ありがとう」

見知らぬ人々の、温かく善良な励ましに、「何を頑張ればいいですかあ」とも言えず、「……ありがとう」と提灯を掲げ、笑顔で応える。学生達は先ほどから街行く人に笑顔で手を振っている。純子も臆することなく百万ドルの笑顔を振舞っている。

表参道の欅並木もやがて色づこうとしていた。日本はすっかり平和になったが、つい二十年前、先の大戦では、南青山の周辺も空襲に曝され、Ｍｔ大学の校舎にも爆撃の直撃被害が出て、米国からの寄付で建てられた講堂などが焼け落ちたりしている。被災のその日、この周辺の民家一帯にも爆弾投下被害が出て、付近から集められた焼死体が、表参道と青山通りが交わる交差点、いま銀行のある辺りに山積みされていたという。

当時、焼け跡に立つと、この交差点付近から国会議事堂が見渡せたという話も聞いた。しかしいま、提灯を持って行進する学生達にも、街行く人々にも、その暗さはかけらもない。おそらく日本人は世界の先進国のどの国の人々より、忘却に長けているのである。戦争だけでなく、地震や火災など、昔から繰り返し被害をうけながら、相変わらず懲りずに木造の家屋を建て続けてきた歴史を持つ。事程左様にこの頃、東京の街は、その反省もなく華やかに甦っていた。

提灯行列の最終地点、渋谷宮下公園では、多くの学生たちが肩を組んで円陣をつくり、カレッソン（Ｍｔ大学カレッジソング）や応援歌を歌いながら、自分たちの祭りを終えた達成感に浸り、いつになく学生同士連帯感を持って青春を謳歌する。やがて荒木アドグルの学生たちも行進の終着点、宮下公園にたどり着き、肩を組み円陣を作って、祭りの打ち上げに浸っていた。行進に加わらなかった荒木アドグルの先発隊、法学部二年生の山岸が皆の到着を待って、

「お疲れさまでした。荒木アドグルはこれから宇田川町の喫茶野薔薇が予約してありますから、すぐに移動してくださあーい」

と、大声をあげている。

提灯行列の夜、渋谷界隈の小洒落た飲食店はMt大生に占拠されて、どこの店の中からもカレソンが聞こえてきた。やがて夜が更けて午後十一時を回る頃、忠犬ハチ公前広場はアルコールのまわった学生達が集まり始め、さらに破目をはずし、無礼講を決め込む。携帯無線機《トランシーバー》を手にした大学学生部の職員が一般市民とのトラブルがないよう、かなりの人員を配備し、万が一の際の警戒に当たる。更に、大学構内にも深夜まで人員を待機させ、現場の情報をキャッチし指示する幹部職員の配備など、裏方の備えも大変なのである。中には若気の至り、渋谷界隈の飲食店で勢いに任せて酒をあおり、急性アルコール中毒を起こし、救急車の世話になる学生も毎年おり、決まって学園祭の後は、大学学生部長が、警視庁と渋谷警察署と渋谷消防署にお礼とお詫びの挨拶に出向くのである。

荒木アドグルのメンバーは、女子学生が多く比較的静かで、この先集合場所が喫茶店では、問題は起きそうもない。行進の間も男女が仲良く、時には肩を組み手を繋ぎあって行進していたが、荒木宗教主任のアドグルとあって、比較的行儀はいいほうであった。それでも可愛らし

く目立つ女子学生にはそれぞれ、勝手にエスコートを決め込んだ男子学生が何気なく寄り添い、円満に行進していた。初参加の二年生山本純子には参加を誘った四年生の三田が、高山美紀には三年生の矢部が付き添っていた。

久しぶりにアドグル参加の秀は、その夜は遠慮気味にマドンナ達からは少し距離を置いて、グループの中でもしんがりを歩いていたが、そこでも二年生の女子学生が、がやがやと秀らを取り囲んで楽しそうであった。打ち上げ会、喫茶野薔薇での席は、幹事による指定席ではなさそうであったので、秀が山本純子に手を挙げて合図した。純子は待っていましたとばかり、秀の隣の席に座った。周囲の気配に敏感な高山美紀もセットでやって来て、テーブルを挟んで、秀の正面に席を取った。

男七人、女九人が、不規則に長く向かい合って座った。今夜の幹事の山岸と、積極的に補佐役を買って出た一年生の女子学生の一人が、飲み物の注文をとって歩いた。提灯を掲げ行進して汗をかき、アイスコーヒーの注文が多かったが、秀はホットコーヒーを頼んだ。純子も美紀も同じホットコーヒーにした。このアルコールのない打ち上げ会の皮切りに、経済学部四年生の江本が司会の山岸に指名され、「お疲れ様」の挨拶をした。その直後、一昨日、アドグル入会手続きを取り、今夕初参加の山本純子が紹介され、秀の隣で純子は立ちあがって笑顔で挨拶し、早くも周囲の男達を魅了した。

それが終わると後はいつものように雑談となった。純子はやはり、気位《きぐらい》の高い女性らしく、奥ゆかしいのか、秀のほうから問い掛けてくるのを待っている様子が伺えた。秀もいきなり本題に入ることはせず、一呼吸おくように、向かいの美紀に向かって、

「筑波山・潮来のアドグル旅行は、天気もよくて楽しかったそうだね」

と、問いかけていた。

「うーん、天気に恵まれて、筑波山の頂上からの関東平野が一望に眺められ、最高でしたよ。それに宿泊した筑波山のユースホステル、私達だけの貸切状態でしたが、宿側の経費節約で、お風呂は女風呂しか沸かさないといって、男女入浴時間を区切られたけど、それ以外は、夜遅くまで皆で騒いでも平気でしたから」

「驚いたね、美紀の初めの話ぶりだと、そのユースホステル、男女混浴なのかと思ったよ」

「まさか、山名先輩、惜しかったですね。混浴ではなかったけど、風呂からあがってから、みんなくつろいだ姿で、比較的広い和室に男女入り乱れて、美味しいものを摘みながら、荒木先生も交え、夜遅くまで語り合ったんです。……意味深《いみしん》でしょう?」

「そうだね、時間を気にすることなく、遅くまで話せるのが旅の楽しみだものね。しかも若い男女入り乱れてか、それはよかったね」

「山名先輩が参加されてたらもっと楽しかったのに……。三年生は矢部先輩が一人で張り切ってましたよ」

「矢部も一人で大変だったね。……俺はその頃、学園祭の研究発表に向けての最後の仕上げ、

男だけのゼミ合宿で、三日間、寝る時間もない。少しぐらい風呂の時間を待たされても、筑波山のほうがずっとよかったよな。……ただ、ひとが遊んでいる今のこの時期にこれだけ、一つのテーマを深く掘り下げて研究しておくと、来年春、就職面接で使えるのさ。今回の学園祭発表テーマは『改正商法における株式の譲渡制限』というのだけど、来年六月初旬、就職面接試験では大概卒業論文のテーマを聞かれる。春先では卒論の表題は決めていても、まだ骨格も出来ていない。そんな時、この学園祭で発表したテーマを流用すればいい。合宿までして、時間を掛けて皆で学術的に揉《も》んでいるから、質問にもある程度、受け答えできるのさ」

「来春はもうすぐですものね、山名先輩は、就職はどっち方面ですか」

「半年なんか、あっという間だからね。うちのゼミは、ほとんど金融関係に向かう者が多くてね。大半が銀行、証券、損保、生保だね。山田先生が銀行法のわが国の第一人者だから、ゼミの先輩もそっち方面が多いんだ」

「純子も山田ゼミを希望しているということは、将来、就職はそっち方面を考えてるわけ？」

美紀が、さっきから二人の話をじっと聞き入っていた純子に話を振った。急に振られた純子は、少し顔を赤らめて、

「就職のことは、まだ深刻に考えたことないんです。金融関係って人気があって、難しいんでしょう？」

　これに秀が応えて、

「……そうだね、女の人は違う難しさがあるかもしれないが、男ほどではないよ」

それをきっかけに、純子がやっと話しかけてきた。

「あのー、そのゼミ入試のことですが、試験は十二月の初旬ですよね」

「うん、あとちょうどひと月だね」

「私、山田清二先生のゼミを志願したいのですが、これからどういう準備をしたらいいのでしょうか」

「……三田先輩とお話されたと聞きましたが、三田さん、どう言ってました？」

「試験は山田先生の面接だけだと。あと山田先生は現ゼミ生の推薦状を考慮するから、詳しくは昨年受験した山名さんに聞いてみなさいと」

「うん、面接のとき参考資料として、推薦状の他に一年次の成績を見るんだ。一年次の専門科目の成績はどう？　憲法と民法総則の成績は……」

「えーと、（声を弱めて）憲法がAで、民法総則はダブルAです」

秀は純子が肩を押し付けるように寄せ、顔を近づけ、耳元で真剣に、慎重に発する言葉を聞いていた。秀はこの時、女性らしい溜息のような小さな声と、寄せられた純子の頬から発する微量な体温と、控えめな香水の香りを感じていた。秀も低く弱い声で、

「うん、それなら多分大丈夫だ。よかったら、山田清二ゼミを受けなさいよ。面接でよっぽどへんなこと言わない限り、落ちることないから……。実は俺ね、一年次の民法総則の成績が、

Bだったんだ。憲法はダブルAなんだけどね。面接の時、『民法総則のBはどうしたのかね』と先生に聞かれてね。正直に答えたよ。『自分が力不足だと思いますが、実は東京オリンピックの記念硬貨（一〇〇〇円硬貨）を売り出した日に、早朝から世田谷野沢郵便局の窓口に並んで午前中の授業を休んだんです。運が悪いことにその日、一時限目、民法総則の授業中、抜き打ち試験が行われ、受験できなかったのです。担当の岩窪先生には言い訳がましいことは申し上げず、民法総則Bに甘んじています』。……そうしたら山田先生、『それで東京オリンピックの記念硬貨は手に入れたのかね』と、『はい、お蔭様で不覚の記念硬貨として、今も大切に持っています』といったら、先生苦笑していたよ。……危なかったよな」

「ほんとうですか？　……B以下だと危ないんでしょうか」

「どうなんだろうね、……外国語は？」

「一年次の成績ですか、……英語講読と英文法がAで、オーラルがダブルAで、第二外国語のフランス語が　ダブルAです」

「そうか、あとは推薦状だね。他の現ゼミ生からも、それぞれ後輩に依頼されて出てくるから、必ず三田先輩から貰っておいたほうがいい。三田先輩が書くでしょうが、もし書かないなら、その時は僕が書きますよ。推薦状が揃えば、あなたは多分合格しますよ。こんなことというと気を悪くするかもしれないが、推測ですよ、山田先生は女子学生を三人までは無条件で入れるという噂がある。その成績であなたぐらい容姿端麗であれば、合格間違いない。先生のゼミの授業は、男の学生に勉強させるため、可愛い女の子の前で毎時間のように丁寧な言葉遣いで意地悪な質問をぶつけてくる。会議場のように先生を中心にロの字に机を並べ、全員が輪になって向き合って、議長席の山田先生が無作為に当てていく。頓珍漢な答えをすると、先生、いかにも不機嫌そうにする。こっちだって女子学生や仲間の前で恥をかきたくないから、きっちり予習、復習をしていく。先生はそれが狙いだ。質問の内容も、ハードルの高さを微妙に調節しながら、基本的な問題を聞いてくる。指されたほうも的外れな答えをしたくないから、事前に何度も何度もテキストを読んでおく。準備不足の者は、仲間たちの目にも一目瞭然なんだ。山田先生は、そのために可愛い女の子が必要なんだよ。初めの頃は、授業が始まると今日は何を質問されるのかと、足が震えたものだ」

「山田先生、女の学生には質問をしないですか」

「いやするよ。だけど全然違うんだ。女性に恥をかかすようなことは絶対にしない。紳士ですから、山田先生は。常に女子学生はご婦人扱いだから、不機嫌そうにはしない」

「推薦状、山名さんにお願いしていいですか」

「えっ、はじめに三田先輩に聞いてみたらどう？　三田さんが俺に頼めといったら書くから。出願のときに一緒に教務課に提出だから、あと二週間ぐらいしかない。今日頼んでおいたら？」

「わかりました。お話を聞いて少し安心しました。ずっと前から山田先生のゼミに入りたくて、一人で悩んでいたんです」

「そうか、悩むのも時にはいい。君はそれだけ綺麗だと、君が頼めばどんな男も思い通りに動いてくれるだろう。恋の悩みというのをあまり知らないだろう、ここに居る者を含め学生の大半は、それが思い通りにならなくて苦労している。ゼミの勉強や就職なんか、自分の努力次第でいかようにもなるが。恋愛だけは努力してもなかなか思うようにならないから……」

「……私も皆さんと同じ悩み多き乙女ですよ。人様にお話できない問題を一杯抱えています。……先輩、これからもこういう風に私の悩み事の相談にのっていただけますか」

「君にそういわれると、お世辞と分かっていても嬉しいが、さっきからこっちを気にしている男共が、この中だけでも何人もいる。奴らに恨まれそうだから……」

秀と純子のひそひそ話に耳をそばだてていた正面に座っている美紀が、

「秀さん、純子の彼氏、知ってますか。時々、寮に電話があるんですよ……」

「ちょっと美紀、いきなり何を言うの、静かにしなさい……違いますよ。知らない人が聞いたら本気にするじゃない」

「……」

秀は笑って聞いていた。

「そうだよ、たぶん寮には多くの男性から電話はかかるだろう、美紀も読みが甘いよな。彼女くらいもてると、身の回りにはべる男たちに囲まれていても、そう簡単に彼氏として認めないもんなんだ。……本当は受身としてもてることより、本気で他人を好きになることのほうが大事なのだが……、できるだけ若いときに人を好きになり、本気で悩むことが大切なんだが……」

諭すように話す秀に、純子が言葉を返す。

「……先輩、私、本気で恋をしているように見えませんか」

「うんそうだね。今夜会ったばかりでよく分からないが、急ぐことはない、いい人を見つけて、本気で恋をしたらいい。君自身、もっともっと美しくなると思うよ。これ以上綺麗になる必要はないと言う者もいるかもしれないが、もっと魅力的になれると思うな。誰かにそういわれない？」

「そういう風にズバズバ言ってくれる人いないですね。ゼミ入試の話より、こっちのほうがズシリときますね」

「そうだよ、ゼミの面接試験のことなんか、人生にとってたいした問題じゃない。万一落ちたとしてもその後の選択肢はいくらでもある」

「そう言われるとちょっと心配だなあ。……先輩、推薦状お願いしますね」

「わかってる、三田先輩が俺に頼めといわれたらちゃんと書くから、心配するな」

さっきから、離れた席でこっちの動向が気になっている様子だった法学部三年生の矢部正之が、痺れを切らしてやってきた。矢部は刑法が専門の近藤ゼミに所属しており、同じゼミ仲間に、俳優として一線で活躍中の寺脇達也という学生がいた。矢部は、純子の正面の席、美紀の

隣の一年生の男子学生を押しのけて、

「ちょっとご免ね……」

と占拠した。そして矢部は早口で喋り始めた。

「山名とは、毎日のように授業では会っているが、こうしてアドグルの席で話すのは久しぶりだよな」

「そうだな。……俺、この荒木アドグルには、この矢部に誘われて入った創設メンバーの一人なんだ。このアドグルは去年春、荒木先生と矢部が中心になってはじめたんだ。初めの頃は楽しかったよな。……当時、美紀も新入生で可愛かったよな」

「そうですよねえ、創設記念ピクニック、秋川渓谷に行きましたよねえ」

「あの頃は少人数だったし、美紀も初々しくて、一人ではしゃいでいたよな」

「……ちょっと矢部先輩、今は初々しくなく、カビが生えてるような言い方ですね」

「気にするな、こんな言い方は矢部独特の愛情表現なんだ、美紀は今も変わらず可愛いよ。それにもうすっかりアドグルの中心メンバーとして定着してるし、荒木先生だって信頼してるだろう」

「山名先輩は相変わらず優しいですね。久しぶりだから、今夜は暫らくこうして先輩の傍にはべっていてもいいですよね」

「ああ、遠慮することないよ。……もっと筑波山の話、詳しく教えてくれよ」

口の悪い矢部が、

「山名、おまえ今夜、顔色よくないぞ、最近悪い遊びしてないか」

「悪い遊びって何だよ。ここ半年ばかり、麻雀もパチンコも競馬もすっかりご無沙汰だ。たまにはそういうのもやってみたいよ。来る日も来る日も『株式譲渡制限』じゃあな」

「近頃、星野菜穂子とうまくいっているのか、彼女も学園祭で忙しそうにしてたけど……」

「なんだいきなり、それがお前の挨拶なのか、相変わらずだな。……彼女にもこのところ、すっかりご無沙汰状態なんだ。図書館でも会えないし、時間がなくてこっちも連絡してないから、かれこれふた月以上音信不通だ」

「星野菜穂子さんって、山名さんの彼女なんですか？」

さっそく美紀が、とぼけた口調で矢部の顔を窺うように興味を示す。何を言うのだ今更、と秀が、

「ちがうよ、俺が独りで想っているだけだ。だからこっちが忙しくなると、全然会えない。それでも向うは平気なんだ」

「いや先輩、きっと待っていますよ。ふた月も放っておいてはだめですよ」

「はいはい、忠告有り難う。……しかし、この場でなんでこうなるんだ。矢部がいらぬこと言うからだ」

「山名、赤くなっているぞ、やっぱりお前、本気なんだ」

「うるさいぞ、当たり前だろう、俺はいつも真面目だぞ。……だけど、どうもその気持ちを相手に伝えるのが下手なんだな。あとで、あの時はああ言えばよかったたって思うこと多いよ。……だからもうこの話やめよう。勘弁してよ」

「山名先輩に想われる人って、羨ましいわ。どんな人……、可愛い人ですか」

これに対し、畳み掛けるように矢部が、

「美紀、ほんとに知らないのか、時々、キャンパスを山名と二人で歩いているじゃないか」

「おい、いい加減にしろよ。もっとほかの話題はないのか？」

さっきから黙って聞いていた純子が、いらいらする秀に助け舟をだすように、

「私も命がけの恋をしてみたいですね。ドキドキ、ゾクゾクするような恋を……」

驚いたように、矢部が、

「……おい、この人に本気で迫られたら、男ならたまらないだろうな、やってみてよ。……いま俺、フリーだよ」

秀が冷静を装うように、

「えー？　矢部に迫るの？　やめとけやめとけ、あなたは今夜初めてだ、なにもあせることない。今はゼミの入試のこと考えてりゃいいんだ」

「……そうですね、今夜お話を伺って、ゼミのこと、少しほっとしました」

「三年生になってゼミが始まると、気持ちが大学生らしくなって、自分の専門がはっきりして

くる。そうすると内面から自信のようなものが湧いてくる。本当の恋はそれからでいいんだよ」

　向かいから矢部が、

「俺も山名も二年生の時、〝オーラルE〟担当ジェームス先生だっただろう？　クラスメイトに江戸川区の小岩から自宅通学している奴がいて、ジェームス先生、どこで仕入れてきたのか、授業中そいつに向かって真顔で、日本語で、『あなた、総武線の小岩でしたね。……お尋ねします。あなたのうち、お墓ありますか？』。日本語で答えて、『……？　墓ですか……はい、近くのお寺にありますよ』『本当に、そこ小岩ですか？　……おかしいですねえ、〝小岩墓ない〟といいませんか』『はあー……』。クラスの皆も、『おいおい』という感じだった」

　美紀が、

「……矢部先輩、ほんとうですか、その話？」

「うそじゃないよな、そのオーラルイングリシュの授業、小クラスだけど山名も居ただろう」

「……うん、いたよ、思い出したよ。……しかし、どんなにはかない恋でもやらないよりましだと思うな。途中も苦しいけど、結果を恐れることないですよ」

　美紀が興味深々、また蒸し返す。

「山名先輩、その人と手を繋ぐとか、腕を組んだりすることとありますか」

「……いちいち答えたくないけど、それはないね。二人で歩いていて肩も触れたこともないね。

俺、意外に臆病なんだ。大切な人に嫌がられたくないという気が先にたってさ」

「先輩、それは女の気持ちがわかっていない。菜穂子さん？　きっと待ってますよ」

「そうかなー、……純子もそう思う？」

「……私はよくわかりません。ただ、手を繋がなくてもいい、私も青山キャンパスのあの銀杏並木を、正門から図書館まで山名さんのような方とご一緒できたらいいだろうなあと思います」

「そんなことしたら、俺はみんなを敵にまわすことになる。まず、この矢部を筆頭に後の仕打ちが恐ろしい。前から聞いているけど、山本のファンは多いんだ。いつか二年生の男の子が四号館の大教室の授業のとき、俺の前の席で話していた。『昨日の行政法の時間、ふと隣を見たら、山本純子が座っていた。そうしたらもう興奮して体が震えて、その時間の授業、何を教わったのかまったく記憶がない』。そんな話が聞こえてきた時、俺、山本純子ってどの子だろうって思っていた。その山本純子がこの度、我が荒木アドグルに入会登録してくれて、仲間として、こうして後夜祭の提灯行列の後、我々と親交を温めている。こういう状況を夢見ている奴は、数知れずいるはずだ。矢部、お前これが当たり前だと思ったらばちが当たるぞ、神様に感謝しなきゃあ」

「……山名お前、今夜は酒も飲まないのに酔っ払っているのか」

「いやナ、今夜は俺、気分がいいんだよ。ずっと気掛かりだった学園祭が終わって、開放感に浸っている。さっきの提灯行列もいい思い出になったが、それより何より、溜息の出るような美女とこうして恋愛論議を戦わす。興奮せずに居られるか、この幸せだよ。分かるか、このまいたずらに時が過ぎて欲しくないね。さっき、銀杏並木を肩を並べて歩いてみたいと囁《ささや》いたのは、紛れもなく法学部のマドンナ山本純子本人だからな、誰か記録に残しておいてくれよ」

「待ってください、記録に残すだけではダメですよ。さっき、私は山名先輩に銀杏並木を一緒に歩いて欲しいとお願いしたんです。どうなんですか、先輩、お返事ください」

新顔の純子が、このときは厳しい。たじたじの秀が大きく息を吸い、冷静を装って、

「純子の申し入れを断われる男はいないよ。わかった、こうしよう、今度、荒木先生が礼拝の説教をされる日、二人で大学正門で待ち合わせて……、いや、純子が正門で待っていると目立つから、青山通りの向かいの青山車庫の都電の定期券売り場の前にしよう。そこで待ち合わせて、大学正門から銀杏並木をチャペルまで二人で肩を寄せて歩くというのはどう？　それで二人並んで礼拝堂の席に着き、荒木先生の説教を聞く。いいだろう？」

「……ありがとうございます。了解しました。……本当ですよ、証人はいっぱいいますからね」

純子は大きな瞳をさらに丸くして、周囲を見渡した。

「ちょっと待って、純子、それ真面目な話なの？」

と、美紀が念を押す。秀は付け足すように、

「俺は、もしこれが今夜の純子の気まぐれな約束だったとしても一向に構わないよ。荒木先生の礼拝の説教が何時なのかもわからないが、気が変わったら、いつでも君のほうからこの契約、撤回していいからね」

「……それどういうことですか？　だいいち契約だなんて、先輩、六法全書の読みすぎですよ。いやなら遠慮なく言ってくださいね」

「いや、俺は今、素直に嬉しいよ。だからこちらから撤回することはない。それでもその前日にまた連絡してよね。待ち合わせ場所に立って待っている時間、心配だから……」

「山名先輩、明日ですよって？　……わかりました」

「当日、星野菜穂子さんに見つかっちゃったりして……」

「また美紀がいやなこと言うね。さっきからそのことが気になっていたんだ、俺」

「逃げそうになったら、その時は純子、山名先輩の腕掴んでいいからね」

「俺は逃げません。そんな失礼なことはしません。運を天に任せているから、もし、これで菜穂子との仲が壊れたら、その時は火の玉のようになって、純子まっしぐらだからな。覚悟しろよ。……ところで、荒木先生の説教の日って、もう決まってるの？　矢部知らない？」

「うん、聞いていない。……それより、お前ら本気かよ」

「だから言ったろう。矢部の仲間達のあとの仕打ちが恐ろしいって。山本純子は矢部や山岸にとって、マドンナなんだから」

「純子がマドンナなら、やりたいことやらしてあげたらいいじゃない」

「美紀、おまえもきついこと言うね」

「秀さんは、他人のことを考え過ぎなんではないですか。自分が思ったことを他人に気を遣わず思い切ってやったほうがいいですよ」

「うん、美紀のいうようにそうできたらもっと気楽になれるだろうな。……ところで、今夜は女子寮の門限はなん時なの？」

「今夜は特別なんです。『遅くなります』と届けてあれば、いつ帰っても大丈夫、無制限です」

「へえ、大学当局（学生部）にしては粋なこと事をするね」

「いや、いくら規則で縛ろうとしても守らなければ、ないも同然と気づいたのではないんですか」

「今日だけですよ。……ところで今、何時ですか」

「午後十時を回ったところだ。まだ宵の口だね」

「渋谷駅付近、今日はＭｔ大生で一杯だ。またハチ公像前広場で騒ぐのが今年もいるだろうな」

純子は、この会もそろそろお開きになるのでは、と判断したのか、隣の秀の耳元で周囲にも聞こえないような小声で、再び話しかけてきた。その表情は決心したように真剣であった。

「先ほどの山田ゼミの入試の推薦状のことなんですが、できれば私、山名先輩に書いて頂きたいのですが……」

「えー、君は美紀から三田先輩を紹介され、はじめに話を聞いたのだろう？」

「そうなんですが、私の我が侭はわかっています。……できればとお願いしてるんです」

純子の表情は厳しく美しかった。秀も口では、そういいながら、内心は穏やかではなかった。

その動揺する気持ちを押し殺すように、

「……分かったよ。……難儀やなー」

「ご迷惑なら、言われたとおりにします。ただ、私の正直な気持ちは山名先輩に推薦状を書いて頂きたいのです」

「……ゼミに合格できれば、そんなもの誰でもいいだろう」

「私にとっては、ゼミの入試は人生の上での大切な分岐点だと思っています。身勝手なお願いと分かっていますが、是非、あなたに推薦状を書いて頂きたい。……だめですか？」

「いや、うれしいよ。純子がきっぱりそう言ってくれるなんて、今、俺、夢を見ているようだ。

……よし判った、三田さんに了解をもらってくる」

秀はすぐに席を立って、三田先輩の隣に席を移った。三田は、

「うまく説明できたか？　それで山本純子は山田ゼミの受験を決心したか」

と秀に聞いてきた。

「三田さん、私、今まで、彼女から山田ゼミに入りたいという気持ちを細かく聞きました。受

験までの注意事項も説明しました。将来の考えも丁寧に聞きました。彼女は今夜、山田ゼミ受験を決意したと思います。彼女の推薦状は私が書かせて頂きます。先輩を差し置いて生意気なことを言うようですが、彼女もそれでいいといってくれました。多分、便箋十枚くらいの推薦状になりそうですが、お許し願いたい」

「そうか、受験を決めたか。判った、推薦状もそれでいいが……大丈夫そうか？」

「合格できるかということですか、必ず合格させます。ゼミの他の連中も皆なそれぞれ誰かを推薦してくると思いますが、私は彼女が必ず合格するよう努めます」

「……判った、山名は推薦状、ほかからは誰からも頼まれていないだろう？　だったら山本を頼んだぞ」

「はい、承知いたしました」

「ところで君は、就職はどちら方面を考えている？」

「私は、早晩、田舎に帰って家業、小さな海運会社の経営を継ぐことになりますが、卒業して五年ぐらいは、できれば東京で仕事をしてみたいと考えています。業種は金融機関、銀行ですが、三田先輩のように都市銀行ではなく、首都圏に残れる可能性の高い、地方に支店の少ない信託銀行がいいのではと考えています」

「そうか、変わった理由だね。面接試験の時には、正直にそれは言わないほうがいい。うちのゼミの先輩にも信託銀行に行かれている人は多い。今年、私の同期は、三石信託と中旺信託に一人ずつ決まっている」

「そのうちゆっくり、就職戦線の戦い方をお聞きしに伺います。その時はよろしくお願いします」

「判例研究会（サブゼミ）、毎週出席してるだろう？」

「はい、初めのうちは、四年生に怒られてばかりでした。毎週の積み重ねでやっと夏以降、なんとなく専門的なものの考え方ができるようになった気がしています。振り返れば三年生って大切な学年ですね」

「そうだね、三年生の夏合宿の後、急成長するような実感があるね。誰かもそう言っていた。それも春から欠かさず判例研究会に出席していての話だがね」

「先輩方は、これで学園祭も最後、これからのアドグルのクリスマス会も最後ですね。ご案内しますから、是非出席してくださいね」

　向こうの席の純子は、秀が抜けた隣の席に二年生の山岸が入って、また話が盛り上がっている様子であるが、三田と秀のほうが気になるのか、時々そちらを気にしている様子が伺えた。

十一時も近くなって、親元から通学している一年生の女子学生の何人か帰っていった。先乗り幹事の山岸が純子の隣で盛り上がっており、お開きの様子もまだなさそうである。秀は、三田の手前の席、初顔合わせの文学部仏文学科二年生の木村美由紀と話し始めた。

「木村さんとは初めてだね。……高校はどちらですか」

「……三重県立四日市高校です」

「生まれも育ちも、ずっと四日市なんですか」

「そうです。ご存知のように最近、四日市は公害で有名ですが、私の家は、海の近くの工業地帯ではなく、少し山のほうに入った所です。そこで生まれ、高校卒業まで住んでいました」

「山の方だと、近鉄沿線からすこし離れるんだね？」

「そうですね。近鉄名古屋線からは離れますが、近鉄湯ノ山線の沿線です」

「そうか、四日市から湯ノ山温泉に向かう線だね」

「そうです。よくご存知ですね」

美由紀の眼が輝いた。

「先日のアドグルデーの旅行、参加したんでしょ、どうでしたか」

「皆さん真面目ですね。音楽の好きな人たちもギター持参で真剣に取り組んでいて、驚きました」

「……音楽、好きなんですか」

「はい、大好きです、ポップス系の曲が……。うまくないけど、毎日ギター弾いています」

「歌もうまいんでしょう？　……今度、また聞かせてよ」

「……いや、自分で楽しんでるだけですから、とても人様の前では、お恥ずかしくて……」

「荒木先生と話できた？」

「はい、筑波山の宿で夜、みんなと一緒に」

「そうですか、アドバイザーグループでは、その名の通り、先生と直接話したり、相談したりすることが重要なんだ。何かあったら遠慮することなく、研究室にいったらいい。先生忙しいときは、『後にしてくれ』と、ざっくばらんに言ってくれるから……」

「私、山名さんと今日始めて、こうしてお話できて、嬉しいです。以前からお名前やお姿は知っていました。アドグルデーの時、筑波の宿でのお話で、荒木アドグルのメンバーであるということも同僚から聞いていました」

「僕もあなたの顔とお名前、今夜覚えました。これからもよろしくね」

十一時を過ぎて、幹事の山岸がやっと締めの言葉を発し、学園祭の打ち上げ会は、お開きとなった。

宇田川町の「野薔薇」から渋谷駅までの帰り道、純子が秀に寄り添ってきて、心配そうに尋ねた。

「山名さん、さっきのお話、どうでした？」

「うん、俺が書くことになった。任せておけ……。『山本純子の推薦状、私が書きたいから是非書かせて欲しい』と、三田先輩に頼んだんだ」

「……有り難うございます。御免なさい、ほんとうに申し訳ありません」

長身の純子が腰を折り曲げて恐縮する姿を見て、秀は冗談ぽく、

「おい、皆が見ている。こんな道端で、歩きながら、君のような背が高くて目立つ美女に『御免なさい』などと言われていると、『こいつ、ふられたのかな』と街行く人が勘違いするじゃないか」

隣を歩いている美紀が、

「秀さん、よくそんなことに気が回りますね。純子にふられるなら本望ではないですか」

「アホ、美紀は男の気持ちが全然わかっていないな。もっと勉強しろ、男というものはなあ、山本のような超高嶺の花には、片思いはしても愛の告白などはしない、できないといったほうがいいか、絶対にふられたくないんだ。それまで崇《あが》め奉ってきたマリア様を失いたくないだろう？　にっこり微笑んで戴けるだけでその日の活力が沸く、信者相互で犯すべからずなんだ。わかるか、だから、ちやほやする奴はいても、プロポーズする奴はいないから、本人はきっと寂しい想いをするぞ。純子は自分で、プロポーズしなくてはいけない宿命にある。自分が決めた人に当たっていけばいいんだ。多分、純子なら狙い撃ちだろう。間違いなくものにできる。間違ってもあせってお見合い結婚なんぞするではないぞ」

純子は真剣な眼差しで、冗談に近い秀と美紀の会話を聞いていた。渋谷駅ハチ公前広場では、まだＭｔ大生がそちこちに円陣を組んで、気勢をあげていた。女子寮の美紀と純子は井の頭線に、三田、山岸達は山手線に、矢部は北青山の男子寮まで歩いて十分、秀は独り渋谷駅東口か

ら日本赤十字産院行きのバスであるが、最終バスはとっくに出ており、いつもならタクシーのところを、今日は、学園祭の余韻を胸に渋谷区豊分町《とよわけちょう》の下宿まで歩くことにした。

今、別れた仲間達との会話の一つひとつを思い出しながら、丸いブリキの傘を付けた街灯の裸電球の光が路面を照らす渋谷警察署の裏通り、路地裏を金王八幡神社の方向へ向かった。玉垣で囲まれた金王八幡神社の脇を通り抜け、右に行けば、歩いて十分ほどで並木橋から代官山に出る通り、青山通りと代官山を結ぶ八幡通りの、深夜この時間は点滅信号に変わっている横断歩道を渡り、実践女子学園の校舎の通用口に繋がる路地を常盤松小学校の方向へ歩いていた。南青山から渋谷川沿いの明治通りへと降りていく若木町通りを渡り、氷川神社の境内を通り抜けるため左側の本殿に続く広い石段を登っていった。暗闇の境内で銀杏や楠の大樹が風に揺れて、そのざわつきの音が石段を一段一段登っていく秀の気持ちを揺さぶった。秀は、立ち止まり、暗闇の石段の途中に腰を降ろし、今、学園祭の全ての事を終え、独りになった自分を振り返っていた。

さっき言われた、「山名先輩は、他人のことを考えすぎる。もっと自分のやりたいことを素直にやればいい」という美紀の言葉にひかかっていた。さらに純子の「今度の推薦状は是非あなたにお願いしたい」という勇気ある言葉にひかかっていた。純子の一言は、どうみてもあれは、体のいい愛の告白である。まだ純子をよく知らないで、早急にそう捉えていいのか、秀の心情は複雑であった。……あたかも若い娘が、まるで、この世の総てを投げ打って、自分の終焉を覚悟したような言葉のようにも思えた。

……どれだけの間、そこに腰を降していたのか、十一月の夜風が、秀の熱くなった頭だけでなく、体全体を徐々に冷やしていって、先ほどまでほてって紅潮していた頬にも、風が冷たく感じられるようになった。秀はやがて立ち上がり石段を登りきり、また歩き出した。國學院大學の仲通り、神社本庁の前を真っ直ぐ、東京女学館のほうへ坂を下り、日本赤十字中央病院の塀にぶつかる手前の急な坂を登り返していった。その坂を登りきった右側の角の交番の巡査は、書類の作成でもしているのか、机に向かい下を向いたままの姿勢で作業中であった。

赤い空車の表示ランプのタクシーが二台続けて広尾の方からやって来て、今、秀が登って来た坂を、渋谷の方へ下っていった。在日ユダヤ教団本部の門前を通り過ぎて、日赤病院のすすけた古いレンガ塀伝いに歩き、塀の切れた先、旧久邇宮邸の面影を残す、聖心女子大学の黒い立派な木造の正門の前に出た。向かいのNHK羽沢寮の高層ビルを右に見て、その先のチェコ大使館の手前を右に入ったところが、秀の下宿先だった。

下宿と言っても五百坪を優に越すお屋敷の中の母屋の二階に三人の学生が下宿し、階下にはその家の主人の奥さん（既に未亡人）が一人で生活しており、日曜日になると、天気のいい日は広い庭の真ん中の焼却用の大きな穴に可燃物ごみを集め、下宿生が交代で燃やしていた。

周辺は大きな屋敷の旧家や大使館が多く、谷を挟んで向かいの丘陵には、広い庭を持つ高級料亭「羽沢ガーデン」などもあり、春の花見時分には、庭のぼんぼりに灯がともり、夜桜を楽しむ客の姿も見られ、時々ここで、大山康晴名人、升田幸三九段を初め、将棋の対局なども行われていた。広尾商店街までは徒歩五分ぐらいで行け、途中には外国人の住居が多かった。広尾商店街は五のつく日が地元の寺社の縁日で、毎月、五日、十五日、二五日は午後から夜にかけて街頭に露天商が並び、彫金のアクセサリー売りの店やおもちゃ屋、たこ焼き屋、水飴屋、バナナの叩き売りなどで賑わった。営団地下鉄日比谷線の広尾駅の計画もほぼ固まり、聖心女子大学の学生の通学路としても期待されていた。

その夜、秀が豊分町の下宿に帰り着いたのは、零時前であった。

2　入ゼミ試験

十一月七日、火曜日、「民法Ⅱ（物権法）」の授業が終ると、大学四号館二階の教室の前で、山本純子は山名秀を見つけ、傍に近寄って遠慮がちに、

「すみません、お時間がよろしければ、どこかでお話できませんか、先日お願いした、お渡ししたい書類も用意してきました」

と、今日はひとりである。

「うん、いいよ。学生食堂に行く？　……いや、外の喫茶店のほうがいいね。君はもういいの？」

「はい……」

二人は、四号館を出ると、校舎に囲まれた小さな中庭を横切り、歴史の香りが漂う法人本部の建物の脇から、大学院が使っている大学三号館の前のゆるやかな下り坂を幼稚園の前の東門まで降りていった。この時間、幼稚園はもう園児が下校した後で園庭に人影はなく、前庭の奥の園舎の玄関は閉じられていた。東門から通りに出ると狭い道路を青山通りの方から一台の乗用車が走り抜けていった。秀は純子と少し間隔をあけて立ち止まって、その車をやり過ごしながら、語りかけるように、

「南青山、骨董通りの喫茶店にしようか」

今の授業、宮澤助教授の「民法Ⅱ（物権法）」は二百五十人ぐらいのクラスで、秀と純子が四月から同じクラスで履修していた。二人が同じクラスの授業をとっているのは、週にもう一つ、武藤教授の「財政学」があった。これも大きな教室で二百人以上の受講者のいるクラスで、秀は時々、長身で美しい純子の姿を見かけることがあったが、今まで授業の後、お互い話をしたことはなかった。

今、こうして背の高い二人が、並んで四号館二階の教室を出て、人通りの少ない東門の方へ向かう後姿を、多くの学生達が見ているはずである。純子も秀もそれは覚悟していた。秀は、

星野菜穂子と、時々キャンパス内を二人で歩くが、今日はどうも勝手が違って、お互いがよそよそしく、なぜかドキドキしていた。純子は男子学生と並んで歩くのは日常茶飯事で、見た目は自然に振舞っていた。東門を出て横断歩道を渡り、ゆるい坂を上ると骨董通りに出た。右折し、骨董通りを高樹町の方に少し歩き、入り口近くに熱帯魚の水槽が並ぶ、「ディスカス」という名の喫茶店に入っていった。

中は広かったが客は少なく、なるべく奥のほうの席に座った。秀はホットココアを、純子はホットコーヒーを注文した。純子は例によって、伏せ目がちに下を向いたまま、自分から話をきりださない。暫らく純子の長い睫毛を見つめていた秀が切り出した。

「後夜祭の夜、渋谷で別れて、あれからどうした？」

「……はい、井の頭線の下北沢で小田急線に乗り換えて成城学園前まで、そこからタクシーです。美紀と二人で、二四時頃までには寮に着きました」

「そうか、成城学園前なら、あの時間でも確実にタクシーはあるね」

「はい、私たちも寮に二年もいますと、その辺りはよくわかっています。寮生同士、常に情報交換してますから……」

「今日は、推薦状の資料を用意してきたんだね？」

「はい」

純子は角三サイズの茶封筒を洒落た布製の手提げ袋から取り出して、テーブルの上に置いた。

「……中身、見ていいね」

秀はその封筒を開けて、中身を取り出した。綺麗な字で書かれた依頼状と履歴書が入っていた。履歴書には名刺版の写真が添付されており、夏に撮ったらしい白のブラウス姿の純子が、魅力たっぷりに微笑んでいた。秀はさっと眼を通して、

「……字が綺麗なんだね。こんな整った字の履歴書を見るの初めてだよ。失礼だが写真も本物以上だし、推薦状書くお駄賃にこの履歴書頂くよ。……いいかい」

「どうぞ、そんなことおやすい御用です。それより内容はそれでいいでしょうか」

「そうだね、将来、自分の就職をどう考えているのか、もう少し教えてもらえないかな」

「前にもお話したように、明確に決めていませんが、もし、推薦状を作成する上で、将来、金融機関、保険会社等を希望することが良いと思われるなら、私はそれで構いません。希望ですから……」

「純子は将来、就職しないこともあるわけ？」

「いいえ、体調さえよければ、東京で就職したい気持ちはあります」

「いいかい、ゼミを受験する。面接でこのゼミを選んだ理由を聞かれる。その時、自分の意思を伝えなければならない。推薦状にそのことをあらかじめ明確に書いておきたいのだ。このゼミを選んだ理由は、例えば金融機関に就職を希望しているとか、司法試験受験に備えたいとか、大学院に行って会社法を勉強するための準備だとか、このゼミに入り、やりたい理由があると

いう意思表示が明確に伝わることが大切なんだ。そのために今、君の意思を確認しているのだ。面接試験を行う目的を考えると、大切な今後の意志の確認なんだ。受験生が合格するまでの論理的作業だといってもいい。ついでに僕の感想を言わせてもらうと、君、自身の就職というものを考えると、自分でこれから専門性を身に付けて、直接自分で働く部分と、それに加えて、君は他人に働く意欲を起こさせる力を備えている。その力も世の中で発揮して欲しい。簡単にいうと今度、君は我々の仲間として、荒木アドグルに加入した。是非、時間のある限り、あらゆる会合に参加して欲しい。勿論、純子が積極的に活動することを望むが、君がそこにいるだけで、他の学生にやる気を起こさせる、参加しようという意欲を起こさせる力を備えている。君の参加によって、仲間の学生たちの相乗的向上効果を期待する。そのためにも、備えられたその能力をアドグルに提供して欲しい」

「先輩の言われることが、よく分からない部分があるのですが、私に何かの犠牲になれといわれているようで……」

「犠牲ではない。いいかい、それぞれこの世に生有るものは、天からその天分を与えられている。その神から与えられた天分を世の人々のために惜しむことなく提供したらどうかと言っているのだよ」

「……それは聖書の世界ですね」

「何の世界でもいいんだ。皆が認める君の天分を生かしてはどうかということだ。最後は強制されるものではなく、自分自身で判断することだが……」

「なんとなく、言われることは分かりました。……何故こんな話に？」

「君の就職の希望の話からだ。後夜祭のあと、俺も美紀に他人のことを気にしすぎるといわれ、考えたよ。もっと自分が思うとおり生きた方がいいかと」

「私もそうされる方がいいと思います」

「そう簡単ではない、人が人の中で生きていくのにルールとかマナーを守るのは当然であるが、それ以上の配慮、やさしさというものがあってもいいのではないかと思う。力のあるものが横暴にならないように気を配ることが悪いこととは思わない」

「分かりますが、それは他人に言われてやることではないでしょう。自発的にやるなら自由ですが、美紀ちゃんは秀さんに恋愛のことを言ったんですよ。ある人が好きなのに他人に遠慮することないって……」

「それは分かった。もう一つ聞いていいかい。この推薦状だ、何故、僕に書かせようと思った？」

「それは私の率直な気持ちです。初めからあなたにお願いして、あなたに引き受けて欲しかった。私は、あなたが、うちの法学部で最も人気が高く難しい山田清二ゼミに在籍されていることは以前から知っていましたし、荒木アドグルの一員であることも知っていました。女子寮での食事時、あるいは当番などで友達と話している中で知りたい情報を得たりするのですが、同じ法学部の山名さんの情報は、私が一年生の後期ごろから、それとなく関心を持って聞いていました。美紀からアドグルの情報として、山田ゼミの大まかなことは得ていましたが、三田さんのことは全然知らなかった。私はゼミ受験をあなたが在籍する山田ゼミに絞り、山田ゼミの受験の情報を美紀に知りたいと頼み、美紀があなたを紹介してくれるものと信じ込んでいたんです。ところが違った。何故、美紀があなたを紹介してくれなかったのか、わからないし聞きたくもない。幸い紹介された三田さんが、『山名君に詳しいことは聞きなさい』と言って下さって、『後夜祭の日、山名君がアドグルの集まりに来るから』と言ってくださった。そのことを美紀に話すと、彼女は、『自分は提灯行列に参加するかどうか分からない』と突っぱねられた。それがきっかけで、自分で荒木アドグルに入ることにしたんです。美紀が初めにあなたを紹介してくれていたら、多分、私、荒木アドグルの入会登録はしなかったと思います。美紀のやり方が、私の気持ちに火をつけたような感じです。その一方で初めて荒木先生にお会いし、入会するとき、美紀にお願いして連れてってもらいましたから、彼女にはこれまで同僚としてお世話になったと感謝しています」

「ふーん、そうだったんだ、美紀に勧められて、荒木アドグルに入ったのではないのか」

「はい、だから私、どうしても、山名さんの推薦状で山田ゼミに合格したいんです」

「女の意地というやつか、恐ろしいね。さっきの聖書の話とはまるで違う。成り行きはともかく、そういう結果になったのだから、何が何でもゼミには合格しなくてはね。俺も責任重大だ」

「そうなんです。絶対に合格します。ご迷惑お掛けしますが宜しくお願いいたします。山名さんとお会いして、お話するのはこれで二度目ですが、こんな内面的な恥ずかしいお話をしてしまって、誰にも言わないでくださいね。私は恐ろしい女ではありませんから、ただ世間知らずで、実直ですから、この人なら信用できると思ったら、今のように包み隠さず自分の思いをぶつけてしまうんです。ご迷惑かもしれませんが、これからも何でも相談させてください」

「うん、いいですよ。俺も田舎生まれの田舎育ちで、如才のないあか抜けた人間ではないが、それでもよければ……。ところで履歴書では、ご家族はご両親とお兄さん、今は四人家族ですか、お父様は上越製鋼の社長さん、お兄さんは？」

「新潟大学理学部の大学院生で、自宅から通っています」

「実家はこの本籍地と同じ新潟の市内ですか」

「新潟市ですが郊外といいますか、自宅から新潟駅や市街地まではバスで出ます」

「高校は県立の女子高？　これもバス通学ですか」

「はい、出身高校は新潟大学の近くです」

「刑事裁判の人定尋問のようになってしまったね。御免なさい」

「いいんです。私もあなたのこと聞いていていいですか」

「構わないけど、その前に、さっき純子が、一年生の後期頃から僕の情報を得ていたと言ってたね。今現在、どんな情報を持っているのか気になるな、聞いてみたいね」

「私の情報はみんな人伝ての情報ですから、それに寮の中での噂話ですから、確かな情報かどうか怪しいものです。寮での噂話は、意図的に本当のことは伝えなかったり、大学の女子寮の生活は、中で生活する者にしか判らないでしょうね。私は入寮した時から、体が大きくて目立つものだから、良きにつけ悪しきにつけ上級生からの風当たりが強くて、初めのうちは自分の部屋で布団かぶって泣いてばかり、誰を信じていいのかが判るまで大変でした。自分でも鍛えられ強くなったとつくづく思います。昼間キャンパスでは、法学部のクラスの女子学生は数人に限られていますから、話しかけてくる男子学生とも学食で話したりもしました。私はクラブやアドグルに参加していなかったので、上級生からの情報は寮の上級生からだけでしたが、寮の中には法学部の学生が少ないですし、上級生と用もないのに話すのは息苦しいですから、私の山名さんの情報は、自分の眼で見える範囲のものが一番多いと思います。普段、着てらっしゃるものとか、ネクタイの好みとか、靴は毎日綺麗かだとか、何曜日は学ランが多いだとか、髭をちゃんと剃っているかだとか、よく一緒にいらっしゃる友達だとか、くだらないことばかりでしょう?　寮で聞いた噂話は、山名さんは出身は山陰地方で、町の長者の独り息子で、パチンコがうまいとか、いまはアルバイトで広尾のお屋敷の用心棒をしているとか、そこのお屋敷の女中さんが意地悪で、女の子が電話しても取り次いでくれないとか、今、お付き合いしている彼女は初等部から内部進学で上がってきた英米文学科の同じ学年の人であるとか、その彼女に対して山名さんはそんなに気がないのに、彼女に引きづられて交際しているとか。私、かなり、失礼な事言っていますが、これみんな他人から聞いた噂話ですから……」

「うん判っているよ。でも面白いな、人の噂話は始まると止まらなくなると言うから、昔、江戸の長屋の井戸端会議は、昼飯の片付けが、晩飯の準備の時間にまで及んだというから……。今、聞いた噂話、全部合っている。しいて違うところを挙げれば、広尾の下宿のお屋敷の意地悪な女中さんは存在しない。それから菜穂子は、中等部からだったと思うし、彼女より僕のほうが思い入れが強いのではないかな。お屋敷の用心棒？　そんな契約はない。ちゃんと下宿代は払っている。未亡人の大家さんは優しくて親切で、感謝している」

「長者様の独り息子というのは本当なんですか」

「僕の家は、曽祖父まで伯耆国池田藩の侍だ。言い伝えによると版籍奉還の際、藩から幾分かの身分離脱金を得たらしい。その頃、領地内にあった山陰の境港の回船問屋が、所有する大型木造船にこの地方の生産品である積荷の綿花を満載し、出航直前に落雷にあって船ごと焼失した。その頃は、保険制度も充分でなく、当時、会社の経営が傾きかかっていた上での出来事であったらしく、その船火事が原因で、立ち行かなくなった回船問屋の借財を曽祖父が一部肩代わりして救った。その後、世の中が変わり、私の曽祖父がその回船問屋の経営に関わり、会社を建て直し、時代も良かったのだろう、二代目の祖父の代になって順調に大きくなっていった。ただ、三代目である俺の父が若くして、俺が一歳の時、戦時中に軍の事故で亡くなって、母は実家に戻され、残された私は祖父母に育てられた。勿論兄弟もいない。直系である俺は跡取り息子として、明治生まれの爺さんに厳しく育てられた。山陰の田舎には、山林持ちや庄屋などの他には、そう儲かっている企業が多くないから、にわか商人の藩士上がりの社長でも、地元の取り巻きがしっかりしていたから、商売は順調に伸び、今では経営する会社が県の収益番付の何番目かにいるのかな」

「何という名の会社ですか」

「今は山名海運株式会社という社名だ。……いい社名だろう？」

「秀さん、将来はその会社のオーナー社長さんですね」

「爺さんは、大学を卒業したらすぐに帰ってきて手伝って欲しいらしいが、俺はしばらく東京で働きたいと思っている」

「菜穂子さんはそのことご存知でしょう？」

「うん、何度も聞かれ、その度に話している。彼女は外国の航空会社に就職希望だし、学業成績も英米文学科で一番か二番らしいから、これは本人から聞いたのではなく、彼女の親しい友達から聞いた。……多分受かるだろう」

「私、菜穂子さん、よく知らないですが、秀さんどこに魅力を感じるんですか」

「そうだなあ、一言で言えば俺の好みなんだ。着ているもの、持っているもの、話し方、笑い方、恥ずかしがり方、怒ることは今までなかった。考え方が古風なんだ、だから内部進学で高等部から上がって来た仲間からは浮いているというか、沈んでいるというか、いわゆるMt大学風ではないのかもしれない。そこが何ともいえない魅力なんだ。その彼女がパンナム航空を受ける。……多分受かるよ」

「スチュワーデスですか」

「希望はそうらしいけど、地上勤務でも何でも受かるよ」

「その彼女が、ずっと東京に居てくれと条件を出したら、どうしますか」

「俺が一生懸命なのに、彼女がもう一つなのは、そのあたりに原因があると思う。その時、俺は涙を呑んで諦めるだろうね。その覚悟はできている。後夜祭の夜、美紀が俺に自分の思うとおりにすべきだと言ったのは、そのあたりのことを考えて言っていると思うが、美紀自身、同じような悩みを抱えているからね」

「秀さんの言われることは説得力がありますね。私の気がつかないことでも言われてみれば、なるほどということ何度もあります。やはり自分の育った家は大事ですか」

「そんな簡単なものではない。人それぞれ宿命を背負って生きている。許容範囲は神によって決められている。挫折のように思えても、耐えるものは耐え、神に従って歩いていくと、必ずまた道は開ける。それを信じて、自分の道を一生懸命生きる。菜穂子を本当に好きになって、俺は成長したよ。これからも、もっともっと好きになって、行く所まで行き、別れる時が来たら、断腸の思いで別れることになるだろうな。そういう覚悟で俺は生きていくんだ」

「こういう話、よくされるんですか」

「いや、他人にこんな話をしたことない。何故、君にこんな話をしているんだろう。純子の魅力が大きく俺を支え、俺はそれに寄りかかって、甘えているのかもしれない。純子は美女型で母性型ではないと思っていたが、純子のそのゆったりとした母性本能に今、俺は完全に包まれているのかもしれない」

「あなたは、子供の頃から独りで生きてきた。だから、直感的に頼れるものとそうでないものがわかっている。だから強い。今、私に信頼を寄せているといってくれて、自分の気持ちを語ってくれました。そのことが嬉しい、今日でお会いするのは二度目なのにすごく親しく近くに感じます。また、何か言いたいことがあって、他人に言えないことがあったら、聞かせてくださ い。私も困ったことは何でもあなたに相談します。いいですよね」

「さっきから君のその眼を見ていると、恥も外聞も無く、何でも喋ってしまいそうだ。あの夜、君が推薦状を僕に書いてくれと耳元で囁いた時、君のこだわりというか、意思の強さを感じたね。……まだ、時間は大丈夫？」

「はい、次の講義もう始まっていますが、構いません。……秀さんは？」

「俺も始まったけど、たまには君とこうして授業サボってもいい思い出になるさ」

「秀さん、よく授業サボるんですか？」

「いや、サボらないほうだと思う。他の人のことは知らないが、授業に出るの嫌いじゃないし、かといって、休講掲示見ると嬉しいんだよね。率直なところ訳が判らないが、授業は大切にするほうだね。一口に言えば真面目なんだよ。……おなか減ったからサンドウィッチでも頼む?」

秀はトイレに立ったついでに、

「すみません、ハムサンドとミックスサンド一つずつ、ホットコーヒー二つお願いします」

秀がトイレから帰るのを待っていたかのように純子は尋ねた。

「秀さんもう一つ聞いていいですか」

「なに? ……菜穂子のことだろう」

「はい。……御免なさい、いいですか。菜穂子さんと何処で知り合ったんですか」

「……忘れた」

「うそ……」

「何処だったかなー。初めて話したのは大学の図書館の喫煙室だな」

「秀さんいきなり声かけたんですか」

「いや、とんでもない。入学した当初からMt大学には都会的な女子学生ばかり多くて、なぜか俺、学食でお昼食べてても女性を見ると疲れを感じてた。髪型とか服装とか持ち物とか、どれを見ても同じような流行やブランドばかり追っかけているようで、面白くもなんともなくて、しばらく女の人から目を背けていた時期がある。その頃、朝、毎日礼拝の時間は図書館で新聞を読む時間に決めていた、閲覧室の外のロビーの新聞コーナーで同じ時間に同じ場所で。すると同じ事を考えている奴が何人かいて、前の授業が長びいて遅くれて行くと、新聞コーナーがその時間満員になっていて、空くのを待っていることもあった。喫煙コーナーで、タバコを吸って十分間待つ。その喫煙コーナーに彼女が現れるようになった。それもタバコはまったく吸わないのに　座れる椅子は部屋の壁を背にぐるっと二十脚ぐらいはあるが、その時間は、喫煙室、ほとんど二、三人しか利用しない。俺もタバコ吸ってる間は暇だから、彼女が何をするのかじっと観察する。すると彼女はいつも、ただ、本を読んでいるだけだ。わざわざ煙い部屋で本を読むことないのにと思いながら、初めは眺めていた。そのうち彼女が持っているものが、他の学生のものと違うことに気がついた。手編みのレースの袋とか、籐で編んだバスケットのようなものとか、紛れもなく素人がつくったと思われる代物を持っている。服装も他の連中とどことなく違う。アルプスの少女ハイジのようなジャンパースカートにおおきな襞が付いていたり、襟や袖口にフリルが付いていたり、特注で創らせたような感じのものが多く、色も落ち着いた洒落た感じのものが多い。菜穂子は眼元がすずしく、肌の色が白いから、それがまたよく似合っていた。段々気になっていたが、声はかけられなかった。結局、声をかけたのは俺だが、もう年が明け、春になってからだった」

「それからは、交際は順調に進んだんですか」

「そうだね、南青山の根津美術館に誘われたり、黄色く色づいたイチョウ並木の神宮外苑を散歩したり。よく有楽町や渋谷に映画を観にいったな。そういう時は必ずサンドウィッチとか手巻き寿司とか、おむすびとか、手作りのものを用意してくる。それをどこかの公園のベンチに腰掛けたり、芝生に座って二人で食べる。そういうの幸せだろう」

「秀さんって、よく言えばロマンチストなんですね」

「そうなのかなあ、自分ではよく分からないが、とにかく、気分のいい時間が流れていたよ」

「よく価値観の相違が、男女の離別の理由になりますよね。そういう意味では菜穂子さんと秀さんは価値観が合致しているということですね」

「彼女が、俺が喜ぶからそれだけのために、自分を押し殺してそういうことをやっていなければね。自分の思うままにやっていたとすれば、価値観が合っているということだろう」

「私もそういう恋愛してみたいですね。相手にしてあげたいことを自分の思うようにぶつけて、それが相手にとってあらゆることが、よしとして受け入れてもらえるなんて……」

「君の周辺に居る多くの男性の中で、君がどう見抜き選択するかの問題だが、きっと相性のいい奴が居る筈だ。どんなに熱心でも君を好きだというだけではだめだよ。好みだけでは長続きしない。そいつの傍に居るだけで、君自身をゆったりとした気分にさせてくれる奴。必ず居るよ。まだ焦る事はない。……サボった授業もそろそろ終わるね。未熟な恋愛談義も続きはまた後日だね。面白くもない話を聞いてくれて有り難う。今週中に推薦状書くから、来週のこの物権法の授業の後、またここで会うことにしようか」

「はい、わかりました。お忙しいのに申し訳ありません。……先輩のお話は、他人の悪口のようなことが全くないから、聞いてて清清しい。お話していると、時間が経つのが早いですね。……来週またここでお願いします」

「ゼミは入ってからが大変だからね。来年四月、ゼミが始まるまでに民法総則とか債権法とか基礎固めをしておくことが大事だね。判例、判決文を読みこなすこと、普段読み慣れない判決文に慣れることも大切だね」

「今は私、ゼミの面接のことで頭が一杯です。石に噛り付いてでも絶対合格したいですね。最近私、不合格になった夢を見たりするんです」

二人で喫茶店を出る頃は、街は夕暮れにつつまれていた。骨董通りを紀伊国屋スーパーの方向、青山通りに向けて歩いた。車がライトをつけ始めた青山通りの広い歩道を二人で肩を並べて歩き、宮益坂の欅並木を下り、渋谷駅のコンコースで別れた。

それから秀は一週間かけて、山本純子が山田ゼミの学生としていかに適性があり、意欲的であり、優れた学生であるかということを訴える推薦文を作り上げた。初めから秀は、純子の合格は間違いないと踏んでおり、推薦文はオーソドックスなものにしようと考えていた。様式も裁判官の判決文の様に、冒頭に推薦の要旨を短く明確に掲げ、推薦の理由を箇条書きに五項目ほど並べ、以下に概要説明を便箋二枚にわたり、適確な表現の文章で説明したものにまとめた。最後に推薦者として「山田清二ゼミナール所属　三年F組　山名秀」と記名し、押印した。

推薦状は純子と先週約束した時間にその場所で手渡した。純子も封筒の中身を覗いて満足した様子であった。そして、純子は早速、八号館一階、法学部の教務事務に入ゼミ希望申請の出願手続きをとった。書類は受理され、あとは山田教授による本人との面接を残すのみとなった。面接試験は十二月八日水曜日、午後一時から山田教授の研究室で行われることが決まった。そこまで自分の思いどおりに事が運んだ純子は、静かに自分との戦いに専念していた。いよいよ面接の前日、純子は不安だったのか、「もう一度お話を伺いたい」と秀を誘った。

「今年、うちのゼミの希望者は何人なの？」

「細かい数字はわかりません。私が受付番号六番ですが、私の前に女性が一人居るようです。全部で二十五人から三十人位、そのうち女子学生が三人」

「それはどうして判った？」

「面接は全員同じ日ですが、女子だけ先に行われるようで、女子学生三人が教務窓口に呼ばれ、面接の受け方の説明を受けました。去年はどうだったんですか」

「去年は、男女一緒に説明を受け、面接も男女関係なくクラス順に行われたと思う。やり方が変わったんだね」

「合否判定のやり方も変わるのでしょうか」

「どちらにしても合否は山田先生が決めることで、そんなに変わるとは思えない。純子は普通にこうして応対すれば、落とされることはないと思うよ」

「本当ですか、どうして判るんですか、こんなことを言うと失礼かもしれませんが、理由がよく判らない」

「そりゃあ、明確な根拠はないよ。過去の実例、受験者の数などからして、俺は君の合格は間違いないと思うだけだ。……合格発表は翌日だろう？」

「はい、教務課の掲示板に張り出すそうです。去年も不合格の人、いましたよね」

「勿論選抜試験だから、はねられる者も当然いるよ」

「去年、女子で不合格の人いましたか」

「いないね。二人受けて、二人とも合格した。もともと女性は、冒険はしないから……」

「いやだなー、今のお話聞いたらよけいプレッシャーを感じる」

「受験なんだから、本気で受けて、ある程度緊張したほうがいいんだよ」

「そんな余裕はありませんよ。私、必死ですよ。落ちたら死ぬかも知れません」

「死んで欲しくないね。そう思うのは俺だけじゃない、世の男達のためにも、そのためにも明日の面接たのむよ。落ちたら俺が書いたあの推薦状のせいになりそうだから」

「先輩、私は、そんなことは絶対言いません。推薦状を書いていただいたこと、本当に感謝しています。教務課に提出する前にコピーをとりました。一生の宝物とします。だって、恥を忍んでお願いしたんですもの……そこには私の乙女心、青春がこもってる」

「若干、大仰に聞こえるが、今の気持ち忘れずに、合格したらサブゼミにも必ず参加しろよ。

そうすれば、自分は今、大学で勉強しているなって感じるから……」

「そうなるといいですね。毎週必ず山名先輩にもお会いできるし、なにより山田ゼミの一員として、居場所が確保できるのが嬉しい」

「そうだ、アドグルでも何かやれといわれている。読書会を例えば月一回、定期的に始めようかと思っているけど、そっちのほうも手伝ってくれるね？」

「はい。……読書会、どんな作品ですか」

「アドグルは親睦が目的だから、専門的でなくてもむしろ話題性のある作品、先生が参加されるとなると宗教色のある小説になるかな。例えば遠藤周作の作品とか」

「荒木アドグルのメンバーはクリスチャンが多いんですか」

「昨年春、発足当時九人のメンバーのうち四人クリスチャンだった。あれからかなりメンバーが増えたから、いまの数はわからない」

「秀さんはキリスト教と関係があるんですか」

「うん、小学校四年生から六年生まで、田舎で聖公会の教会の日曜学校に通ったね。だからこの大学の礼拝での讃美歌とか礼拝の形式などは違和感はまったくないね」

「それで、荒木先生のアドグルにはいったのですか」

「いや、誘われて入ったんだ。同じクラスの矢部が学生キリスト教同盟にいて、『法学部宗教主任の荒木先生が、新しくアドグルを立ち上げるから参加しないか』と誘われたんだ」

「そうですか、矢部さんとは、今もクラスがおなじですか」

「矢部とは一年のときから腐れ縁でね。函館のミッションスクールを出て、今、男子寮にいる真面目ないい奴だよ」

「矢部さんの噂も以前から聞いていました」

「気になるんだけど、女子寮で噂に上る男って、どういう奴なの」

「どういう人？　……そうですねえ、スター性のある人、おしゃべりな女の子が自慢げに情報を流すわけです。それを皆が聞き流す振りをして、実は大いに関心をもって、耳をダンボにして聞いているわけです。おもしろいでしょ、そんな子でも本気で付き合っている人の話は口にしませんし、おとなしい子は情報をもっていても口に出して話さないですから……」

「女子寮の話はもっと聞きたいけど、明日が試験だというのに、いい加減にしなくてはね」

「いいえ、こうして山名さんと話していると、嫌なこと皆忘れて、すぐ時間が経ってしまうような気がします。合格したら、またゆっくりお話したいですね」

「俺も君のような綺麗な人と話していると緊張していて、すぐ時間が経ってしまう。……あまり引き止めても迷惑だろうから、それじゃあ、明日はがんばってね」

「有り難うございます」

　二人は店を出て、師走の青山通りを渋谷駅に向けゆっくり歩いた。街には早くもクリスマスのイルミネーションがきらめき、二人は車のヘッドライトの光を浴びながら、宮益坂上の交差点、日石のガソリンスタンドの前の横断歩道を渡り、ビルの谷間の寒風をついて歩いていく今、大都会東京にいることを肌で感じながら、純子は秀に寄り添っていた。

翌々日、木曜日、大学九号館一階法学部教務課の掲示板に他のゼミに並んで「山田清二ゼミナール」の来年度の名簿が張り出された。来期、四年生には、今年度の三年生の在籍者十六名全員の名前があり、来期、新三年生の名簿に、今年の入ゼミ試験合格者十五名の名前が発表されている。その中に山本純子の名前も入っていた。

午後三時過ぎ、名簿で自分の名を確認した現役の山田ゼミの三年生の現ゼミ生が、五号館前のベンチに集まっていた。言うまでもなく、話題は来春三年生のゼミ生と決まった後輩達、新メンバーのことであった。やはり山本純子が話題の中心になっていた。秀はやや遅れて、その輪に加わったが、すでに山名秀が推薦したことが噂で知れ渡り、秀におめでとうと握手を求める者もいた。

「山名、さっそく山本純子を皆に紹介しろよ」

「来年のゼミ幹は、山名に決まりだな」

と、冷やかしとも思えない発言もあって、五号館前のベンチ周辺は賑わっていたが、秀は殊更、冷静を装うように、

「合格して喜ぶ奴の裏に不合格者もいるんだ。もう少し静かに祝福してはどうだ」

と、いつもの秀らしく、クールに対応していた。

合格発表のその日、山本純子は、掲示された合格名簿は確かめたであろうが、みんなの前には姿を現さなかった。秀は純子の賢明さを感じていた。多分一人で、喜びを噛み締めているのだろう。寮の自室で布団をかぶって泣いているのであろうか、自分の力で掴んだ合格だ。受けた面接はどうだっただろうか、感想も聞いてみたかった。あるいはもっと冷静に、純子にとって秀の書いた推薦文と山田ゼミの合格という二つの客観的事実が得られれば、目的は達せられたのかもしれないとも考えられた。

合格発表の翌々日、純子から豊分町の秀の住所へ手紙が届いた。あの履歴書に書かれていた美しい文字の封書には、これまでのお礼の気持ちと、これからの決意が認められていた。この手紙の宛名書きを目にした、秀と故郷の近い同じ下宿の学生たちが、文字の美しさに関心を示し、山本純子を勝手に想像して秀に迫った。毎日、寝食を共にする気心の知れた同宿の仲間に対し秀は、

「君たちの想像を遥かに上回る美しい女性だよ。Ｍｔ大学の中でも断突と言っていい。会う度に何時間話していても気分が良くて、別れたくないと思うほどだ。青山通りを学校から渋谷駅まで二人で歩く間が、こんなに短かかったかといつも思うほどだ」

これは、秀の率直な気持ちであった。机の引き出しに大切に保管している山本純子の履歴書、そこに貼られた純白のブラウス姿の純子の写真を思い出していたが、秀の良識が、信頼の置け

る身近な仲間とはいえ、自慢げに他人の履歴書を関係のない第三者に見せるようなことはしなかった。

秀は、山本純子の山田ゼミ合格は、今後山田ゼミの名声をさらに高め、充実に繋がるだろうと確信していた。その意味で、自分が純子の推薦状を書いた事実と、なにより純子本人から、あなたの推薦状で山田ゼミに合格したいと打ち明けられた事実とを振り返り、秀は今、謙虚に在天の神に感謝した。


山田ゼミの三年生の演習は、毎週火曜日の午後、一つ目の授業であった。毎週火曜日の午後三時過ぎにはその演習を終えたゼミ生達が、五号館前のベンチで戦いを終えた戦士のように一かたまりとなって、翼を休めて羽繕《はづくろ》いをしているような光景があった。以前からそれを知っていてのことか、合格発表のあった翌週の火曜日、山田ゼミに合格が決まった二年生の三人の女子学生が示し合わせたように揃って挨拶に訪れた。そして一人ひとり自分で挨拶した。

「この度、来年度山田ゼミの一員として許されました山本純子と申します」

「伊藤恭子と申します。よろしくお願いいたします」

「西澤由美と申します。ご指導よろしくお願いいたします」

予期せぬ出来事に、五号館前の一角が一気に華やかな雰囲気となって、今戦いを終え、疲れ果てていたはずの戦士たちに俄かに精気が甦り、彼らの才の限りの冗談が飛び交った。

「山名、代表して俺たちのことも紹介してよ」

現ゼミ幹の杉田が山名秀を指名した。それに秀も抵抗なく応じた。

「それでは、向こうから順番に里多君、木俣君、杉田君、谷口さん、宮川さん、小宮君、村田君、最後私は山名です。以上ここに居るのは男六名、女二名ですが、他に男八名がいます。三年生のゼミ生は総勢十六名です。来年四月からは、この我々と君ら新人十五名で山田ゼミを運営していくことになるから、……よろしくな」

「ところで、今日は男達はどうしたの？」

小宮の問いかけに戸惑っている三人を見て、杉田が、

「いいじゃないか、いじめるなよな……、男達は、女の子が挨拶に来ているのを知らないだけだよな。俺たちも君たち三人が来てくれればそれでいいんだ。誘ったのに来なかったわけでないだろ？」

「そうです。まずかったですか」

「気にするな、君たちも今、ここをたまたま通りかかっただけだろう？」

「演習の授業は四月からだが、サブゼミはずっとやっているから、年明けからでもオブザーバーで参加すればいい、はやく雰囲気に慣れたほうがいいのではないのかな」

「初めは難しくて理解できないのではないでしょうか」

「そうなんだ、初めは手探り状態、五里霧中でやっているうちに或る時、ぱっと霧が晴れるよ

うに自分のものになるものさ。何の学問でもそうじゃないかな」

「山田ゼミに果敢に挑んで、晴れて合格した勇気ある君たち、これからはその意気込みで山田ゼミを支えてくれ、頼むぞ」

「俺たちもやっと一年やってきて、先生は勿論、メンバーも雰囲気も申し分ないし、そんな環境の中で存分に研究・勉学できることは、幸せだと思っている」

「やっと専門科目に集中できるようになったと思っていたら、もう目の前に就職試験が迫っている。二年生が終わったら、取り付く島もなく追われる毎日だからな。今のうちに英気を養っておくことだね」

三年生から次々と機関銃の弾が飛び出すような激励の言葉が浴びせられて、二年生の三人の女子学生は、心地よい刺激として受けているようであった。

山本純子は黙って真剣に語られる言葉を聞いていた。今日は伊藤恭子が受け答えの中心にいた。噂では恭子は一年次の成績がすべて「A」以上であり、換算点（評価×単位数）で法学部の学年トップといわれていた。西澤由美も山本純子と変わらないくらい背が高く、あのイタリア新鋭女優のC・カルディナーレのような大きく鋭い眼光が魅力的であった。秀は時間が許せばもう少し純子と二人で話したかったが、次の授業もあって、その時は言い出せず三十分ほどで自然に解散となった。

翌日、秀が午後四時過ぎ、法哲学の授業を終えて五号館四階の教室を出ようとした時、教室

の入り口近くの廊下に純子が立っていた。純子は秀の授業が終わるのを待っていた様子で、秀の姿を見つけるなり、

「山名さん、突然ですが、これからちょっといいですか」

「うん、いいよ。今日はこれで終わりだから。……どうしたの？」

秀と純子は、四号館の地下にあるＹＭＣＡ食堂の喫茶ラウンジで、コーヒーを飲みながらしばらく話した。

「ゼミ入試の推薦状をお願いしたお礼をしなければと思っていたんですが……」

「何を言ってるんだ。これからはもうゼミもアドグルも同じ、仲間同士なんだ。力を貸しあうのは当たり前だ。きざな言い方かもしれないが、純子の喜んでくれてる笑顔を見るだけで、十分だよ。そんなこと気にするんじゃないよ」

「いえいえ、今回だけは、そんなわけには。……それで、山名さんは、音楽なんかお好きですか」

「え、オンガク？　……好きだよ。ベートーベンでも美空ひばりでも……」

「ふふ、……今風の音楽でもいいですか」

「今風というと、ポピュラー、ジャズ、マンボ、ルンバ、タンゴとか？」

「例えば、夜の音楽番組なんか聴かれますか」

「毎晩聞いてるよ。深夜のＦＭラジオ聞きながら、君の推薦状書いたんだ」

「私も好きでよく聴きます。……それで恥ずかしいですが、秀さん、ピアノお好きですか」

「ああ、好きだよ。ピアノの調べって、一人で聴いているとなんともいえないよね。ラジオで、天気のいい日曜日の昼下がりなんか、籐椅子に腰掛けて庭を眺めながら……」

「よろしかったら、これからお連れしたいところがあるんですが、いいですか」

「えー、演奏会？　遠いところ？」

「いいえ、すぐそこです。うちのＭｔ学院の幼稚園ご存知ですよね。そこの三階」

幼稚園の三階にアプライトのピアノを置いて、主に幼稚園教諭、小学校教諭を目指す教職志望の学生が、教育実習の為のピアノ練習をする個室が五室あり、その一番奥にそれよりやや広い部屋で、グランドピアノが弾ける部屋が一つあった。Ｍｔ大学の学生なら短期大学の事務所に予約すればいつでも無料で、三十分単位で使用できるということであった。その日純子は、あらかじめ予約している様子で、その時間に合わせて、幼稚園の園庭から屋外の螺旋《らせん》階段を昇って、秀をグランドピアノの部屋に案内した。

「そうか、今日は、純子のピアノの生演奏が聞けるのか、……有り難う」

「不肖、山本純子が山名先輩だけに奉げる……特別公演ですからね」

純子はそう言いながら、鍵盤の脇の補助椅子に秀を座らせ、自分も脇の台に持っているものを置き、布製のバッグから取り出した楽譜を譜面台に広げ、着ていたコートを脱ぎ、さらにジャケットスーツを脱ぐと、突然、そこに演奏ドレスの山本純子が現れた。肩から豊かに膨らむ胸の上部まで白く若い肌を隠すものは何もなく、ゆっくり椅子に腰掛けながら、女性特有の柔らかそうな肩の曲線から、長い双方の腕が鍵盤に伸びて、顔だけ傾けて、魅力的な眼がキラリと光ったかと思うと、

「山名先輩は映画音楽、お好きですか」

「……う、うん、……え、映画も、音楽も……」

秀は、二人だけのこの狭い空間で、純子のまるでミロのビーナスの彫刻でも見ているような姿と微笑みに、もう曲が奏でられる前から胸が苦しくなっていた。秀は歯を喰いしばる様に堪えていた。そんな怯《おび》えたような秀の様子に、追い討ちをかけるように、純子の演奏が始まった。

曲は、初めに「エデンの東」、続いて「慕情」、「虹の彼方に」と続き、秀は夢の中にでも居るような気持ちで、純子のリズミカルに動く指先を眺めていた。研ぎ澄まされた感性と積み重ねられた鍛錬が、名曲となって部屋一杯に広がり、秀を幻想の世界に誘い、陶酔の巷へと導いていった。純子の楽譜を追っていく真剣な眼差しが、優しげな横顔が、秀の心をしっかりと捉えていた。純子は三曲続けて弾き終わると、姿勢を秀に傾け、恥らうように微笑んだ。

「……うまいねー、小さい頃からやってるんでしょう？」

「……そうですね、五歳のころから。……ピアノを弾くと子供の頃を思い出して、悲しくなるんです」

「……悲しい？　どうして、レッスンがきつかったから？」

「……」

純子はこれには黙って首を振っただけで、応えなかった。秀を見つめる純子の目に涙が溢れ、大きく溜息をつくように立ち上がって、ハンドバックの中からハンカチを取り出して、頬に当てた。純子の表情はなぜか悲しそうであった。

「……あまり時間もないですから、あと三曲、続けて弾きますね。多分ご存知の曲だと思います」

そういうと、純子は再び鍵盤に向き直り、「太陽がいっぱい」、「日曜はだめよ」、「ライムライト」と続けて弾いた。純子は演奏中、あまり首を振ることもなく、必要以上に手を上げたり身体を動かすこともせず、淡々と弾いていたが、音にはしっかりとメリハリをつけ、リズムは気を引くようにうまくずらしたりしながら、テクニックを用いた演奏で、純子の感性の高さを感じさせた。最後の「ライムライト」を弾きながら、純子の涙は止まらなくなっていた。秀もこの映画のクライマックスで、チャップリン演じるやさしい男の臨終の場面を思い出していた。

純子は弾き終わると、秀に向き直り、

「今日は突然お誘いして、恥じらいもなくお聞き苦しいピアノ演奏をお聞かせして、御免なさいね」

「……とんでもない、最高だったよ。選曲もよかったよ、夢のような三十分だったよ。……いつかまた聞かせてよ、今日は、決められた時間の中で、アンコールもできないだろうから」

その日は、予期せぬ演奏会に秀の体は硬直し、演奏の後の対応もぎこちなかった。秀は突然、強烈なパンチを浴び、誇り高い心のガードを完璧に打ち砕かれ、ボロボロに千切られた男心を懸命に繕う中、心の傷みを見透かされまいと、無駄な言葉を発しないで、お茶にでもと誘う心の余裕もなく、その日はただ、黙って頭を下げ、そのまま幼稚園の玄関の前で別れた。秀にいつもの余裕はなかった。

3　井の頭線渋谷駅で

十二月十四日、秀は大学図書館で、星野菜穂子に会った。そして昼休み二人で渋谷に下りて東急プラザビルの八階のロシア料理の店で昼食をともにした。夏休み以後、秀が学園祭のゼミ発表に追われ、菜穂子とゆっくり話す機会がなかった。菜穂子も学園祭の前は英字新聞（マウントタイムズ）の編集や広告取りで忙しかったし、今は就職試験の準備に追われていた。パンナム航空の客室乗務員が第一希望で、外資系企業の入社試験は、国内企業の協定枠にこだわらず、春先に迫っていた。菜穂子は、客室乗務員としての乗客との応対のテクニックや会話の仕方などの訓練を独自で受けているらしく、何気ない動作の中にも心遣いが感じられ、秀にその成果を試しているとも思えるほど好感度をアピールし、秀は久しぶりの菜穂子に女性の暖かい魅力を感じていた。菜穂子の大きな優しい瞳と白くふっくらとした頬が秀の心を和ませ、コートを脱いだ姿の真っ赤なセーターに包まれた菜穂子の首から肩、腕にかけての円く柔らかなラインが、秀の心を落ち着かせていた。やはり純子とはまた違う菜穂子の魅力を感じていた。

「あなたのクラスの川口良子から聞いたわよ」

「……なにを？」

「山名さんが法学部の二年生のマドンナに迫られているって」

「……マドンナ？　山本純子のことか、迫られているわけではないが、ゼミの受験の推薦状を頼まれてね。書いただけだよ、結果は俺の書いた推薦状が良かったのか合格したけどね」

先ほどからの客対応から少し普段の対応に戻したのか、いつも気品高く、おっとりとしている菜穂子が、秀にこういう話を持ち出すのは珍しかった。今まで、他人の噂話などしたことはなかった。おそらく、川口良子から相当脅されたのであろう。

「その子、同じアドグルにも入れたって言ってたわよ」

「……フン、川口良子も他人のことに詳しいんだね。熱心なのはいいが、新聞記者なら事実は正確に伝えてもらいたいものだね。……俺がアドグルに引き入れたんじゃないよ。ゼミに入りたい一心で、後夜祭の前に自分で荒木アドグルに入ったんだ。本人がそう言っているから間違いないよ」

「それに二人で仲良く礼拝にも出席してるんですってね？」

「うーん、……さすがに『マウントタイムズ』だ。そのニュースもう耳にはいったのか、君にはキャンパス中に放った忍びの者がいて、律儀に働き、情報を入れてくれるから羨ましいね。俺のほうは本人が話してくれるまで、なんにも闇の中だ」

「私のこと？　あいにくあなたのような楽しいお話、何もなくてね」

「もっとも学園祭前は忙しすぎて、菜穂子のこと気にしている暇はなかったけどな」

「これも良子の見解だけど、その子に狙われ、迫られたら、たぶん大方の男の子はＫＯ喰らうだろうって……」

「うん、それは俺も同感だ。しかし、迫られたらの話だろ。そんな娘が、ホイホイと男に熱をあげて迫ると思うか、今回のように明確な目的があれば、そのために近寄ってくることはあるが、恋愛感情までいくのかなー」

「あなたもう半分その気になっていない？　あってほしいと望んでいるでしょう」

「いやそれは違う。確かに話していると魅力的な娘だけど、今はまだちがうね。礼拝に同席したもの、アドグルの連中の前で本人に頼まれたんだ。『銀杏並木を一緒に歩いてもらえないか』とね。ただ歩くだけでは能がないから、日にちを決めて礼拝に出るために正門の前で待ち合わせようと応じたんだ。この娘の願いを聞いてやろうと思ったのは、やはり男心からだろうな。ただ、率直な気持ち、その日、菜穂子には見られたくなかったよ」

「あたりまえでしょう、私、その子知っているけど、あなたと二人で並んで歩いている姿なんか見たくないわ」

「そういうけど、アドグルも一緒、ゼミも一緒だとなると、これからも二人でキャンパスの中を歩く事だってあるさ」

「それはあなたが好きなようにしたらいいわ。私は自分の気持ちを言っているのだから……」

「今、菜穂子は、就職試験も近い大事な時期だ。機嫌を直してがんばってくれ。君ならどこでも受かるだろう。もう俺の手の届かないところへ行ってしまうような寂しい気持ちにもなる」

「そんなこと言わないで。私、あなたのお陰で、今日まで学生生活が楽しかったわ、卒業までまだ一年以上あるし、もっともっと二人の思い出を残したいと思っているわ」

「うん……」

それから二人は、大学の授業に戻ることなく、冬晴れの代々木公園を散歩し、夕刻、宇田川町の大型画面《シネマスコープ》の映画館で、ミッチィー・ゲイナー主演の「南太平洋」を観た。そして歳末の渋谷駅で夜七時半ごろ別れた。その年、秀が菜穂子とデートしたのは、その日が最後となった。

歳も押し迫った十二月十八日（土）、Ｍｔ大学キリスト教センターの会議室で荒木アドグルのクリスマス祝会が行われた。会費のほかに、それぞれが五百円程度のプレゼントを一個ずつ持ち寄ることになっていた。秀は渋谷駅ビルの東急百貨店の文具売り場を物色し、芭蕉の句と絵をあしらった縦長、月めくりのカレンダーを買い求めた。クリスマス祝会の会場の入り口で幹事がそのプレゼントを受け取り、大きな袋に集めた。クリスマス祝会の終了前に、一人に一個ずつプレゼント（再配分）されることになっていた。開始時刻までにほとんどのアドグルのメンバーが集合し、荒木教授のクリスマスメッセージ（説教）で始まった。Ｍｔ大学のチャプレンでもある荒木教授は、急速に拡大してきた荒木アドグルのメンバーに対し、キリスト教主義の大学に学ぶ学生の教養として、日本の文化とキリスト教の歴史的な関わりについて、時間をとって話された。世界のキリスト教徒がこのクリスマスという宗教行事をどのように捉え、祝っているのかから始まり、古くからの日本の独特の文化と思われている中にも、キリスト教の関わりが色濃く見られる点について、例を挙げて話された。

その一つに、日本の茶道における茶の心は日本人独特の心の文化であるが、千利休を祖とする茶道の所作は、その流派毎にそれぞれ伝統的な形の美を今に伝えているが、利休らが当時のキリスト教イエズス会の神父たちが礼拝堂で行う聖餐式の際の銀製食器を扱う定められた所作を見て感動し、その形式を取り入れたものといわれる。そこには日本人の高い教養と美への眼力があった。日本の伝統文化には、その時々における他文化の導入が見られるというものであった。荒木教授のクリスマスメッセージに引き続き賑やかにパーティーに移った。

秀も純子も美紀も三田も矢部も山岸も皆が顔を揃えていた。濃紺のワンピースを装った大柄な純子が、やはり一際目を引いた。その日の純子は『洋装』など写真雑誌でよく見掛るモデルのようであった。黒のブレザーにノーネクタイの秀は遠くからこの純子を眺めていたが、その日、秀と純子が二人きりになることはなかった。純子も秀が気になっていたが、三田や矢部らと会話を重ね、秀も一年生の集団の中で話が弾んでいた。美紀が近寄ってきて、秀と親しげに話し始めても、その日の純子は、なぜか秀に近づかなかった。結局、その日は秀と純子は一度も会話を交わすことなくお開きを迎え、その後、二次会も予定されていなかったため、その夜はそのまま解散となり、十二月二三日で大学は冬休みにはいった。

秀は正月、山陰の境港に帰る前に、東京で何通かの年賀状を書いた。勿論、菜穂子にも出した。純子への年賀状は、履歴書に書かれていた新潟市の住所に宛てて出した。純子からの秀への年賀状は、東京都渋谷区豊分町の住所宛になっていたため、秀は田舎から、寝台急行「出雲」で上京した一月七日に手にした。あの丁寧な綺麗な文字で、新しい年、学校が始まったら一度二人きりでお話ししたいと書かれていた。その曖昧な一言が、秀の心の琴線に触れ、その日の夕方、秀は広尾の商店街の公衆電話から世田谷区廻沢の女子寮の純子に電話し、翌日の土曜日、一月八日午後一時半、井の頭線渋谷駅改札口で会うことを約束した。秀が自分から、純子をこうして電話で誘いデートの約束をしたのはこの日が初めてであった。

土曜日、純子は、純白のハイネックのセーターに濃い茶系のタイトスカート、その上に厚手の黒のオーバーコートを羽織って約束の時間より早く現われた。そう長くはない井の頭線の渋谷駅のホーム、上背のある純子は、四両編成の電車から降りてくる多くの乗客の中でも一人、際立っており、遠目にもすぐに判別できた。純子も改札口近くで待つ秀に気づき、笑顔で近づいてきた。秀も今日は正月らしく紺のスーツに深紅のネクタイを結んで、象牙色のコートを羽織っていた。二階の手狭な井の頭線の改札口付近は、いつも乗降客でごった返していた。

「お待たせして御免なさい」

「いや、俺も今来たところだ。それにまだ時刻前だ。……ここは人通りが多いから、どこかに移ろう。どこがいいかな」

「……」

「正月だからおいしいお酒を出してくれる店にでも行くか」

「え、昼間から……お酒ですか」

純子は一瞬、顔を曇らせた。

「お酒は駄目？　全然飲めなければ、ほかの店でもいいよ」

「……いえ、いいです」

井の頭線改札口前の階段を一階まで下りて、忠犬ハチ公像のある広場の向かい側の歩道をセンター街のほうへ歩いていった。土曜日の午後、渋谷の交差点は、正月らしく晴れ着姿の若い女性も交え、相変わらずの人出であった。国鉄渋谷駅前のこの交差点は、人々の待ち合わせ場所、ハチ公前広場を含め、すでに雑踏する若者達のメッカとなりつつあり、世界的に有名な、ロンドンの都心繁華街、ピカデリーサーカスをやや拡大したような周辺の雰囲気が、若者達を無意識のうちに引き寄せているのかもしれない。その日、二人は交差点を真っ直ぐ渡り、フルーツパーラー西村の前を左に渋谷センター街へと入っていった。

右角、三平食堂前の交差点を右折し、シブショクの角を右に折れて、右角のビルの二階、播州という店に入った。席はもう半ドンでもあり、午前中の仕事を終えたサラリーマンを中心に常連客で窓際から八割方埋まっており、二人は案内されて、奥の壁際の四人掛けの席に着いた。高級そうな和風の居酒屋の客の多くが、入ってきたタレント張りの純子の姿に視線を注いだ。

席に着くと純子は暖かそうな厚手のオーバーコートを脱いで、脇の席に畳んで置いた。純子は、席に腰掛けると顔に掛かった前髪を両手で後ろに束ねるような仕草を見せた。純白のセーターに包まれた誇らしげな胸の膨らみが、秀の視線を誘った。秀はまだ、コートのボタンをはずし、前を広げてコートを着たまま純子の向かいに腰掛けていた。お絞りを運んできた和服の女性が大きな二つ折りのメニューを置いていった。

「あなたは越後の人だからお酒は大丈夫でしょう?」

「ええ、嫌いではないですが、二十歳になったばかりで、飲む機会があまりないものですから……」

「正月はずっと新潟だったの?」

「はい。寮の閉鎖期間、今年は十二月二五日から一月六日まで帰省していました」

「俺も十二月二七日から一月六日まで、田舎でのんびりしていたよ」

「鳥取境港には、大勢お友達がいらっしゃるんでしょう？」

「うん、高校時代の友達は遠慮がなくていいもんだね。……純子も新潟には、幼馴染がいるんでしょう？」

「はい、……でも今回は誰にも会いませんでした。あまり街にも出なかったし、お正月に家族で近くの温泉に出掛けたくらいです」

「ご両親とお兄さんと？」

「ええ、このところいつもお正月は、家族でどこかに出掛けるんです。父が、家に居るとお客様が挨拶に見えるからゆっくり休めないと、だから近頃自分の家で年越しをしたことがないんです」

「大晦日、ＮＨＫの紅白なんかも見ないわけ？」

「行き先の宿の部屋で少しは見ますよ、母と一緒に。だけど自宅の自分の部屋で過ごすのと違いますよね。秀さんは紅白見るんですか」

「いや、ほとんど見たことないね。友達のうちで話し込んでいて、隣の部屋から聞こえてきたりすることあるけど、大概、紅白が始まる午後九時頃には退散するからね」

「それじゃあ、大晦日の夜はいつも一人ですか」

「友達が尋ねて来なければね。……大晦日に限らず、子供の頃から食事の時以外はいつも一人だったから、なんとも思わないよ」

店内には正月を思わせる琴の音が響き、新年が動き出したばかりの感が漂っていた。先ほどの女性が注文をとりに来た。

「お決まりですか」

「この『瀬戸内づくし』ってなに？」

「それはお刺身の盛り合わせになります」

「それじゃあ、それ一つと焼きなす二つとサラダ風何とかってあったね。それ一つと、いかの丸焼き、おせち風黒豆、一つずつ、あとお酒」

「お酒は熱燗でいいですか」

「いや、キクマサの冷や、二本とおちょこ二つ、とりあえずそれだけ。……昼間からいつもこんなに混んでいるの」

秀は、注文を取りにきた女性に問いかけた。

「まだお正月だからでしょうね。土曜、日曜はいつも、午前十一時からやっていますから、ごひいきにご利用ください」

「場所がいいから、夜になると一杯でしょう」

「そうですねえ、夜七時以降は予約されたほうがいいですよ。いきなり来られても席がないこともありますから……」

小太りで感じのいい和服の女性は、それだけ言うとさがっていった。

「店の名の播州って播磨国だから兵庫県だよね。瀬戸内海に面しているのか」

「明石海峡まで瀬戸内海ですから、一部、姫路、相生とか赤穂とか面していますよね」

「そうか、そういえば田舎に帰るとき、新大阪から特急やくもに乗ると赤穂線経由で岡山まで、その先、倉敷から伯備線にはいるんだ。途中、瀬戸内の塩田が車窓から見えないかと探したが、もうほとんどなくなったね」

「四国の香川にはまだ残っているみたいですよ。いつかテレビでやっていましたから」

「テンポはゆっくりだけど、地方も少しずつ変わってきたね。……山陰でもそうだね」

「秀さんは、年末とかお正月には、実家のお手伝いとかされるんですか」

「うん。親代わりの婆さんに頼まれて、親戚のうちに物を届けたり、お墓の掃除を手伝ったり、家業が海運という安全祈願と密接な商売だから、大きな神棚が事務所にも自宅にもあってね、新年を迎える準備は子供の頃から家族みんなで携わってきたよ」

「海運のお仕事って、大自然相手の大変なお仕事ですよね。今もこうしている間もお宅の会社の船が日本海や瀬戸内海や太平洋を走っていると思うと海難事故のないことを祈る気持ち分かりますね」

「危ないといっても、安全なルートを決められた量の貨物を運ぶだけで、漁船のように魚群を追って駆け回るわけではないから危険度も知れてるけど、それでも大海原では大自然相手の仕事、注意は欠かせないよね。そのことを考えると、俺は銀行より損害保険会社に勤めるほうが役立つかも知れないな。でも銀行にいても損保の勉強は出来ると思うようになってきた。将来、経営に携わるならやはり銀行がいいかと思っている」

「秀さんの将来設計は家業を継ぐ修行のための就職活動ですか」

「そうだね。夢が小さいかい？　さっきの話でないが、時間がゆったり流れる田舎では、まだ江戸時代の生活の続きのようなところもあるからね」

「私の兄も同じだと思います。いずれ父の会社を継ぐことになるんですよね」

「美紀もいつかそんな話をしていたね。彼女も博多の老舗の一人娘だろう？　大学卒業と同時に家業の手伝いが待っていると。本心はもう少し東京に居たいと」

「秀さんの郷里の境港って、住み心地はいいですか」

「自分の生まれたところだから悪くはないけど、東京と比べるとどうかな、若い時はこうして幅広く多くの人と交わることの出来る都会がいいと思うね」

「それでも郷里に帰らなければいけないですね」

「そうなんだ。みながそこのところのしがらみと自由を求めて葛藤しているんだ」

「山名海運の本社を東京に移せばいいのではないですか」

「そうだね。純子のその柔軟な発想はすばらしいよ。俺も将来、交通や通信が発達すれば、十分可能だと思うが、なんといっても会社経営は損得勘定が最優先だから、機能性、合理性からいって採算ベースに乗って、それに耐えるようにならなければ難しいよね」

「学生時代ももう残すとこ一年ですね。まだまだやり残していることがあると思いますが、秀さん、今一番やっておきたいことは何ですか」

「やりたいこと？　いっぱいあるよ。とても一年では出来ないが、何から手をつけるかな」

「ゼミでは何がありますか？」

「四年次のゼミは、ほとんど卒業論文で終りそうだね。テーマは会社法にするか、手形小切手法にするか、迷っているところだ。サブゼミは去年我々が指導を受けたように新三年生の指導も自分に役立つと思う。それに授業講座では商法Ⅳ『保険海商法』、これは将来、家業と直結する科目だから、手が抜けないしね」

「山名先輩には、将来大海原を股に掛けた壮大な夢がある。世界を相手に交易が広がる。生活物資の輸送は発展途上の国と生産国、材木、農産物、水産資源の物流輸送、鉱石、エネルギーだってまだまだこれからの産業ですよね。前途洋洋ですよ、うらやましいわ」

「君がいうように、やっぱり、将来性からいうと銀行より損保がいいかなあ……」

「秀さん、キクマサっておいしいですね。多分私、初めてですね」

「俺もアルコールはそんなに好きではないが、ひや酒はうまいと思うんだ」

「私、今年いい事ありそう。新年早々、上京したその日に秀さんからお電話頂いて、翌日にこうしてお会いして、おいしいものをご一緒している」

「俺も上京した日、もらった年賀状にはっきり『お話したい』と書かれていたから、躊躇なく受話器を握ったね。女子寮に電話したのも、君を電話で誘ったのも初めてだよね。だけどまったく迷いはなかったよ」

「あの方には、お会いになりましたか」

「……十二月中旬に会ってからまだ会っていない」

「授業が始まれば、また学校でお会いになる？」

「うん。……そうだね」

「……」

「自分がこういう状態で、君を呼び出して二人で会ったりしてはいけないかなあ」

「それは私に聞かれても……、山名さんが自分で決めることではないですか、私の気持ちは、年賀状に書いたように『お会いしたい』という率直な気持ちですから、誰にも遠慮はしません。お電話頂いた時、今年は春から縁起がいいかと、うれしかった」

「そういえば、年末のアドグルのクリスマス会では、純子と話できなかったからね」

「そうですよ。……あの日は、なぜお話できなかったのか、私には理解できなくて、あとで聞いてみようと思っていました」

「答えは簡単さ、俺って変なところで引っ込み思案で、冷たいと思われてしまうことが時々あるんだ。兄弟がなく育ったためか、あの日も君のことが気になって、気になりすぎて傍に近づけない。そのうちどんどん時が流れて、何もしないで終わってしまう。それで後で後悔する。よくあるんだよ」

「私も似てる、クリスマス会に出かける前にあなたに会ったらどんなお話をしようかと、五百円程度のプレゼントも誰の手に渡るのか分からないのに、あなたを意識して用意していく、それなのにあなたの姿を前にして一言も話ができずに帰ってくる。私にも高慢なところがあって、いつも反省するんですが、後で空しい思いをするくせに、よそよそしかったあなたを責める。その夜、秀さんはきっと菜穂子さんを気づかって、話してくれなかったのだろうかとか、菜穂子さんに釘を刺されたのではなかろうかとか、冬休みの間、そんなことばかり考えてました。多分あの日あなたと少しでも話ができて、満足して帰っていたら、年賀状に新年早々『二人だけでお話したい』と書かなかったかもしれませんね」

「すると今日、こうして山本純子との新春対談はなかった？　人の心の織り成す綾、人間模様はなかなか複雑でもあるね」

「そうなんです。なぜか私、秀さんには何でもお話してしまうのですが、私にとって、きっと菜穂子さんの存在が大きいんです。だから、今までの自分ではないような、やる気がでるのかもしれません」

「俺は今、その返答にはどう答えていいのかわからない。二人の人を同時に好きになってはいけないなどと、くだらん掟を創ったのはいったい誰なんだ。……そんな気持ちだね」

「もう一つ聞いていいですか、現在、私、秀さんを苦しめていますか」

「そういう質問をするっていうことは、君はまだ余裕を持って対処しているなって受け取るね。君の方こそ、いったいどうなんだ。今苦しいのか」

「本気で人を好きになったら、その人の前で、こんなこと言えないですか。私、もう一年ぐらい前から苦しんでいるんです。キャンパスであなたの姿を見るだけで胸が苦しくなる。定期試験が近づいて、寮に帰って試験勉強を始めるといつもあなたが邪魔をする。昨年の夏休み前なんか、キャンパスで、あなたを見かけると『暫く見納めだなー』って思っていました」

「……それには全然気がつかなかった。俺が純子に苦しみだしたのはそうだね、君の履歴書を手にした頃かな。いや、もっと前、初めて胸が熱く感じたのは、『推薦状を貴方に書いてもらいたい』と耳元で囁かれた時、あの弱々しい声と吐息を頬に感じた瞬間からだな。……それから、あのピアノの演奏を聴いている間は、なぜかずっと胸が苦しかった」

「後夜祭でお話するまで、ほかの三年生の男の人は声をかけてくれたり、振り向いてくれたりするのに、秀さんだけはまったく無視でしたよね。行き違っても気もついてくれない。青山通りで秀さんが菜穂子さんと二人で並んで歩いている姿を見た日の夜からしばらく、ショックで食事も喉を通らなかった。……ほんとうですよ」

「……すみません、お姐さん、キクマサもう一本ね。……うん、誰でもそうかもしれないが、本気で好きになることより、その先のそしてだめになったらということを考えると全速力で走り出すことを躊躇してしまう。そういうことではないのかな。そのときは苦渋の思いで諦める、我慢できるという覚悟があれば、積極的にやっていいと思う」

「そういえば、秀さんは、菜穂子さんと別れるときが来ると考えていて、その時の苦しさを乗り越える自信があるといっていましたね」

「今はまだその気になれないし、乗り越えられたらいいと思っているだけだね」

「そういう中で、私とこうして会っている秀さんの心境というのはどういうものですか、私は、そこが一番気になる」

「こうして男と女が会って話をする。神によって与えられたきっかけとか、馴れ初めはともかく、俺は純子と会って話す時間、例えようもない快感を覚える。変な意味にとるなよ。だから、君から会いたいと誘われれば、俺は万難を排して会いに行くだろう。そしていつまでもこうして話していたい。多分これはもう恋愛なんだろうね」

「……恋愛の入り口、それだけですか」

「君を見ていると飽きない。ずっと傍に居たいという欲望に駆られる。多分男なら誰でもそう思うだろう。そういう周囲の男たちは星の数ほどいるだろう、君はその人達とこれまでうまく対処してきたと思うが、大変だっただろうね」

「そうでもないんです。皆から冷たい女だと思われているらしく、秀さんが考えるほど詰め寄ってくる男の人も多くありませんから、そんな苦労は感じたことありません」

「時々思うんだが、女の人の魅力っていったい何なのかとね。我々男にも好みがあって、ある特定の人の魅力を同じように感じ、同じように受け取っているとは思わないが、視覚から感じる美的感覚、例えば富士山の容姿を見て感動する感覚、客観性があるよね。だれもがいつまでも見ていたいという欲望に駆られる。心を落ち着かせる安定感、心地よいバランス、いつまでも自分の傍において、見たい時に見ることができるという欲望、加えて女性的なやさしく心を打つ言葉、耳ざわりの良い声、柔らかな感触、これらが総合的に男の感性に訴える時に男の心を捉えて放さない。そんな時でもなぜ男は耐えようとするのか、自分もそうだが、俺にはよくわからない」

「それは女も同じだと思います。耐えている時間のほうがずっと長いですね。今回のお会いしたいというような、普段言葉にできない心の内面を、文字や言葉でポロリと発することは、それこそ心の乱れ、ほころびのような瞬間ですからね」

「純子が今回ゼミの試験に際し、綿密に練って仕掛けた作戦は、大したものだと思うね。相当自分に自信がなくてはできないし、それにある意味自分を捨てて傷付くこと覚悟で勝負に出たという感もするね。実業家のお父さん譲りというか、純子のお父さんのことは俺、全然知らないが……」

「私って、したたかですかね。秀さんには、そうは思われたくないのですが……」

「うん、俺はそうは思わないよ。だけど美紀あたりはそう思ったかもしれないね。荒木アドグルに入った動機をはっきり知っているから」

「そうですよね、自分の入りたいゼミに入るだけでなく、目的を果たすために秀さんに近づいていったのですから、秀さんのいる山田ゼミに何が何でも入りたかった」

「こうと決めたらまっしぐらだね、ただ、俺は純子でなくても頼まれれば、納得すれば推薦状は書いたよ。今回、純子の推薦状を書く機会を与えられたこと、純子が自分と同じゼミに合格したことは素直にうれしかったけど」

「秀さん、はじめ推薦状、三田さんに頼めといってましたよ」

「そうだよ、往々にして男というものは、感情をおさえて――殺してといったほうがいいかな、道理に走るものなのだ。それに俺、あの時は君の推薦状を書くことにそれほどこだわりはなかったさ。もったいつけていたわけでは決してない。結果、純子のあの切ないささやきを引き出したのだから、よかったよ」

「……やめてください。私、顔が熱くなるほど恥ずかしい。……我が侭で無謀ですよね。あの時の秀さんの言葉、顔、今でもはっきり覚えていますよ」

「えー、……どうだった？」

「やさしい兄のようなというか、『難儀やなー』って関西なまりで言ってました」

「その時、美紀は見ていた？」

「美紀ちゃん、関心深かそうに見ていたけど、たぶんやりとりの声は聞こえていないと思います」

「君とはあの日が初対面だろう。会ってまだ数時間も経っていない。あれで一気に接近したような気がしたね」

「あなたはそうでしょうが、私はずっと前からいつも身近に感じていましたから、自分の心の中で、秀さんとよく会話していましたから、今の気持ちとそんなに変わらないですよ」

「ふーん、それでこうして実際に話してみてどう？　心の中で会話していた頃と全然違うでしょう。……幻滅しない？」

「そんなことはありません。もしそうだったら、年賀状に『二人でお話したい』などと書きませんし、お電話いただいても上手にお断りしてますよ」

「それもそうだね。……純子は、お酒いけるんだね」

「いいえ、もう限度まできています。気分がいいからつい頂いていますが、私、酔っ払っていませんか」

「普段の鋭い眼差しが、少し優しくなってとっても魅力的だ。こうして、ややくだけた純子もいいね」

「そうですか、緊張が緩んで、だらしなくならないようにしないと、……気をつけます」

「君には、ピンと張り詰めたような気品がある。いつも背中を首筋まで伸ばし、大きな眼で、鋭い眼差しで、体格のいいボディで迫られると男は何にもできなくなる」

「ちょっと、まるで私が男の人を睨みつけて脅迫しているような言い方じゃありませんか」

「男って、美しい女性の眼差しに弱いって言うじゃない。『大阪本町糸屋の娘、姉は十八……諸国大名、弓矢で……糸屋の娘は眼で殺す』って、純情な奴は本当にそうだよ、純子と視線が合ったりすると、体が膠着して動けなくなる。……信じられないだろう」

「ある程度はわかりますが、……あなたは純情じゃあないんですか」

「うん？　こう見えても純情ですよ。だから初めて話した後夜祭の夜、喫茶店で純子が隣に座った時、間近で見る君の美しさに心臓がドキドキしていた。だけど美紀が正面の席から様子を伺っている。普段どおり振舞うのに必死だった」

「本当ですか、私もあの時は雲の上を歩いているようだったから、今まで、私を悩ませてきた方と初めて言葉を交わせて、その時のあなたの表情までよく覚えていないけど、私たちの心の動きを冷静に見ていたのは美紀ちゃんですね」

「あいつ俺の心が、純子に掻っ攫われそうになっていくのを黙って見ていたのか」

「黙って見てなかったですよ。私が一生懸命、秀さんの心を引こうとすると、矢部先輩でしたか、菜穂子さんの話を持ち出したり、あの日、大分冷や水を浴びせられましたよ。かえって闘争心が燃え上がって、あなたと二人で青山キャンパスの銀杏並木を歩く約束をさせたり、推薦状を書いていただきたいとおねだりしたり、今考えると荒木アドグル入会から始まって、我ながら恥ずかしげもなくよくやったと思っています」

「瀬戸内の魚はなんとなく柔らかな感じがするね、鯛の味なんか瀬戸内独特の甘味というか。瀬戸内海は海水の汚れが目立つといわれているが、新潟の海はまだ綺麗でしょう？」

「今はどうなんでしょう、中学生の頃、佐渡に行ったんですが、海の水が綺麗だったことが印象に残っていますね。今日のお魚、美味しいですね。ここはどうか知りませんが、お店でお客さんに出す時間を逆算して生簀《いけす》から運ぶと聞いたことがあります。この魚、いつ頃、どこで水揚げされたものでしょうね」

「普段は暗いというわけではないけど、純子、今日は明るく口元が流暢だよ」

「いやー、それ酔っ払っているということですか」

「二人で四合なら、可愛いものだよ。もっと追加する？」

「いいえ、私はもう……、こちらのお刺身頂きます」

「君のその可愛い口には、切り方が大きすぎるね」

「いいえ、豪快でこのほうがおいしいです」

「俺も東京へ来て三年、今年もこうして新しい年が始まろうとしている。今年はどんな年になるのかと思うとワクワクするね」

「いい年になるといいですね。今年、……私きっといい年になりそう」

「そうなるといいね。……今日は寮、何時までいいの」

「夕食は七時半までですから、夕食いらないって連絡すれば、門限の午後十時までに帰ればいいんです。もうおなか一杯だから、夕食いらないって連絡してきますね」

「連絡って何時までにすればいいの？」

「原則は午前中ってことになっていますが、まだ大丈夫です」

純子は、ピンク電話の置かれているところへいって、夕食は外ですることを女子寮に電話をすると、ついでにトイレに寄って上機嫌で席に戻ってきた。

「私、顔赤いですか、お酒のせいかしら、少ししか飲まないのに体がポカポカしてるんです」

「一合半以上は飲んでるよ。もっと飲めそうだが、苦しくなる程飲ますのは止めておこう」

「秀さんはよく飲むんですか」

「いや、田舎のうちでは、晩酌する者もいないし、俺もそんなに酒飲みたいと思ったこともない。大学の友達に飲んべえはいないな。そうだ、矢部が、どちらかと言うと洋酒が好きらしく、渋谷のニューコンパというニッカバーによく行ってるようだね」

「じゃあ、こうして外でお酒を飲むのって珍しいんですか」

「うん、今日は正月だからと思ってね。君がいつもより朗らかになったからよかったよ」

「私も成人したばかりですし、こんな大人ばかりのお店、初めてかな。秀さんと二人きりでこうして杯を交わすなんて、私、今、幸せです」

「ありがとう。俺もいい気持ちだ。純子とこうしてお酒が飲めるなんて、男達の夢だから、こんな夢見ている奴一杯いると思うね」

「菜穂子さんと飲みに行かれることないんですか」

「うん、今まで一度もなかったね。彼女は二人でいるとよく話してくれるから、僕は黙って相槌を打っている。すると気がつくといつも彼女のペースで彼女が決めたコースを歩いている。それでも自分自身満足しているんだよ。だから、映画とか音楽会とか美術館とか、食事に行ってもレストランのようなところ。菜穂子が自分で作ってきたものを公園のベンチとか、芝生の上なんかで広げて食べることも多かった。幸せだよ、判るだろ」

「今日は違うんですね。わかった、今日の酒宴は、私が日頃思っていることを喋らすための秀さんの作戦ですか」

「それだけではない。君のような美女と差しつ差されつ美酒を酌み交わす幸せを味わいたかった。周囲からみると若輩者のママゴトのように見えるかもしれないが、板についている者同士より新鮮だろう。いやかい?」

「私、その言い方は、気に入らない。私と酒を酌み交わすことが目的ですか」

「君が菜穂子のことをいい出すから、話がおかしくなってくる。今、純子とこうして会っているときに菜穂子のことを考えたくない。これが本音さ」

「私は秀さんの心の中の本当のことが知りたい。そのためにお会いして話したいと、クリスマス会のあとずっとそのことばかり考えていたんです。秀さんは私のこと、なんとも思っていないのではないかと、あの日、全然話せなかったから。そうして今日こうしてお会いできて、貴方のことを本気で知りたいと思っているのに『美女と酒を酌み交わしたかっただけだ』などと言われると私、泣きたくなります」

「俺の言い方が悪かったね。男は普通こんなこと口には出さないのだが、本当のところ俺は初めから君に心を奪われている。あの後夜祭の夜、グランドで三田先輩に紹介され、君が俺に笑顔で会釈した時から、山本純子ってこの娘のことかと、提灯行列の時も落ち着かなくて、俺は後ろの方にいたが、他の仲間と話しながらも長身で頭が抜きん出ていた君の後姿を見つめていたよ。これから純子に何を話したらいいのか、提灯行列の時間中考えていた。なぜか心臓が高鳴っていた。まだ一言も言葉を交わしていないのに君の容姿に心をすっかり奪われていた。それから『野薔薇』での時間は、夢の中で過ぎていき、ふと我に戻った時は常磐松、若木町の氷川神社の暗い境内の石段に腰を下ろしていた。目を閉じると今別れたばかりの純子の顔が頭一杯に甦ってきた。夢から覚めたような気持ちだった。それから、こんなことではいけない、しっかりしろと自分に言い聞かせてきた。それでも、その後も純子と会うたびに俺の心は踊り、落ち着かなくなる。必死で冷静を装ってきた。心の震えはあの美しい字で書かれた履歴書を見せられたとき、完全に振り切れてしまった。君がゼミに合格し、一仕事終えた時、ふらふらの俺に君はとどめの一撃を喰わせた。あのすばらしいピアノの演奏だ。その後、俺は自分の心の綻《ほころ》びを時間をかけて繕《つくろ》った。クリスマス会の時点ではまだ繕い終わっていなかったから、出来るだけ君と距離を置き刺激を避けていた。その努力も新年の君からの一葉の年賀葉書に書かれていた一言で、その繕いも空しく、俺の心は再びズタズタにひき裂かれてしまった。そして恥も外聞もなく俺は広尾の街角で公衆電話の受話器を握っていた……」

「……今、あなたが言われたこと、そのまま信じていいんですね」

秀が話している間、純子は首を垂れて黙って聞いていた。純子の美しい瞳から大粒の涙が紅潮した頬を伝った。純子は肩を震わせていた。

「御免なさい。やっぱり、私、秀さんを苦しめていたんですね。でもよかった苦しんでいたのは私だけでなかったことが判って、人が人を好きになることって本当に苦しいですよね。神様が人をそのようにつくられたのでしょうか。……お正月のお休みの間、秀さんのことばかり考えていた。こんなこと初めてです。……でも今日はよかった。ほんとうにありがとうございます。私これからはもう遠慮しませんから、秀さん、もし私が嫌になったらいつでも言ってください。それまでは今の言葉を信じます」

それからしばらくして、二人は店を出た。夕闇につつまれた渋谷の街を行くあてもなく歩いた。夕暮れの空に雲ひとつなく、西風がつよかった。代々木公園の樹々は陽が落ちて黒く染まっていた。コンクリートの平板を敷きつめた広々とした公園の歩道が二人の行く手に連なっていた。広場に人影はまばらで、原宿駅近くの広告灯の明かりが、クジラの背中のような代々木体育館の大きな屋根の上空に映えていた。純子は思い切って秀の腕に自分の腕を絡ませた。

秀はちらりと純子の顔を振り向いて、何事もなかったようにまた、ゆっくりと歩き続けた。

「私、今、ドキドキしています」

純子が、無邪気に頭《かしら》を寄せてきた。その耳元に応えるように、

「うん、……俺も、純子とこうして腕を組んで歩いているなんて、夢をみているようだ」

広場をよぎっていくスラリとした二人の後姿は、大海原への船出を思わせるもののように見えた。

4　それぞれの故郷

新年、学校が始まると突然、荒木アドグル三年生の矢部正之がアドグル専用の連絡掲示板の掲示で呼びかけて、一月十二日夕方六時から荒木アドグルの新年会がキリスト教センター会議室で行われた。新年会は発起人の矢部の司会で始まり、荒木教授も出席され、お祈りに引き続き新年の挨拶をされた。急な呼びかけにしては参加者も多く、昨年のクリスマス会とほぼ変わらないぐらい集まった。その日、純子と秀は、初めから親しく話しており、席も近くに取っていた。茶話会にはいると、司会の矢部が突然指名して、それぞれ今年の抱負など、インタ

ビューを始めた。いきなり指名された一年生の男子学生は、

「今年は是非、彼女をつくりたいと思っていますので、どなたでも結構です、ご協力お願いします」

と、言って笑いを取ろうとしていた。二年生の女子学生の一人は、

「今、活動している大学オーケストラ部の一員として、全国巡回演奏会を成功させたい」

と、真面目に応対するものもいて、これには荒木先生も、

「しっかりがんばれ、皆で応援してるぞ」

と、おおきな声援を送られたりして、学生達も盛り上がった。

四年生の三田先輩は、

「パラダイスのような学生生活もあと卒業試験を残すのみとなりました。四月からどんな生活が待っているのか、不安でもあり、楽しみでもある。学ぶことがこれで終わるとは思っていない。生きるためには、これから身につけることのほうがはるかに多いと思っている。この四年間、大学ではその修得方法を学んだ。ただ、もっとやっておきたかったと思い残すことは山のようにある」

と語った。二年生の高山美紀は、

「今まで、若さと地で勝負してきましたが、二十歳を過ぎて、お化粧の勉強もしなければと考えています。他人を欺くのは性分に合いませんが、皆様のご期待に沿うためにはやむを得ない

と思っています。さっき一年生の内田君でしたか、彼女を作りたいと言っていましたが、彼氏や彼女はつくるものではありません。周囲にはべらせるものなのです。内田君、このアドグルの私以外の女性はすべてはべらせていると思って構いません。私も傍にいる男、いつもそう思っていますから。なにも遠慮することはありません」

司会の矢部がすかさず、

「高山さんありがとうございました。新年の抱負をお聞きしたつもりでしたが、高山さんには夢を語っていただきました。今年もいい年でありますようお祈りいたします。これから後の人はこういう空想に近い夢でもいいですよ。こっちで判断させていただきます。次は山名君お願いします」

「山名です。あけましておめでとうございます。矢部君に勝手に判断されるのも癪だから、初めから空想に近い夢だと断っておきます。最近、高級アパートのこと、マンションとか呼ばれる新しい生活空間、富裕層の住まいが世の話題となっています。まだ見たこともありません。実は私、一度、そのマンションというものに住んでみたいと思っています。たとえ男子学生寮のような殺風景な建物でもいい。エレベーターが付いていて、自分で操作して例えば十階で降りる。ポケットから部屋の鍵を取り出して、ドアを開けて部屋に入る。リビングのベランダ側のカーテンを開けると夜景の中に東京タワーが浮かび上がる。そういう生活がしてみたい。それからもう一つ、最近話題に上る、食事のあとのデザートというのがあるらしい。私たちは戦後、配給のコッペパンと救援物資の米国製脱脂粉乳で育ちました。夢を語るなら、今年は、そのデザートのある食事というものをモーツアルトの弦楽四重奏、ステレオ三三回転のレコードプレーヤーでも回しながら試してみたいと思っています」

秀の謙虚な抱負が、荒木先生に意外に受けたのか、先生、鼻先で笑っている。それから矢部は、次々とマイクを回して、純子が指名されたのは、しんがりに近かった。

「新年おめでとうございます。法学部二年、山本純子です。今年四月、東京に来て丸二年になります。大学生もあっという間に半分終わります。もし短大生だったら、もう郷里に帰らなければならないところです。私、去年の目標はゼミに入ることでした。今年の大事な仕事は、東京で就職することを親に認めてもらうことです。いつか、その交渉をしなければと思っています。就職試験以上に難関です。寮にいる関係で、毎日帰る時間を気にし、卒業が近づくと郷里に帰ることが気になりますが、今年はなんとかこれらから解放されないかと願っています」

「ありがとうございました。山本さん、ぜひあらゆるしがらみから解放されることを祈っています」

純子のこの言葉で、秀は、いままで純子の就職希望がいまひとつはっきりしなかった理由がようやく分かったような気がした。インタビューが一通り終わり、歓談の時間になって、席の近いもの同士、勝手な話になった。秀は純子に、

「そうか、まだ卒業後の身の振り方を親と相談していなかったのか、実は俺も二年生の時、爺

さんと卒業後の就職について話し合って、五年間という期限付きで東京に残ることを認めてもらった。勤め先は銀行か損保が条件だ。半年のうちにどこかに決まるだろう。就職試験に落ちたら都落ちか、と腹を決めたらやる気が出るよ。親だって子供の願いをそう簡単に無視はできない。一生懸命頼めば聞いてもらえるよ。その判断が一生を決めることになるかもしれない」

「秀さんは五年で、境港に帰るって決めたんですね」

「うん、その約束で、東京で五年間経験を積みたいと頼んだ」

「家庭を持つのは、郷里に帰ってからですか」

「今、そのことは考えていないが、いつか菜穂子に聞かれた時は、たぶんそうなると答えた」

「鳥取の郷里に決まった人がいらっしゃるとか、あるいはお爺様が決めておられる方がいらっしゃるとか……」

「そんな話は聞いていないし、自分のことは自分でやるといっているから、勝手なことはしないさ。うちの爺さん歳のわりに、そのあたりの分別はあるから……」

「秀さんとお爺様は信頼関係が出来ているんですね」

「自慢でないが、日頃から年寄りの言うことには逆らわないようにしているさ」

「父親なら、そうはいかないですよ」

「そうかもしれないね。君のお父さんは、君が可愛くてしょうがないのに親というものは率直に気持ちが表せなくて、どこかギクシャクする。俺だって親父とだったら、こんなにうまくいってたかどうかわからない」

「お爺様は、秀さんが必ず戻ってきてくださると信頼されているから、若いうちに大企業で修行されることを認められたんですね」

「その通りなんだ、特に日本の大企業は人材育成にかなりの費用と時間を費やす。学校では教えない協調性とか指導性とか企画性とか正義感とか、一人の人間を育てるためにかなりの犠牲を払う。将来それが必ず企業のために役立つからだ。そのあたりをお父さんと相談し、就職を許してもらうきっかけにしてみては……。もう少し人間教育を受けたいと頼めば、意外と簡単に認めてもらえるかもしれないよ」

さっきから、秀と純子の二人の会話を同じ二年生の美紀と山岸が真剣に聞いている。法学部二年生の山岸は今度、憲法の林田ゼミに合格していた。

英米文学科の美紀が、

「純子は就職するとしたら、どういうところを考えているの?」

「今度入った山田先生のゼミを考えると、企業だったら金融関係になるんでしょうね」

「銀行とか証券会社、保険関係……?」

「そうね。あくまで希望ですよ。どれも難関だから……私にできるかどうか」

秀は、

「俺もいまだに、銀行にするか損保にするかで迷っているが、自分が選ぶ仕事だから、まず好きになれるかどうかが大切なことだと思うね」

美紀が隣の山岸に、

「ギシ君は憲法のゼミだと、どういう企業になるの？」

これに秀が答えて、

「憲法だろう？　これはオールマイティさ、政治家でも行政職でも教員でも企業でも」

山岸は、

「実は僕はまだ決めていません。多分、企業になると思います」

「美紀は就職の心配はないが……将来、確実に社長だし大変だよな」

「そうなんです。……誰か私と一緒に、うちの会社やってくれる人いませんかねえ」

「卒業までに、社長の器量のある奴、しっかり探したほうがいいよ。今、苦労していい奴見つければ、あとは左団扇で悠々と、当分そいつに任せておけばいいんだから」

「そうはうまくはいきませんよ」

「美紀ちゃん、今から諦めることないよ。ねー、秀さん？」

「どっちにしても美紀と一緒になる人は、いずれ美紀のうちの会社をしょって立つ人だから、それなりの人でないとね……。もう候補者が福岡の会社にいるんじゃないの？」

「そうプレッシャーかけないでください。もらい手がなくなったら困りますから」

「俺が特殊かと思っていたが、みな自由なようでそれぞれ宿命を背負って生きている。親がお互い日本の各地で社長なんだから、有難い話でないのか」

「そうですよね。その身になってみないと苦労は分からないですが、思えば贅沢な悩みですよね」

「純子はお兄さんがいらっしゃるから直接、将来家にしばられることはないんでしょう？」

「兄次第だからわからないけど、必ず社長にならなくても株主では駄目なんですか？」

「いや、一流上場企業など社長や執行役員と株主である所有者が、分業しているところも多いよ。純子のお父さんの会社なら可能だが、うちらまだそこまでの会社じゃないからな」

司会をやっていた矢部が、

「今日はアドグルの新年会だから、ここにゼミの話を持ち込むなよな、山名」

「何を言い出すんだ、ゼミの話なんかしていないよ。年頭に当たって今年一年のそれぞれの身の振り方を話していたところだ。なあ美紀」

「そうですよ。いま私たちの将来の話が盛り上がっていたのに、水を差さないでください。たとえそれがゼミに関係する話だって、いいじゃありませんか」

「十年後、二十年後、それぞれの会社経営の苦労話の会でも集まってやりたいよな」

「山名先輩、それまでに会社つぶさないでがんばっていてね」

「何を言う、その頃、美紀が融資してくれと頼みにきても断るからな。景気次第だが、『会社四季報』に掲載されるくらいになっていたいね。お互いに」

「新年早々、こういう前向きな話ができてよかったわ。私、いつも東京に残りたいという気持ちばかりが先にたって面白くなかったけど、今日お話できて、『博多に帰って頑張るぞ』という気持ちが沸いてきたように思います。卒業してからもこうしてお会いしたいですね。中小企業の経営者仲間で」

「おい、純子のお父さんの会社は既に東証二部上場だからな。俺たちもはやく二部上場ぐらいにはなりたいね。……そこのハードルは高いらしいぞ」

「秀さんも美紀ちゃんもしっかり自分のうちの会社のことを考えているんですね。私なんか、父の会社のこと父と話したことないんです」

「それはそうだろう、純子のお父さんの会社のように大きな組織になると何人かの常務とか専務とかの経営のプロの集団に支えられていくようになる。社長が家族に相談して方針を決めたりすることはないだろう。もっとも俺のうちの海運会社は爺さんの独裁経営のようなものだから、これまた、会社のことを家族に相談することはないが……」

「ほんとうに秀さん、田舎に帰って社長やるんですか」

「美紀、それどういう意味だい、無理だというのか」

「いいえ、東京に残って、もっと大きな会社で、力を発揮したほうがいいのではないかと思います」

「うん、ほかにもそう言ってくれる人もいるが、山名海運だって、今は規模が小さいが将来性のある優良企業なんだよ。それにいきなり社長をやるわけではない」

「今まで、皆でこんな話したことなかったけど、今日はよかったですね。心の奥にある悩み事の一端を聞いていただけたような気がしました。またこうして集まって胸に詰まったモヤモヤを分かり合いたいですね。今日この会をセットしていただいた矢部先輩に感謝しなくては」

「そもそもアドグルは、先生に相談し、生活上の指導を受けたり、グループの仲間と悩みを分かち合ったり、親睦を深めたりする場なのだから、これからも大いに活用すればいい。なにも必ずグループ全体が集まらなくても適当に集まってもいいよね」

「今回のように掲示板を使って、集まりましょうよ。例えば○月○日○時、〝田舎社長集合〟とか」

「美紀、もうちょっと掲示コピー考えてくれないか、戦後の日本を支えてきたのは中小企業なんだぞ、そのお陰で大企業が伸びた。これが国民の所得倍増政策だ。これからだってそうだ。地方だからって、規模が小さいからって馬鹿にしていては経営が成り立たないぞ」

「そういう意味で言ったのではないですよ。目を引くコピーだと思いませんか」

「わたしも面白いと思います。美紀に賛成、学生のうちは、そのぐらいは許されると思います」

純子の発言に周囲がうなずき、それに対し秀は黙ってしまった。

それぞれが新しい年を迎え、将来のことがまた一歩迫ってくる感がする中で、自分の置かれた心境を語り合う会となった。キャンパスではすぐに後期試験が始まり、それが終わるとまた長い春休みとなり、春三月末、三田、江本ら四年生は卒業式を迎える。

Ｍｔ大学ではまだざわついていなかったが、伝統的に左翼学生の集まる学生運動の盛んな拠点大学では、正門付近にデカデカと彼らの主張を示す看板などが並び、集会の呼びかけやベトナム戦争反対の集会などが頻繁に行われていた。学生団体のデモ行進も行われ、七〇年安保改定阻止闘争が台風のように遥か洋上から徐々に接近しており、そのうねりを高めつつあった。

5 就職内定

そして四月初め、まだ桜花が三部咲きの頃、今年も大学記念館で新入生を迎える入学式が行われた。翌日から新入生に対し、大学生活や履修に関するオリエンテーションが始まり、配布された大判の年間時間表を片手に新入生達が真剣な面持ちで行き交い、教務事務所に履修登録のための受付窓口が開設された。

山名秀の大学生活最終学年もこうして始まった。四月中旬には、すべての学年で履修登録も終わり、秀はゼミの科目（卒業論文を含む演習Ⅱ）担当山田教授、八単位を履修登録し、純子もゼミ（演習Ⅰ）担当山田教授、四単位を履修登録して、新学期の授業が始まった。

これより早く山田ゼミの自主参加の判例研究会はスタートしており、新四年生の幹事は山名秀と高村修が選出され、新三年生の幹事は、小田弘と柴田一郎に決まった。自主参加の判例研究会は通称「サブゼミ」と呼ばれ、三年生が中心で毎週十人から十五人位の参加者があり、四年生は幹事を含め二〜三人が出席していた。昨年同様、有斐閣の「会社法判例百選」を初めから丹念に週二事件ずつ、それぞれ一事件一人のレポーターを決め、参加者全員で合同研究していくやり方を取っていた。今年も毎週水曜日の午後三時から同五時まで、一号館の一階の教室に設定されていたが、時には議論が白熱し午後六時頃まで掛かることもあった。

新三年生の幹事が世話役であったが、今年は純子、恭子、由美の女性軍が熱心で、三年生全体にまとまりをつけ、さらに四年生の出席も例年に比べ多く、秀が考えていた通り、四年生の参加者が増えるとそれだけ議論の練達度が高度になり、毎回白熱した議論が交わされた。四年生にとっては昨年、一度通った道ではあるが、今年は指導する側として、より以上の予習時間を割いてサブゼミに備えていた。山名、高村の四年生の幹事は、サブゼミの主体である三年生達が萎縮してしまわぬよう、配慮をしていた。

このほかに三年生は秋の学園祭の発表テーマを何にするのか、六月までに決めることに迫られていた。これらはすべて学生が独自に運営、決定しており、発表テーマを山田教授に報告は行っても意見を求めることはなかった。三年生のゼミ幹（幹事）が案を出し、ほとんどその通り認められていた。夏休み中の研究合宿の場所・日程も三年のゼミ幹が案を作り決定していった。

五月のゴールデンウィークがあけると、三年のゼミ幹と純子ら三人の女性軍によって、夏合宿の日程と場所が、九月三日から三日間、信州の白樺湖ロッジで行うと発表された。この決定は有無を言わせぬもので、都合が悪くて日程が合わないのなら参加しなくて結構、というような感さえした。合宿の日程はサブゼミの場で、幹事の小田から伝えられた。研究テーマも「自己株式の取得制限」と決まり、毎週の判例研究のほかに秋の学園祭の発表テーマとして、三年生が中心に練り上げていく。学年成績トップの恭子が、純子、由美の同意を得てゼミの指揮を取り、どちらかというと二人のゼミ幹は、それに従う恰好であった。

四年生のゼミ幹である秀と高村には、三年のゼミ幹の小田か柴田から細かく報告が入っていた。四年生も秀らゼミ幹を含め、三年生の決定には口を挟めなかった。それが山田ゼミの伝統であったからだ。

五月に入ると四年生は就職活動が始まり、ゼミ生の中で盛んに情報交換が交わされ、会社訪問をする者、その結果の話し合いなど、あそこの銀行はこうだったとか、あの証券会社はどうだったとか、よそのゼミの学生を含め情報交換が盛んに行われ、早いものは、五月中旬には内定を貰う者も出てきた。

山名秀は五月の連休明けから会社訪問を始めた。第一志望の三石信託銀行人事担当からは、初期の段階から良好な感触を得ており、相互の信頼関係から不用意に他社を訪問すること無く、五月二十日には三石信託銀行の採用内定を口頭で受け取っていたが、月末までマル秘とするよう企業側から要請を受けており、従って、菜穂子と四月以降二度会って話したが、まだ就職が内定したことは伝えていなかった。勿論、毎週判例研究会で顔を合わす純子にも内定のことは話していなかった。

菜穂子は早々に、国内企業の就職活動申し合わせの枠外であるパンナム航空の客室乗務職員の内定を得ており、すでに卒業論文の資料収集を始めていた。相変わらずマイペースで、いつも悠々と構えている感があった。二度目に逢った時、秀は菜穂子から夏休み、北海道旅行に行かないかと誘われた。八月の後半なら行けるだろうと応えた。それに対し菜穂子は、北海道で特別にどこか行きたいところはあるかと聞いてきた。秀は、予算も含め菜穂子に全部まかすと応えた。その時は、まだ銀行の内定を貰う前で、境港の爺さんに報告し了解を得ることも迫っていたので、菜穂子の北海道旅行の計画も上の空で聞いていたが、多分、二人っきりの旅行になることは分かっていた。

その後、就職活動が集中期に入り、暫らく会えなかった。たぶん、几帳面な菜穂子の性格からすると、もう計画は固まっているに違いなかった。もし、九月三日からのゼミ合宿と日程がダブっていたら、ゼミの合宿を諦めるまでだと秀は決めていた。その後も続々採用内定者が出て、六月十日には、山田ゼミの四年生の約七割が内定を得ており、金融関係だけでなく製造業、出版、造船という業種の内定を得ている者もいた。梅雨の晴れ間の礼拝の時間、大学五号館前のベンチに山田ゼミの仲間が集まって、いつものように和気藹々と話し込んでいた。秀ら四年生五人と純子、由美ら三年生四人で、主に就職戦線の話題が交わされていた。三年生も四年生の生々しい就職試験体験談に真剣に耳を傾けていたが、内定を取った四年生は安堵感の中にも今後の不安など口にしていた。

その雰囲気の中で、純子の視線はやさしく秀に注がれ、秀も自然に視線で返していた。若者の恋心はふとした仕草や視線で読み取れるものである。それは当事者同士より、客観的に傍目《はため》のほうが鋭く見抜くことがある。その光景を五号館の三階の外階段の踊り場に立って黙って見下ろしている菜穂子の姿があった。勿論、秀は全く気づいていなかった。

礼拝の時間が終わり、十時四十分、二時限目の始まるチャイムが鳴って、授業のある者は散っていったが、秀は次は空き時間で、純子も次の行政法が休講になったと言っており、お互い午後の一時半まで時間が空いていた。

「純子、この後、どうするの?」

「はい、お昼にはまだ早いですから、図書館にでも……」

「喫茶店で話さないか……」

「ええ、いいですよ」

感情のない、いかにも純子らしい返事が返ってきた。秀は構わず、大学のキャンパス、銀杏並木を横切って、西門のほうへ歩き出した。純子も黙って後に従った。西門を出て、横断歩道の信号が変わるのを待っているとき、

「さっき、菜穂子さんが見てましたよ」

と、純子が冷たく口にした。

「なにを見ていたんだ？」

「さっきからずっと。皆で話している様子を」

「どこで？」

「五号館の三階、外階段の上からずっと」

「今も？」

「さあ、もう授業が始まったから……」

「……」

信号が変わり、通行量の多い西門前の八幡通りを渡り、青山ガーデンという花屋の前を過ぎた先の路地を左に折れて、魚喜という魚屋の角を越した四軒目、山田ゼミの連中が溜まり場としている紫艶という喫茶店に入っていった。まだ、席のほとんどは空いており、秀はいつものように奥のほうに席を取った。この喫茶店の隣は富好という居酒屋で、よく、近くの劇団の駆け出しの役者等が集まって、公演の打ち上げなど英気を養う姿も見られた。

「純子、ここ初めてではないだろう？」

「はい、確か三度目です」

「ゼミの連中と来るの？」

「はい、……それより菜穂子さん、いいんですか」

「……きみが気にすることないだろう」

秀はめずらしく、語気を強めた。そのことが、秀の菜穂子へのひたむきな思いを感じさせ、純子は秀の真面目な一面を感じていた。この日も秀は、自分からは菜穂子とのことは一言も話さなかった。二人はホットコーヒーを注文した。

「どうだい、山田先生の授業は？　二ヶ月やってきて」

「はい、緊張しますね。授業中の先生は風格があって、本物のプロフェッサーですね」

「何か先生と一対一で会話をしているような錯覚に陥るだろう？」

「そうですね。緊張のあまり、指されると周囲に学生がいることを忘れてしまいますね」

「あっという間に時間がすぎるだろう？」

「本当ですね。自分に聞かれていなくても、その問いに心の中で一生懸命答えていますから、時間が早く感じるし、終わると極度の緊張で疲れますね。ゼミの予習だけは丹念にやるようになりました」

「教師の指導力というものはこうでなければ、と思うね。専門性もそうだが、長年の経験から学生をよくわかっている。なにか畏敬と言うか恐ろしいよね、実際は優しいのに」

「私はまだそこまでよくわかりませんが、会社法を学び始めたばかりなのにずっと前からやっていたように思えるんです。今は暇さえあれば会社法の教科書を開いていますね」

「たぶん純子だけではないよ。ゼミの連中皆んな同じ思いで、自発的にテキストを広げているよ。いったいこれは何なのだろうね」

「これを一年間続ければ、相当力が付きますよね」

「そう思うだろう、我々はそれをやってきたんだ。ゼミの授業だけでなく、判例研究も学園祭の研究発表も、去年一年で全然違ってきたと自分でも分かるし、自信もついたね」

「私はまだ不安ばっかりで、ゼミで恥をかかないように必死ですよ」

「そのうちゼミの中でかく恥は、平気になるよ。強気で支持した学説を翌週は、無念な思いで変えなければならなかったり、専門科目への未熟さ、ゼミ生お互いが試行錯誤の中で学問の難しさを学んでいると思う。だから、もうゼミの連中の中では恰好つけても始まらない、口角泡を飛ばし、罵声を浴びせあいながら、地で付き合う仲だ」

「私、ついていけるかしら、来年の今頃、こうしてみんなと話していられるだろうかと、心配です」

「今年の三年の三人の女性はすごいという噂だ。男たちはもう白旗あげているらしいぞ」

「いやいや、騙《だま》されませんよ。ゼミ幹の小田君も柴田君も気合が入っていますよ。恭子は別格ですから」

「彼女はヨットもやっているんだろう？」

「そうなんです。週末には葉山でヨットに精を出しているらしいですね」

「……」

「恭子が『山名先輩、誘っていい？』と言ってましたよ」

「……ヨットにか、チャンスがあればやってみたいね。……だけどどうして純子に許可求めたのかな」

「そんなこと気にしなくていいですよ。……恭子に山名先輩、ＯＫだと言っておきましょうか」

「ちょっと待て、そのうちに自分でいうから……」

「恭子、秀さんに気があるんじゃないかなあ、よく、秀さんのこと聞いてきますよ。私、秀さんとアドグルも一緒だから、何でも知っていると思っているみたいで」

「頭のいい奴は、一度聞いたことは一生忘れないから、いい加減なことといわないほうがいいよ」

「なにも言わないほうがいいですか」

「不正確なことを言わんほうがいいといっているんだよ。ことさら隠すこともないけどね」

「恭子をどう思います？」

「……ん？　まだよく分からないよ。純子のようにこうして二人で話したこともないし……」

「わたしのことは、分かっているんですね」

「いや、もっともっと知りたいんだが、分からないことばっかりだよ」

「私も山名先輩のこともっと知りたいのに、不親切で何も教えてくれないんだから……」

「俺は見ての通りさ、純子には何にも隠していないよ」

「そうですか、……菜穂子さんのことになると何にも言わなくなるのに？」

「それは、純子だって、こうして二人で話していることを他人にペラペラ話されたくないだろう？」

「菜穂子さん自身のことはどうでもいいんです。秀さんの気持ちが聞きたいんですよ」

「……そんなこと他人にあんまり……話したくないね」

「なぜ……。菜穂子さんは、秀さんに他の女の人のことを問われることないんですか」

「たったいま、彼女自身のことはどうでもいいと言ってたんじゃないの？」

「あなただって、言えないといったり、隠していないといったり……、もういい」

純子の顔は紅潮していた。それから暫らく二人は黙っていた。秀は店の入り口のほうに視線を向け、純子は白くて長い自分の手の指先を見つめるようにしていた。秀はこうして軽く喧嘩をするようになるということは、もう心は純子に占領されているのかもしれないと思っていた。

それからは、あまり多くを話すこともなく、昼前に喫茶店を出て、大学に戻る途中、大学西門のはす向かいにある蔦の絡んだ二階建てのビル、ポニーというレストランで昼食をとった。このレストランは、内装がヨーロッパ調で窓は小さく、昼間でも中は薄暗く、夫々のブースに燭台のような灯かりが設けられていた。この店の本店は、湘南の葉山の海辺にあるという話で、よく、日本のクラシック音楽系のアーティスト達がここを利用しており、秀も何度か、この店で、どこか見覚えのあるアーティストの顔を見かけたことがあった。純子は、この店に移ってからもほとんど話しはしなかったが、秀に対する態度は素直で、いつもより優しかった。食事が終わると二人で大学の図書館に向かい、午後の授業が始まるまで、二人は離れることはなかった。

この日を境に、菜穂子は秀に対して距離を置くようになり、秀も純子を身近に感じるようになっていった。

六月中旬、Mt大学の硬式野球部が、所属する東都大学野球連盟の第二部リーグ、春のシーズンで優勝を果たし、一部の最下位校、東洋大学との入れ替え戦が神宮球場で行われた。勝てば初めて一部に昇格できるということで、学生部が熱心に応援学生を募り、その日は、大学運動部に協力的な教授らは午後の授業を休講にして、学生が母校の応援に行き易いように配慮する動きもあって、学生達も母校の応援によって青春を謳歌しようと、キャンパスから歩いても二十分程で行ける神宮球場に大勢の応援学生が集まった。初めは、何の予定もなかった荒木アドグルでも、応援参加の気運が高まり、急遽、掲示板で呼びかけ、神宮球場に出かけることとなった。当日、昼食後、アドグルの掲示板の前に集まった学生は、四年生の秀、矢部、三年生の山岸、純子、美紀を初め、一、二年生含め、十一人が集まった。青山通りの横断歩道を渡り、大学の正門の向かい側の日産ビルの前からタクシー三台に分乗し、神宮球場に向った。球場内の広いスタンドの応援席、超満員とまではいかないが、応援団、ブラスバンド、チアリーダーを中心に応援席には大勢の学生が集まっていた。外野の芝生席は解放されていないようで、誰もいない緑の芝生が目に美しかった。

秀も純子も、こうして母校の応援のため野球場に来るのは初めてであった。純子も当然のように秀の隣に席を取り、母校が点を入れる度に立ち上がって大声援を送り、点を取られる度に、「ドンマイ、ドンマイ」と、ピッチャーを励ました。Ｍｔ大学は、その日も翌日も惜敗し、その年も一部昇格の夢は果たせなかったが、野球部の活躍は多くの学生に一体感を抱かせ、母校愛を育み、若き日の貴重な思い出を作ってくれた。

七月、前期試験が始まり、夏休みが近くなっても菜穂子から北海道旅行の具体的な話はなく、秀もそのことを尋ねることはしなかった。図書館で会っても菜穂子は、前期試験に追われ忙しそうにしていた。秀も前期試験に加え、卒業論文にかかり、資料集めに余念がなかった。秀からも菜穂子からも時間を取って会いたいという話は出なかった。

ただ、夏休みに入る直前に、菜穂子から、北海道の旅行の計画は日にちが取れなくなったので撤回したいと申し出てきた。秀にはその申し出が、これから距離を置くという宣言のように聞こえたが、黙って承諾した。そんな複雑な心境を抱える秀に、四年のゼミ幹事の相棒である高村から、

「前期試験が終ったら、一度、我が家でゼミの連中で集まって、就職内定祝いを兼ねて麻雀卓でも囲まないか」

と、誘いを受けた。最近はその機会も減っていたが、三年生の夏ごろまでは、ゼミの仲間とよく麻雀に興じたものであった。

「久しぶりにいいねー、高村の家じゃ迷惑だろうから、学校の近くの雀荘でいいんじゃないか」

「いや、実はもう日にちも場所も決めてある。何人かの仲間に、声も掛けてあるんだ」

「……それで、いつなんだ」

「今週の土曜日、午後三時戦闘開始だ。場所は渋谷区大山町、高村荘だ」

「高村荘？　……迷惑ではないのか」

「心配するな、俺も含めゼミ仲間が早々に、みんな就職内定を取っただろう？　近頃、我が家の親たちも機嫌がいいんだ。この話、うちの母親のほうが乗り気なんだ」

「それは有難い話だなあ、それなら遠慮なく参加させてもらうよ」

その日は、宿主の高村も含め六人が、小田急線東北沢駅近くの高村の自宅にお邪魔した。高

村の父は、石川島の取締役の職にあり、社宅だといっていたが、閑静な邸宅街の一角で、門を入ると前庭の奥に玄関のある立派な屋敷であった。秀がこのお宅を訪れるのは、その日が二度目であった。高村の家は四人家族で、両親の他に御茶ノ水女子大学の付属高校に通う妹がいた。

玄関を入ると早速、お母さんの歓迎を受け、二階の麻雀卓の用意された和室に通され、六人の雀士は、高村の準備したくじを引き、対戦順を決めた。初めに卓を囲む四人は、里多（三井銀行内定）、小宮（大和証券内定）、山名（三石信託銀行内定）、高村（大正海上火災内定）の四人、木俣（住友銀行内定）、中沢（安田火災内定）の二人は、当座は接待係を務め、東南、半荘《ハンチャン》回して、その時点で、最低得点者と最低次得点者の二人と交替することになった。

戦いは、ほぼ予定通り、午後三時にその火蓋が切って落とされた。就職活動、就職試験に続き前期定期試験と、次々に立ちはだかるハードルからようやく開放された仲間達、雀牌を握るのは、およそ半年振りであった。しばしの暇を持て余す接待係のために、あらかじめ週刊誌や漫画本なども用意され、はじめ、戦況を眺めていた木俣と中沢は、

「初めから高い手を狙わないで、どんどん回せよ」

と、依頼もされない進行係も努めていたが、そのうち週刊誌を読み始め、外野席は静かになった。階下の高村のお母さんから声が掛かり、二人の接待係は下に降り、お盆に載せた紅茶の入ったソーサー付きカップと、コロンバンのクッキーが盛られた菓子鉢を運んできた。今、東家（親）の里多が冗談ぽく、

「おう、ご苦労ご苦労、悪いなボーイさん、そこに置いといてくれ」

それに返して木俣が、

「見ておれ、バチあたりな言い方をする奴は、すぐにへこむぞ」

片手にミルクティのカップを持ち、息を吹きかけ冷ましながら、もう片方の手で牌《パイ》を引いてくる。面前に並ぶ立牌の中に片手で上手に納め、そして、あらかじめ端に置いていた牌を切っていく。週刊誌をめくり始めた中沢が、昨年来日したビートルズの話を始めた。

「最近はもう、ビートルズばっかりだな。英国は宣伝がうまいからな、一気に世界のスターダムにのし上げたよな。大人気のビートルズが、こんなに早く日本にもよく来たよ。それも日本の伝統文化である武道の殿堂、武道館でコンサートというのは、一緒に日本を世界に売り込むのにもよかったのではないかな」

「いや、神聖なる日本の武道の殿堂で、ロックコンサートをやるのは何ごとかと、右翼団体が殴り込みを掛けるという噂も流れ、警備もピリピリしていたようだ。何事もなく終ってよかったよ」

「世界のビートルズを呼んで演奏会を開催できるのは、先進国の証だからな。戦後の日本の復興の早さにも驚くよ」

「それがあまり知られてないようだが、ビートルズは日本からの帰国途中、フィリピンに立ち寄ってコンサートをやったらしいが、コンサートの前日、マルコス大統領夫人の招待を理由なく断ったため、夫人の怒りをかって、日程終了後、空港で出国させないという事件となって長時間足止めされ、命の危険を感じた関係者が、この国でのコンサートの収益金全額を支払ってようやく国外へ脱出したという噂も流れている」

ビートルズの話題は、世界中で社会現象を引き起こしていた。

「昨年六月だったか、九段坂の脇を通ったら、まだ公演一週間前だというのに、内堀にボートを浮かべ、数人の機動隊員が乗って警戒していたよ。六月三十日の公演の日は、日本全国からかなりのファンが東京に集まったのではないのかな、ビートルズが宿泊した永田町のヒルトンホテルの周辺から赤坂にかけて、この日のために上京してきたと思えるそれらしき若者で一杯だったからな。ヒルトンホテルの宿泊する六階か七階の部屋の窓の外に英国国旗が掲げられて、外から、彼らの宿泊する部屋の位置がわかるようになっていたよ」

「おまえ、ヒルトンホテルまで行ってみたのか」

「いや、たまたま、近くを通ったんだ。国会図書館に行く時に」

「青山の周辺も影響があったんじゃないの？」

「ところで、ビートルズの曲、どう思う？」

「嫌いじゃないが全部いいわけでもないな。中にはいいのもあるよ」

「初めのいでたちが衝撃的だったからな、あのヘアスタイルが……」

話が続く中で、初めの半荘は、午後四時半過ぎにけりが付き、持ち点の低い順に、小宮と山名秀が外れ、代わりに木俣と中沢が卓に着き、一息入れる間もなく残りの半荘が始まった。

外れた秀は、脇のソファーに座って週刊誌をめくっていた。その中の記事に「東急グループの総帥、五島慶太の野望」という記事を見ながら、

「東急田園都市線が、横浜線の長津田駅まで延びたらしいね」

「もうかなり前だよ、去年の四月頃の話だろう？」

「あの線は、南武線の溝の口から先は、まったく山の中を走るんだろう？」

「田園都市線は将来、今の愛称〝イモムシ〟に変わって、玉川通りの地下を渋谷まで繋ぐ計画があって、周辺の横浜の港北区の山林を既に東急グループが買収しており、その東急が持っている土地の真ん中に、沿線の駅を作っていったらしいから、これから東急グループが急ピッチで駅前開発に手を入れるだろう」

「國學院大學にいる高校時代の友達が、一年生の頃、溝の口よりずっと先の厚木街道沿いの山の中に國學院大のグランドがあって、体育の授業は、そこまで渋谷キャンパスから専用バスが出ており、週に一回、そこに行くのだが、地図を見てもどこなのか分からんと言っていた。電車が開通したなら、そこにも電車で行けるようになったんじゃないの」

「いや、それだって渋谷からだと、東横線の自由が丘で乗り換えだろ、二子多摩川園を経由して、溝の口から先、どれだけ時間が掛かるんだ」

「國學院大學だって、先を見越してグランド用地を買っているだろうから、これから厚木街道

（大山街道）沿いも田園都市線の開通によって開発が進むよ。元をただせば青山通りも、玉川通りも昔の大山街道だろう？」

「うん、相当時間が掛かるだろうが、うちの大学だって、東横線沿線の横浜港北区に広いグランド持ってるからな」

「どっちにしても便利になるのは、我々が大学卒業した後の、遠い将来の話だ」

「こうして麻雀しながら世間話するの最高だよ、あっと言う間に時間が経っていくよ」

ガヤガヤ話し合ったり、また暫らく会話が途切れ、麻雀に集中したりしながら、夕方六時頃に一荘《イーチャン》が終った。ここで一息入れて、夕食の時間になった。近所の北沢商店街のすし屋から出前の寿司が届き、出されたお茶をいただきながら、ひとしきり腹ごしらえをして、二荘目に入っていく。一荘目、出ずっぱりの里多と高村が抜けて、食休みもそこそこに再開である。

二荘目に入って、出だしからへこんでいた山名にツキが回り始め、そのツキをなんとか自分のほうへ戻そうと、他の連中が画策に入る。その手の一つに、山名の感を狂わそうと、接待係に回っている高村が山名を牽制に掛かる。

「おい、こんなところでまで山名にツキを持っていかれるな。日頃から人生ツイている奴だから、山名にツキを回しては駄目だぞ」

答えて秀が、

「高村、俺の経験からすると、運やツキというものにはな、逆らってはならんのよ、神の思し召しと言うのがあってな、風に乗って向こうからやってくるものなのだよ。俗人が小細工してもどうにもならんのよ。昔から、元寇も神風の前には儚《はかな》いものなのだ」

「山名、山本純子との出会い、あれもツキなのか」

「……うん？　ちょっと待てよ。今、大事な局面なんだ。ここは、どの牌を切っていくのかな」

木俣が代わって答える。

「そうだなー、ツキ以外の何ものでもないよな、山名」

「……そうなのかい、ツキだけの問題なのかい……そうは思わないな、日頃の努力が足らんのよ。恋愛の課程？　そんなことはどうでもいいんだよ。……ちょっと待て、こんなにドラを抱え込んではなぁ、どうしよう」

「そうだろう、お前には星野菜穂子がいるんだろう？　山本純子は早く手放したほうがいいな」

「そうか、重荷になる前に早めに手放すかなあ、ドラばかり抱え込んでもなー。……中沢がテンパる前に……」

「お前が純子を手放して一番喜ぶのは、堀内だろう」

これには、秀もまともに応えて、

「……俺は、日頃から堀内には気を使ってるんだぞ」

畳み掛けるように集中的に山本純子の話題が飛び交い、秀に質問を浴びせかける。応えて秀も、

「おい、勘弁してよ、じっくり麻雀やらせてよ。やっとへこみを挽回できそうなんだから……」

「駄目だよ、今日は山本純子の近況が聞きたくて、山名にも声をかけたのだから。……山名、今度、純子の女子寮に電話して呼び出してもいいか」

開き直ったように、

「そんな話を俺に相談してるのか。……自分がやりたいことがあれば、他人の顔色窺わないで、勝手にしたらええじゃないか、純子は俺の所有物ではないぞ」

「おまえ、よく純子を呼び出しているようだけど、一度そのテクニックを教えてくれよ」

「それは難しいぞ、俺も習得するのに二年は掛かったからな。今はやりのハイテクって知ってるだろう、それだよ」

「山名はそんなに前から、純子に関わってきたのか」

「彼女のことで知りたいことがあったら、何でも相談してくれ。……知的財産、安くしておくぞ、特に、あきらめ方のアドバイスなら任せろ」

「実際のところ秀、純子との仲は今、どうなってるんだ」

「今頃、何を言ってるんだ、相思相愛にきまっとるじゃないか、見て分からんのか」

「それなら、将来は一緒になるのか」

「将来？　……もう既に一心同体だ、お互い許しあった仲だといってるだろう」

「山名に山本純子のことを聞いても面白くないよ。俺、山名に恭子の話を聞いてみたいな」

「聞かれる前に言っておくがなあ、恭子は素敵な娘《こ》だぞ。頭脳明晰だけではない。彼女はよく霧の深い明け方に姿を現す。俺、三人のうちで一番初めに口づけしたのは恭子だったような気がする」

「えー？　……どこで？」

「どこだったかなあ、よく覚えてないが、あれは相模湾のヨットのキャビンの中だったかなあ、それとも故郷の山陰の海岸だったかなあ、霧の深い夜明け前の海辺だったなあ」

「へえ……よし今度、サブゼミで恭子に会ったら確かめてみよう」

「ばか、たぶん恭子は覚えてないだろうから、やめとけ」

「じゃあ聞くが、二番目は誰なんだ」

「二番目？　……ホラ、今、中沢がテンパッたんだよ……、なあ中沢、リーチかけないのか。……二番目？　何の話だ。ああ、口づけの話か。……それは由美に決まってるじゃないか。因みに純子とはまだ手も握ったこともないからな、いわんや口づけなど、おそれおおくて……」

「え？　……さっきお前、純子とは許しあった仲だと言ったではないか」

「高村、なにか？　口づけしなければ、許しあったと言えぬのか？　勘違いしちゃあいかんぞ、大学生にもなって」

　木俣が、

「ばか、これが天下の山田ゼミのゼミ幹同士の会話かよ。山田先生に一度、聞かせてみたいよ。先生、どんな顔になるか……」

　これに対し秀が、

「おい木俣、お忙しい山田教授を、こんな不謹慎な場所にお連れしては駄目だよ。……『先生、御免なさい、木俣が悪いんです。今の話は全部、夢の中のたわごとですから。後で木俣によく言っておきますから……』」

「……今の山名の話は、みんな夢の中のたわ言なのか」

　そんな会話を交わしている間、秀はツキまくっていて、手が付けられなくなっていた。反対にさっきから沈黙を決め込んでいた几帳面な中沢が、初めから珍しくへこんでいた。

「高村、山名を乗せたのはお前のせいだからな、後で責任とってもらうぞ」

　その後、楽しくて止められない麻雀は第三荘に入り、時刻は零時を回っていた。この頃から、かわるがわる、二人の接待係は、仕事がない間は仮眠を取っていた。お互いに決まりはなかったが、自然にそうなっていった。

　深夜三時を回る頃、その時間、接待係であった山名秀は、灰皿を片手に、東側の二階の廊下から屋根の上に筋板を通した物干し台に出て、心地よい夜風に当たりながら、タバコに火をつけていた。空は晴れて、星が綺麗に瞬いていた。深夜、昇ってきたばかりの痩せた三日月が東の空に傾き、その三日月の手前に、東京でここだけと言われる、独特の景色を作る、渋谷区大山町の回教寺院の白い塔やモスクのドーム状の屋根が、暗闇に浮かび上がっていた。星空と三日月とモスクの屋根、その光景はまるでアラビアンナイトの世界を覗いているようであった。そこに駱駝の影でもあれば、童謡「月の砂漠」の世界である。

静かにタバコの煙を吐きながら、夜明け前のそんな幻想にふけっていると、それを打ち消すように、背後からまたジャラジャラと牌をかき回す音が聞こえてきて、有無をいわさず現実の世界に引き戻されるのであった。やがて東の空が白々と星空を消し始め、小田急線の始発電車が走り出し、朝の光が部屋の中に差し込むようになる頃、長い戦いはようやく幕を閉じた。高村荘の手厚いおもてなし、熱いミルクコーヒーとマーマレイドをたっぷり塗ったトーストの朝食をご馳走になって、解散となった。

6　白樺湖、ゼミ合宿の夜

七月二一日、大学が夏休みに入ると毎日、山名秀は住まいに近い広尾橋から東京駅八重洲口行きのバスで溜池まで、バス停から徒歩で東京ヒルトンホテルの前を抜けて、朝の風の中を永田町の国会図書館に通った。九時半の開館を待って入館し、午後四時まで、冷房の効いた閲覧室の一席を占領して卒論の資料を調べ、繰り返し読み返し、部分部分をノートにまとめていった。

純子は夏休みに入ると廻沢女子寮が閉鎖され、いやおうなく郷里新潟に帰省した。秀は、八月十一日まで図書館通いをし、まとめたノート三冊を持って、盆にあわせて郷里境港に帰省した。田舎で一週間ほどゆっくり過ごし、八月十九日、上京し、図書館通いを再開した。九月早々に予定されていたゼミ合宿の「自己株の保有制限」についても卒論の作成に並行して予習していた。単調な毎日の繰り返しで、国会図書館の地下食堂の昼食メニューにやや飽きてきた頃、夏も終盤を迎え、八月も終わろうとしていた。

九月三日午前八時、国鉄新宿駅中央線長距離列車発着ホームが、山田ゼミ夏合宿の集合場所だった。真面目人間が多い山田ゼミの連中が、精一杯カジュアルな服装で集合していた。都心の学生のセンスをようやく身につけたといった風体の学生集団となっていた。やはり三年生の三人の女子学生が集団の中で目立っていたが、三年生、四年生あわせて、十六人の男子学生の姿も、皆それぞれそれなりの訴えを持っていた。

久しぶりに会う山本純子は、四年生に対し初めの挨拶は交わしたが、いつものようにどこかよそよそしかった。秀も久しぶりに会う気持ちの高ぶりを押さえ、必要以上の会話は交わさなかった。四年ゼミ幹の秀にとってそのほうが有難かった。

三年のゼミ幹の小田と柴田が、新宿からの乗車券・指定券をその場で配った。四年生の男は五人いたが、三年生の女子学生三人を加え、八人で二つのブースを割り当てられ、残りの三年男子十一人が三つのブースに納まった。小田が手際よくペダルを踏んで座席を回転し、四人ずつ向い合わせのブースを作っていった。特急列車は定刻八時三十分に新宿を出た。昨年八月、小諸でのゼミ合宿には、たまたま軽井沢の別荘に滞在中の山田教授も、初日に三十分ほど顔を出されたが、これは異例中の異例で、今年はその予定は初めからなかった。

このメンバーで合宿を行うのは初めてで、特に三年生は、それぞれが大学学内での生活とは違い、これから始まる研究目的の生活に不安と期待とが混同した複雑な心境の中で、今は旅を楽しむように和やかに談笑して過ごし、列車は都心をどんどん離れて行った。

四年生の話題はどうしても卒論の進捗状況に集中し、参考文献の選択の問題とか、学説の相対性について、この部分でこの学説をとると、別の部分ではつじつまが合わなくなって説明が苦しくなるとか、早くもレベルの高い議論が始まっていた。

秀はほとんど聞き役で、自分から主張することはなかった。相棒の高村が、もっぱらけん引役で、話題のリード役に徹していた。高村はすでに大手損保会社の内定を取っており、就職活動は終わっていると自分で言っていた。秀は進行方向を背にして通路側の席であったが、通路を挟んで、向かいのボックスの通路側の伊藤恭子の話しかけに応じていた。今日の恭子は胸元の大きく開いた白のノースリーブのワンピースを装い、肩から薄いピンク色のセーターを掛け、その両袖を胸元で結んでいた。ヨットで鍛えた日焼けした肉付きのよい腕が健康的であった。その隣、窓側に大柄な純子が、その前、進行方向を背にして座る西澤由美と新宿を出た直後から、なにやら窓の外を指差して話し込んでいた。純子のアイボリーのスラックスがかっこよく伸びて、由美のジーンズの長い脚と交差していた。

列車が立川を通過する頃、秀が、バッグからキャラメルを五箱取り出して全員に振るまった。恭子がさっと立ち上がって各ボックスに配って歩いた。それを契機に何人かが、それぞれのバッグを開き、おかきや煎餅やチョコレートなどが配られ、旅の和やかな雰囲気に包まれた。難しい話を始めていても人間なんて単純なものだ、皆で同じ物を分け合って食べるだけで、にわかに快い連帯感が湧き上がるのが感じられた。さっき集合場所の新宿駅で、三年生の誰かが小声で口にするのを秀は小耳に挟んでいた。

「俺、クラブ（法学研究部）で、九月三日から山田ゼミの合宿だと言ったら、山本純子と三日間も寝食をともにする奴は許せないと、他の部員から責められたよ」

「本気なのかどうか、山田ゼミを攻撃のターゲットにする連中が多いのは、今に始まったことではないらしいよ。山本の加入がさらに拍車をかけることになるかも知れないが、彼女の責任だけじゃないよな」

「学問、研究のメンバーにあれだけの美女は必要ないし、むしろ邪魔にならないか……」

「よくいうよ、山田先生は、俺たちがこうして色々なものに引っかかりを感じながら学問の為の励みにする。……計算の上なんだ」

「見たか、今日の山本純子。真っ赤なポロシャツに、あのスラックスだろ、しびれるよな……」

「……西澤由美だって決めてるじゃないか、出るとこ出て、絞るとこ絞れて……、上背あるし魅力的だよな。山本があれだけ目立つから、どうしてもその影になりがちだけど、あの女豹のような眼で見つめられると俺、身体が硬直してどうも駄目なんだ……」

「だらしないぞ、俺たち、合宿が始まる前から、もう向こうさんのペースだ。しっかり締まって行こうぜ」

不安そうな三年生の男達のわけの分からない会話が、新宿駅出発まで続いていた。そしてそのまま列車に乗り込んだのである。今はもう相模湖の淵を相模国から甲斐国へと向って走っていた。三年生の堀内が秀の傍に来て、

「山名先輩、すみませんが席を替わって頂けませんか」

と言った。秀は躊躇なく、

「おう、いいぞ、お前の席はどこなんだ」

「柴田の隣です。すみません」

秀は直ぐに立ち上がって、裏側のブースの三年幹事の柴田の隣に移った。三年生の男たちの

ブースで、そこではプロ野球の話題が盛り上がっていた。ジャイアンツファンの柴田と福井、もう一人の西山という男は、ホエールズファンだといって張り合った。

「山名先輩は、プロ野球のひいきチームは、どちらですか」

「俺は、子供の頃から大阪タイガースだ」

「そうですか、山名さんの郷里は関西でしたね」

「……山陰の境港だよ」

「……山陰は関西ではないですか。あの辺りもタイガースファンが多いんですか」

「いや、情けない話だが、ジャイアンツファンのほうが多いんだよ」

「どこに行ってもジャイアンツファンは厭になるほどいますよね」

「西山はどうして大洋ホエールズなの」

「うちが川崎なんです。ホエールズの本拠地の川崎球場に近いんです」

「そうか、俺も国鉄の川崎駅から歩いて、川崎球場までタイガース戦のナイター見に行ったことあるよ。試合の始まる前、まだ陽が高く、グランドではタイガースの選手が練習中で、スタンドの最上段の看板の脇の縦長のスピーカーから大きな音で歌謡曲が流れていて、試合開始まで暫らく時間があり、スタンドの観客席もまだパラパラで、中にはTシャツを脱いで上半身、裸になってる職人風のおじさんが幸せそうに缶ビールなんか飲んでいたりして。ひと気の少ない夕陽の当る外野のスタンドでは、派手なシャツを着た若いカップルが、人目も憚らずイチャイチャしてる。ゲームが始まれば、スタンドを縦横に動き回る売り子達も、まだ試合開始まで間があり、しばしの休み時間、上段のフェンス際で肩の荷を降ろして、のんびりとかたまって雑談している。それぞれ、熱戦の前の長閑なひと時、観客の埋まる前のスタンドで、アンダーシャツ姿の選手達のフリーバッティングを見ている。打ち損じた打球がスタンドに飛んでくると、近くの係員がピーピーと注意喚起の警笛を吹く。いかにもプロ球団の興業というか、ローカル球場の光景というか、ああいう球場の雰囲気も俺、好きだなあ」

「そうでしょう、川崎球場はいい球場ですよね。駅から歩くんですか、川崎駅から歩くと三十分以上あるでしょう？」

「うん、よく覚えてないが、たしか球場の隣が川崎競輪場だったよね。俺、知らない街を歩くの好きでね。東京の街でもよく歩くよ」

「へー、どういうところを歩くんですか」

「そうだねー、今までに一番長いのは、銀座から渋谷までかな。世田谷野沢にいた頃は渋谷からよく野沢まで歩いたよ。今は広尾二丁目、旧豊分町だから渋谷から歩いても三十分ぐらい、夜など酔い醒ましによく歩くよ」

「山名先輩は、タイガースの本拠地、甲子園にも行かれたことありますか」

「勿論あるよ。……高校時代の友達で、神戸で密輸Gメンやってるのがいてね。まだ駆け出しの彼らの仕事は、神戸港の国際貨物埠頭で一晩中監視所に詰めて密輸の取締りをやっているんだけど、危険な仕事だけに待遇がよくて、まだ若いのに日頃は、西宮市甲東園の環境のいい公務員宿舎で生活しており、我々学生が田舎に帰省する折、途中下車して関西で遊んでいく際に、その立派な宿舎に厄介になるんだ。そうして、彼らの非番や公休の日に、三ノ宮や梅田の街に繰り出して、午後からパチンコに精を出し、仲間の誰かが大勝ちすると、それを資金に、夕方から阪神電車で甲子園球場にナイターを見に行く、タイガースファンでなくても、甲子園球場は、日本で最も雰囲気のいい球場ですよ。俺も後楽園球場や神宮球場を始め、川崎球場、オリオンズの本拠地、千住の東京スタジアム、大阪森ノ宮の日生球場、難波の大阪球場、近鉄の藤井寺球場、阪急西宮球場、広島市民球場など行ったけど、国鉄東海道線から見える中日球場や福岡の平和台球場はまだ知らないが、多分甲子園が最高だろう。君達も大阪に行く機会があったら是非、時間をとって行ってみたらいい。いつか、母校が甲子園に出場した時、高校野球の応援にも行ったこともあるが、やっぱり昼間よりナイターの雰囲気がいいよ。去年の五月の連休の頃、初日は梅田でパチンコで大勝ちし、二日目は阪急今津線仁川の中央競馬会、阪神競馬場でつきまくり、武庫川堤に近い甲東園の公務員宿舎から阪急今津線経由で甲子園へ、阪神－巨人戦を二晩続けて観戦に行ったことがある。初日は一塁側内野席が満席で、三塁側のバックネット裏に近い席だったが、初日はエース村山が完投勝ちし、二日目はバッキーが投げて負け、一勝一敗だった。軽快なショート牛若丸、吉田義男の守備、水鳥が飛び立つような柴田勲の盗塁、長嶋、王の目の覚めるようなアベックホームラン、観衆のどよめき、タイガースが勝っても負けても、球場の雰囲気は最高で、充分観客は満足できる。多分一生の思い出になるだろう」

「先輩、それはもうファンの域をこしてますね。トラキチというのがあるらしいですよ」

「……何とでも言ってくれ」

列車はもう大月を過ぎて笹子のトンネルを抜け、甲府盆地に入っていた。秀に席を替わって欲しいと言ってきた堀内は、山本純子と法学部の同じクラスの学生で、ゼミの中では純子に近い存在であり、純子は、話の合う仲間として一年生の頃から堀内とは親しかった。堀内が席を移って、通路を挟んで、由美や純子らと話が弾んでいるようだった。すると恭子が立ち上がって、柴田に席を替わるようねだり、柴田は快く応じ、純子の隣の席に移った。秀の隣に恭子が移ってきて、秀のボックスの話題はプロ野球からヨットの話になった。ほとんど恭子が一人で話し、秀ら男たちは聞き役に回った。恭子は、途中から肩にかけていたセーターをはずし、網棚の上に押し込んで、再び楽しそうに話した。

「山名先輩も是非、葉山に来てくださいよ」

「うん、一度ヨットに乗ってみたいと思っていたんだ」

西山が、

「山名さんは、船酔いはしないですか」

「……バカなことを言うな、俺はこう見えても、生まれ育った家の家業は海運会社だ。子供の頃から船には慣れてるよ」

「ヨットと貨物船とは、一緒に出来ないでしょう」

「君達は知らないだろうが、数千トンクラスの貨物船でも大海原に出ると、五メートルを超すうねりで、木の葉のように揺れるんだ。船酔いも三日も乗って苦しんでいれば、すっかり慣れてしまうもんなんだ」

「私もヨットを始めた頃、船酔いはしましたよ。そんな時は楽しくもなんともない。そこを乗り切ると、大海原はどうしようもなく病み付きになってしまう。今や、三日も海に出ないと息苦しい」

「恭子は、週に何回ぐらい海に出るの？」

「夏になれば天気のいい日は、ほとんど毎日ですね」

「燃料は要らない風任せだけど、経費は掛かるんだろう？」

「今、艇はヨットクラブのものを使わせてもらっていますが、繋留費用など管理費が結構掛かるんですね」

「ヨットハーバーのある葉山まで行くのに、交通費も馬鹿にならないな」

「私、いつも自分の車で行きますから……」

「へー、自分の車持っているのか？」

「高校を卒業してすぐに運転免許証をとり、父にねだって買ってもらったんです」

「車はなんなの？」

「コロナです」

「学生の分際で、マイカーで葉山までヨットに乗りに行く。リッチな生活ではないのか」

「山名先輩だって、余裕があるのに勉強ばかりしていては駄目ですよ。もっと二度とない青春を謳歌しなくては」

「よくいうよ。恭子が一番勉強しているくせに」

「そんなことないわ、私、テキスト見るの学校に居るときだけですよ」

「そうかい、俺は信じないが、恭子は頭脳明晰の上に集中力抜群だからな」

「私、子供の頃から国語が好きだったんですね。法律学というのは言語学ですよ。かなりの部分言葉の解釈ですよ」

「基本はそうかもしれないね。人間の行動とか、ものの事象をいかに文章化したり、逆に文章を具体化するかの作業かもしれないね。言葉で規則を作って、それで行動を制御するわけだから……。例えば『禁煙』と表示してあれば、それが総ての人の喫煙行動を制御する。無視したら規則破りだ」

「あとはどの言葉を用いて、皆に判りやすく訴えかけるかですよね。その契約書のようなものですね、法というのは」

　これに対し、西山が異論を唱えた。

「法律を上辺だけで捉えればそうですが、法学となると言葉の奥にある人間の心、意思、倫理とか哲学とか、共通の社会性、正義性、宗教観など、そっちのほうが重いように思いますね」

「西山の言わんとしていることはよくわかる。そういうものを含めての言葉の表現というか、その条文に示された言葉の真の意味を追求するのが法学だというのだろう？　旧約聖書、出エジプト記に示された。モーセの十戒、たったあれだけの言葉が人の心や行動を大きく縛りつけるわけだから……。恭子の性分からすると、法解釈は気持ち良いだろう？」

「そうなんです。裁判の判旨文なんか読んでいると論理的で実に爽快感がありますね」

「俺もそうだ、数学で答えを導き出したときの爽快感に似ているよね」

秀と恭子が快い合意に至った頃、列車は甲府に着いた。恭子は自分のバッグからチョコレートを取り出して、秀らに勧めた。秀はチョコレートが嫌いではなかったが、いつも一切れしか口にいれなかった。食べ過ぎると決まって胸焼けし、食欲が減退することを何度も経験していたからである。

甲府駅を出ると列車は再び登りに掛かった。右手前方に八ヶ岳が青く霞んでいた。左手、南アルプスの山々はさらに薄く霞んでいたが、鳳凰三山に並び甲斐駒の頂きは白い空にようやくその輪郭が確認できた。秀は窓越しに左手後方、富士山の方向に目をやった。富士山の山影は確認できなかったが、赤いポロシャツの純子のほうを振り返る恰好になった。純子は秀の視線に気づき、軽く首を下げて美しく微笑んだ。秀もあわてて、左手二本指で合図を送った。日頃、ゼミの仲間の中では、秀も純子も親密な態度は極力避けていた。それは秀が、四年生の幹事であることもあり、ゼミのまとめ役として個人的な感情はなるべく出さないほうがいいと考えていたからであった。今、純子は由美や堀内らと楽しそうに話していた。秀も純子も仲間内にそれぞれの存在が確認できることだけで、満足であった。

列車は小淵沢に着くとしばらく停車し、小海線に乗り換える客が降りていった。多くは八ヶ岳や甲武信岳を目指すと見られる人たちだった。行く先々の山小屋で買い求めた記念のバッジを数多く、勲章のように取り付けた登山帽を頭に載せて、あるいは汗の滲み跡の残るバンダナを巻き、重そうな年季の入ったリュックを無表情に背負う人もいた。足首に派手なスパッツをつけ、岩のような頑丈なそうな登山靴を履いている人もいた。みんな、いざ出陣といった形相で、ぞろぞろと降りていった。

車内は乗客が減り、急に風通しが良くなったように感じられた。開放感に浸り、隣の空席に移動する三年生の男子学生もいた。列車は諏訪に入り、次の停車駅、茅野で秀ら山田ゼミの一行は降りた。午前十一時が近かった。空は高く、早くも秋の風が高原を渡ってきた。駅前の広場で白樺湖へ向うバスを待った。バスのダイヤも東京からの特急列車に合わせてあるらしく、間もなく「白樺湖」と行き先を表示したバスが、バス停に到着した。

山田ゼミ一行のほかに三、四人の乗客が乗り、バスは直ぐに出発した。先に乗り込んだ四年生が、最後部の席を占領し、三年生は順に前にバラけて席を取った。それでも空席が目立ち、途中で乗ってくる客もなく、途中の停留所に止まることもなく、バスは白樺湖に向う狭い坂道をカーブを切りながら徐々に登っていった。列車よりも更に狭いバスの空間の中に押し込められた気分となり、ゼミの連帯感が強まっていく思いがあった。車窓から蓼科の円く突き出した特徴のある頂きが望まれ、裾野の別荘地売り出し中の看板も目に留まった。正午近く、バスの終点である白樺湖の湖畔に着き、それぞれが自分のバッグを持ってバスを降りた。

そこから宿泊ロッジまで、宿のマイクロバスが迎えに来ることになっていたが、約束の時間まで十分以上あり、まだ来ていなかった。皆、持ち物をそこらに置いて、湖の傍のボートの貸し出し小屋の脇まで芝生を降りていった。湖畔に小さな桟橋が突き出て、貸出用のボートが何艘か繋いであった。湖の中央辺りに白鳥の形をした遊覧船が浮かんでいた。貸出ボートも何艘か湖面に浮かんでおり、残り少なくなった夏のシーズンを名残惜しむ光景が広がっていた。陽差しはうす雲の広がる白い空から柔らかに注ぎ、湖畔に白樺の幹が白く光っていた。

白樺の木の根元、芝生の上に、一箇所に寄せて置かれた、メンバーの持ち物、リュックやバッグの見張りをしながら、秀と小田が今降りたバス停近くに残って、宿の送迎バスを待っていた。約束の時刻よりやや早く、宿の迎えのマイクロバスが到着し、小田がそのことを皆に伝えに走り、五分ほどで皆がバス停に揃った。

宿泊する白樺湖ロッジは、湖畔ではなく湖を見下ろす小高い車山の中腹に建っていた。マイクロバスは、湖畔からその丘を登っていった。広い駐車場に面したレストランや売店のある本館の前でバスを降り、山小屋風の本館ロッジのロビーで、立ったまま待たされ、三年生の幹事がフロントで入室手続をとった。そこからシェルターのような渡り廊下を歩いて、プレハブ造りの別棟に案内された。別棟は新しいばかりで、粗末なつくりであることは誰でも分かったが、文句を言うものはいなかった。堀内が、(行ったこともない南極観測基地)「まるでオングル島の昭和基地のようだ」とつぶやいた。

幹事によって部屋が割り当てられ、一階、一番奥に女性三人が、その隣に四年の幹事山名秀と三年の幹事小田が、その次の部屋に四年生三人。次から三年生三人ずつ三室。一番手前会議室の隣が幹事室で、柴田、高村に割り当てられた。

部屋の造りは各部屋同じで、廊下からドアを開けるとたたきがあり、靴箱に上履き用のスリッパが四足並び、そこで靴を脱ぎ、その奥左右に梯子付の二段ベッド、その先に四畳半の畳敷きがあり、片側に寝具類の入った押入れ、突き当たりは窓となっていた。窓のカーテンを開けると窓下から一面に熊笹の原が広がり、その先眼下に白樺湖が望めた。

三年幹事の柴田が、

「各自、部屋に荷物を置いたら、直ぐにさっきのロビーに集合してください。集まり次第昼食になります。その後の予定は食事後に連絡します」

と告げてまわった。短時間にラフなジャージに着換えた者もいたが、ほとんどがそのままの服装で食堂に集合した。男の大半は、部屋備え付けのスリッパで現れた。本館の造りは、宿泊施設の別棟とは全然違い、レストランの造りも豪華に見えた。食事の内容も豪華な本館にふさわしいものであったので、皆、一様に納得した。食後、三十分ほど時間をとって、午後二時からシェルターの奥の宿泊棟の会議室で、改正商法、「自己株式の保有制限」をテーマとする研究会が始まった。

自己株式とは、株式会社が発行する自社の株式のことをいい。商法（二一〇条）は、いかなる株式会社も自社が発行する株式を取得、保有することは原則的に禁止している。これは自社の株式を取得する行為が、株価の操作につながり、自社株買占め（防衛買い）等により、市場の株価を無理に維持したり、騰貴せしめるために買い占めたりなど、そのことが投機の具に供せられる等、弊害が生じやすく、債権者からしても、自己株の保有は担保たる会社財産に適さないのである。しかし、自社株式の消却のためとか、会社合併等での事務処理上など、例外として自社の株式を取得することを一方で認めてきた。その限定的な自己株保有の例外規定が、この度（昭和四一年）の商法改正で一部改正されたのである。

二十畳ほどの和室に長机を並べただけの会議室で、座布団は人数分だけあったが、各人が自由に座り、今度は全員がリラックススタイルで集まったので、連帯感、仲間意識を持つには時間はかからなかった。ただ緊張感を保持するのは専門的な研究内容で締めればいいと秀は思っていた。はじめに三年幹事の小田が移動黒板の前に座り、簡単にこのテーマの選択理由を述べ、続いて「自己株の保有制限」の立法趣旨等を三年生の担当レポーターが説明した。三十分ほどで説明が終わると、質問の時間をとった。三年生からの質問が出るのを待っていたが、待っていてもすぐに出ないので、オブザーバーであるはずの四年生の中沢武が、痺れを切らし質問を行った。

「質問がないということは今レポーターが説明したことは総て理解できたということだね。レポーターにも聞くが、それ以外の者にも指名して聞くから、答えてくれ」

中沢の質問の内容は基本的なことばかりで、意地悪な質問はなかったが、次々に三年生を指名していった。中沢の質問は、ポイントをしっかり抑えており、あらかじめ相当時間を掛けて、自分で問答集をつくってきているなと秀は思っていた。中沢の質問は、まるで山田先生のゼミの授業の進め方のようであった。四年生の高村が加えて言った。

「中沢の質問は、『自己株保有制限』の骨格を突く問題ばかりだ。指名されてない者もその内容をメモしておけよ。このゼミの三年生全員が最低押さえておかなければいけない問題だからな。初めからきついと思うかもしれないが、今、中沢が確かめようとしている問題が分かっているのとそうでないのとでは、これから明後日までやる研修の成果に相当差が出ると思う。勿論予習して分かっているなと思われる者も居て、満点に近い答えをしている者もいる。満足に答えられなかった者も焦らず今がスタートラインだと思えばいい。充分予習が出来ていて、今さら基礎的な質問と思うかも知れないが、とりあえずスタートラインを揃える為に必要であるから、分かりきったことにも誠意をもって答えて欲しい。そうして合宿を終えて、帰路につく時には、全員が成果を持って帰りたいから……」

二時間という時間は瞬く間に過ぎ、十五分の休憩になった。秀が心配した緊張感は中沢の任意指名で十分達成できた。秀は休憩のリラックスに気を使い、近くにいた西山らと足を投げ出して話した。三年生はほとんど顔を紅潮させて、短い休憩時間にもテキストに目を注いでいた。

第二ステージは、十六時十五分から十八時まで、その後、夕食を挟んで第三ステージが十九時半から二一時半まで予定されていた。翌日、二日目も朝、九時半から十一時半まで、午後はまとめのステージで、十三時から十五時まで、終了後自由時間となり、十七時から二十時までは反省会と称して、アルコールも入り、毎年三年生が四年生にいじめの反省を促す会となっていた。

最終日、三日目は午前中リクレーションにとってあり、近くの山に登ったり、釣堀に出掛けたり、湖にボートに乗りに行ったり、昼食まではフリーとされていた。昼食後、終了式、その後、バスで帰路に着く予定になっていた。

第一ステージで四年生の中沢武が火をつけた熱い議論は、その後、何時間にも及んだ。今年の三年生は超真面目揃いで、各ステージほとんど時間オーバーし熱心に討論が行われた。

こうして、予想を上回る合宿の成果を上げて、研究の動機付けを初め、それぞれの中で今後の指針を明確に植えつけていった。文連のクラブ活動の一角、法学研究部に席を置く三年生の一人も、この合宿は部活の商法部会の研修より、内容が充実していると感想を漏らした。学園祭の発表に向けての骨格は三年生の各人の中でしっかり出来たと秀ら四年生も確信していた。三年生が男の意地のようなものを見せつけ、力量的にはまだまだであっても将来に頼もしい展望が開けたと思われた。二日目の午後、高村が秀にぼそりと言った。

「こいつら、東京に帰ったら火が付いたように勉強に打ち込みそうだな。秋のアドグルデーを利用した合宿までには、かなりなものに仕上げるような気がするな」

「うん、今まで、三年生は恭子ら女性陣が引っ張っていたように思われがちだったけど、萎縮しているように見られていた男共が奮起し、今回逆転したね。これは山田先生の思惑通りだ。女性は三人とも優秀だけど、男は数が多いからな負けてないよ」

「それより、四時からの反省会、三年生の男たちが飲んで暴れそうだけど山名頼むぞ」

「そんな噂があるのか？　酒癖の悪いのいるのか。三年生は飲むだろうから、四年生はあらかじめ控えるようにこっそりふれを出しといてよ」

「一緒になって喧嘩でもされたら、最後にけちが付くからな」

「心配するな、三年生が本気で絡んできたら、俺が相手になってやる。無礼な振る舞いがあったら容赦なく殴ってやる……」

「おい、嘘だろ山名、ボクシングやる者は、殴られても殴らないのではないのか」

「俺は違う、喧嘩やるときは、いつも殴られる前に三発は殴っているな。そうこうしているうちに誰かが止めに入る」

「どうでもいいけど、冷静に頼むぞ」

「……冗談だよ」

二日目夕刻の反省会は、研究会で使った和室の会議室に飲み物や食べ物を持ち込んで、準備が整っていた。定刻を過ぎ、みな秀と高村を待っていた。四年生の幹事二人の席は、黒板の前に二つ残されていた。遅れて入ってきた二人が席につくと、三年幹事席の小田が立って、

「それではお待たせしました。今日まで二日間お疲れ様でした。皆様のご協力のお陰で研究会はほぼ当初考えていた目的を果たしたと思っています。さらに成果を確かめるためにこの反省会を有意義なものにしたいと考えています。引き続きご協力をお願いします。それではじめに四年幹事の高村先輩に乾杯のご発声をお願いし、その後、喉を潤しながら随時、皆様からご意見を賜りたいと思っています。……高村さん、お願いいたします」

「……僭越ですが、ご指名ですので、乾杯のご発声をさせていただきます。先ほどここに来る前に相棒の山名とも話したのですが、この合宿はこれまで予想を上回る成果を上げてきたと思います。これは、ひとえに幹事の力量がもたらすものと自負していますが、いかがでしょうか。……そうですか。それは、とんでもない錯覚だと……、こういう判断においては、見解の相違はいつでもあるものです。これで終わったわけではありません。これから秋、十一月の学園祭まで長いですよ。いばらの道は今、始まったばかりですが、出足は順調と言って良いと思いま

す。今後の皆様の更なるご奮闘を念じ、山田ゼミの益々の躍進を祈念して乾杯したいと思います。グラスを高らかに掲げ、ご唱和ください。……ゼミ員一人ひとりの益々の躍進を祈念して、カンパーイ」

「……カンパーイ」

「カンパーイ」

「高村さん、有り難うございました。それでは、ささやかではありますが、飲食をともに喜び、ごゆっくりご歓談ください」

分厚いヒノキ材で造られた長テーブルが連なる卓上にビール瓶が並び、ところどころに置かれた大皿にハム、ソーセージや裂きスルメ、湯気の立つ枝豆、高原野菜がテンコもりに盛られたサラダボールなどが並び、フランスパンやレーズンブレッドを盛り合わせたバスケットが四箇所ぐらいに置かれている。それらの皿から各自が自分の小皿に分けとって、箸をつけ始めたが、研修の時と違いどこか男たちの動きがぎこちない。今日まで研究会の席上、良識ある三人の女性は白いポロシャツや薄水色の袖のあるブラウスに黒のスラックスなど、それぞれが研修の雰囲気を気遣った服装で臨んできたが、この会が始まる前に申し合わせたようにあきらかに薄化粧を施し、服装にもそれぞれ主張が表れていた。男たちは先ほどから、このメリハリのうまさに戸惑い、変身にドキドキしていた。

紺地に大きな白の水玉模様のミニのワンピースで現れた大柄な西澤由美が目を引いた。首筋から肩にかけ透きとおるような白く広い胸が呼吸とともにゆっくり波打っている。澄んだ大きな瞳が一段と輝きを増し、男達の心を惑惑させる。その由美は秀の右隣で、先ほど乾杯のグラスを秀のグラスに軽くあて、やや首をかしげ、気品高く秀に微笑んだ。二つ先の席で、山本純子はグラスを持った手を挙げたまま、その様子を鋭く見つめていた。純子の今夕の装いは、若草色で薄手のノンスリーブのブラウスから、魅惑の下着が透けて、純白のスカートによって、ウエストから下の透視がカットされていた。折り曲げた長い脚が、由美に劣らぬ高い膝が、テーブルの下で窮屈そうであった。

純子にとってもっと気がかりだったのは、秀の隣で、由美が秀を見つめる眼差しであった。いつものように肝心の秀はそれに気がつかない様子であったが、女性同士、純子には、今夜は由美がアタックを掛けてくるのが感じられた。今は手始めに秀に向っているが、果たして本命は誰なのか、ターゲットは何処なのか、純子には由美の心は絞りきれていない。純子は、由美を気にしながら、右隣の堀内の話に相づちを打っていた。堀内はいつも言葉巧みで、相対する純子の笑い声が周囲に響いていた。秀の隣の高村は、秀の反対隣の福井らと過ぎし日の就職戦線の話に盛り上がっていた。由美は秀にビールを注ぎながら、

「山名さんの実家は、山陰の境港でしたね」

「うん」

「夏休みは、ずっと郷里に帰られていたんですか」

「いいや、ほんの一週間ぐらい帰ったね。それ以外はずっと暑い東京にいたよ」

「帰られたのはお盆の頃ですか、きっと先輩の帰りを待っている人がいらっしゃるんでしょう？」

「ハハ、もしそうだったら夏休みに入ったら即、帰っているよ。……帰るのはいつも八月の半ば頃だ」

「山陰というか、田舎のお盆の風習って、珍しいものがあるんですか？　……お宅の宗派はどちらですか」

「俺のうちは身延山の日蓮宗だ。ほんとうかどうか、先祖は鎌倉武士だと爺さんは言っている。境港の街の中は、ほとんど知恩院の浄土宗で、街から外れた周辺の集落は永平寺の曹洞宗が多いね。集落全部が神道という部落もあるんだ。日本海に浮かぶ隠岐の島も神道が多い。宗旨が違ってもやることはどこのうちも同じでね。海が近いから、八月十六日の朝、長さ七十センチぐらいの木製の精霊船を飾って、海に浮かべ先祖の霊を送るんだ。あと迎え火、送り火、家の門前で麻殻を焚いてね。……西澤のうちは、上州だよね。何宗なの？」

「私のうちは浄土真宗本願寺派というのですか、あまり関心がないので、よく分かりませんが」

「高崎には浄土真宗が多いの？」

「う、……御免なさい、よく分かりません」

秀にビールを注がれると、由美は嬉しそうに一気に飲み干した。

「由美は強いんだね、もう一杯いくかい」

「はい、有り難うございます」

大きな鋭い瞳で秀を見据えるようにして微笑みながら、白く長い腕を伸ばしてグラスを差し出してくる。

「後で苦しくなっても知らないぞ」

「いいの、……もともと、苦しめられているから、今夜はもっと苦しめられてもいいわ」

「え、……苦しめられてる？」

「そうよ。ずっと前から……、知らないでしょう？」

「……」

斜めに傾斜して前に突き出した由美の広い胸が、秀の目の前で大きく波打っている。秀は、時間の経過と共に、テーブルの下の座布団からはみ出した、やや崩れ気味となってきた由美のミニスカートから顔をだす、円く大きな膝頭も気になっていた。

「先輩、そんな心配そうにしないで、……嘘ですよ」

「……」

秀はグラスのビールを一気に飲んで、テーブルの上に置いた。すかさず由美が注いでくる。

「私、なぜ会社法のゼミなんかにはいったのかと思うの、実家の父親に『将来何をする気なんだ』と言われたの。今、自分でも分からない」

「それにしては、日頃から熱心だよな。今回の合宿でもかなり予習が出来てるなと感じていたんだ」

「いいえ、他の人に比べると目的があいまいですから、多分しっかりした裏づけのようなものがないから、上っ面だけを掬《すく》っているように感じませんか」

「いや、傍目で見ていて、いつもの判例研究会でも由美にそんなことを感じたことは一度もないよ」

「……先輩、日頃から私のこと、そんなに真剣に見ていらっしゃらないでしょう」

「何を根拠にそんなことを言うのか分からないけど、今の言葉、かなりストレートだね」

「だって私、山名先輩とこんなお話、一度もしたことないですよね」

「うん、言われればそうだね……」

「先輩、もっとビール注いでください」

「大丈夫かい、由美お酒に強いの？」

「私、ビールはあまり好きじゃないです。お酒とか、ワインが好きなんです。よく父のお相手をさせられましてね。今でも郷里に帰るとそうですが……」

「へー、高校生の頃から？」

「うん、……母がやきもち焼くんです」

「こんな可愛い娘とうまい酒を酌み交わすお父さん。そりゃあ誰でもやきもち焼くだろう」

「先輩、本当にそう思います？」

「どうして？　本気さ……。由美はウィスキーどうだ、……おーい、高村、さっきのスコッチどうした」

高村が応えて、

「そろそろ出すかい、皆が酔っ払う前に。柴田、ジョニクロ出せよ」

三年幹事席の柴田が立って、

「ご歓談中ですが、注目願います。四年幹事のお二人から、ジョニーウォーカーの黒ラヴェル二本差し入れがありました。俺と小田で、一本ずつ持って帰ろうかと思っていたんですが、荷物になるし、ここで振舞うことにいたします。ここに氷も用意してありますから、希望者は声をかけてください。我々、幹事が持参します。濃いめ、薄め、ストレートと言ってください」

「おにいさん、お酒はないの？」

「お酒？　希望の人は幹事にいってください。日本酒も用意いたします」

外野から、

「一升瓶、一本用意しろよ」

「おーい、こいつ、瓶だけでいいらしいぞ、何処かに空瓶転がっていないか」

夕刻とはいえ外はまだ明るく、陽は遠く霞む乗鞍の山影に傾いている。空はもう秋であった。

純子は、さっきから堀内の話に合い槌を打っていたが、ほとんど秀と由美の会話に気をとられていた。「もっと苦しめて……」という由美の断片的な言葉が、純子のハートに刺さっていた。

「……由美、あなたも苦しみなさい」

純子の中には、まだ余裕があった。オンザロックのグラスが純子にも回ってきて、やや顎を突き出して、スコッチを口に含む表情が冷たく美しかった。のんきな秀の視野には、今はまだ純子は入ってきていなかった。三年生の男達の中にいて静かだった恭子が、空いた福井の席に水割りのグラスを持って移ってきた。これにも秀は気にも留めず由美と話し込んでいる。恭子の日焼けした若い肌がやや酒気を帯びて高村の隣に迫っていた。

「高村先輩、飲んでますか」

「うん、俺も今、水割りを始めたところだ」

「山名先輩は？」

「ああ飲んでるよ。俺はまだビールだ」

「私にも注がせてください。……お疲れ様でした」

「才媛にビール注がれると緊張するね。……恭子は何飲んでるの？」

「私、これです、水割り」

「それでは、湘南海岸のプリンセスに乾杯」

「……Ｍｔ大の貴公子に乾杯」

純子は、秀と恭子のやり取りに振り向きもしなかった。周囲の男たちは、その不自然さにむしろ、純子の意地のようなものを感じていた。反省会が始まって小一時間が経とうとしているのに、純子に堀内以外の男は誰も声をかけていない。男達は皆、純子が同席する宴席の一員であることに満足していたのだが、それ以上近づけないでいた。多分、秀だけは、そんなこだわりはなく、そのうち純子に声を掛けようと思っていたが、今は由美と恭子に左右をガードされていたし、しばらくは堀内に委ねておくほうが賢明であろうと思っていた。

本館の厨房から新たな盛り皿に盛られた、豚肉のしょうが焼きや肉じゃがなど湯気の立つものが届き、室内が焼肉の香りに包まれた。その頃、テーブルの片隅で三年幹事の柴田が、割り箸何本かを輪ゴムで縛って器用にゴム銃を造り、周囲の者たちと、卓の上、天井から吊り下げられた蛍光灯のスイッチの紐の先端、小さな円錐形の取っ手を的に代わる代わる狙いを定め撃ち始めたが、アルコールのせいか全然的外れで、一つのゴム銃を手にして、次々に挑戦者が入れ替わり的を狙ったが空しくそれて、わずか二メートル程しか離れていない的を射る者は一人もいなかった。純子が傍でそれを見ていて、隣の堀内に挑戦を勧めた。純子がその射撃ごっこの仲間の輪に入って、俄かに盛り上がりを見せはじめ、皆が注目する中、堀内は慎重に的を狙ったが、弾かれた輪ゴムは僅かにはずれ、スイッチの紐は微動だにしなかった。

その頃から由美も恭子も高村も秀も観客になって、見守っていた。柴田が次に山本純子を指名した。純子は初め、首を横に振って応じなかったが、周囲から「純子、純子！」と囃《はや》し立て追い立てられ、純子は顔を赤らめて、やっと割り箸で造られたゴム銃を握り、しっかりと白く長い腕を伸ばし、真剣な眼差しで蛍光灯のスイッチの紐の先に照準を定めた。

上向きな純子の顔を秀は斜め下方から見つめていた。普段は見えることのない形の良い二つの鼻孔が覗き、女性特有の柔らかそうな顎から首に掛けてのラインが秀の心を熱くした。他の男たちも全員が息を呑んで、可憐な純子の仕草を見つめていた。やがて美しい射手によって放たれた輪ゴムは、的に向って飛んでいったが無常にも円錐形の的を外れてしまった。

「山本、残念だったな、今のは誰のハートを狙ったんだ？」

西山がからかった。純子は、

「だからやりたくなかったのに……」

四年生の高村が追い討ちを掛けるように、

「愛嬌、愛嬌……真剣に本命を狙っている表情、可愛かったぞ」

「……」

純子は、黙って不本意そうに頭を捻った。由美が、

「次は、高村さんにやってもらいましょうよ」

「俺は後でいい……」

今度はみな、「幹事、幹事！」と再び囃し立てた。

高村も重い腰をあげた。高村の席からは、純子らの席より的まで遠くなったが、高村は腕を

一杯に伸ばし、黒縁眼鏡の奥で片目をつぶって狙いを定め、慎重に引き金を引いたが、的を射ることが出来なかった。柴田が、

「高村先輩、惜しかったですね、残念賞として、次の人の指名権を差し上げます」

「……そうか、だったら、西澤由美にお返しするよ」

「えー、私、今、ジョニーのせいで身も心もポーっとなっているんです。代わりにお隣の我らの山名先輩にお願いしていいですか」

高村が、

「……それはだめだ、公序良俗を乱す。俺が指名した由美がやった後、秀にやらせたいなら、君が指名すればいいんだ。そうだよなみんな」

由美は、両方の手のひらを上に向け、胸の辺りまで持ち上げて、首を斜めにひねるポーズを見せたが、直ぐに観念した。大きく胸のあいた水玉のワンピースに包まれたナイスバデー、延ばした腕がほんのり桜色に染まっていた。真一文字に唇を結び、的を見据える大きな瞳が周囲の注目をあつめたが、放たれた輪ゴムはまたしても的を外れた。

これまで八人が試みたが、まだ誰一人、的を射ていなかった。由美はさばさばした態度で、予定通り山名秀を指名した。秀は由美から渡された割り箸銃をとりあえず目の前のテーブルの上に置いて、直ぐに構える様子を見せなかった。秀の座っている黒板を背にした場所から的の蛍光灯までは一番遠かった。三メートルはあった。秀が呼吸を図っている間、誰も静かに見

守った。やがて秀は両肘をテーブルにつき、両手で割り箸で作られた小さな銃を構えた。今まで試みた者全員が一杯に右腕を伸ばし、なるべく的に近い位置から輪ゴムを放とうとしたが、秀は違っていた。銃を自分の体に引き寄せ、当然、距離はその分さらに遠くなるが、銃に顔を近づけ射程角度を正確に測った。パターを手にし、グリーン上で慎重に傾斜や芝目を読むゴルファーのように秀はゆっくりと時間をとった。

皆がその長い時間、じっと秀の表情を伺っていた。長く整った眉の下で精悍な眼が真剣であった。不思議な魅力があった。誰もが今回は的に当たるかもしれないと思った。それが、秀が生まれつき持ち合わせた、誰にも理解できない力であった。まるで時の流れが止まったように感じられ、秀の執念が一点に終結したと思われた時、一本の輪ゴムが的に向ってゆっくり飛び出していった。秀の真剣な眼差しが、穏やかな表情に戻ったとき、飛び出した輪ゴムは、蛍光灯の紐の先端の小さな円錐の的に絡みつき、垂れ下がった紐を大きく揺らした。

「やった、すごい……」

隣の由美が興奮した声を上げ、両手で、まだ低い体勢のままの秀の肩を背後からゆさぶった。

その時、秀は黙って純子の目を見ていた。秀の視線を正面から受けながら黙って応える純子のその目は潤んでいた。純子は口を堅く結び、声は発しなかった。薄っすらと瞼に浮かべた涙と無言の硬い表情が、純子の内面を表していた。その様子が純子の隣の堀内にも周囲の者にも容易に理解できたらしく、由美は、すぐにその雰囲気を打ち消すように、何度も何度も、

「山名先輩、ねえ、もう一度お願いします」

と、割り箸銃を秀の手に持たせようとするが、秀にはもうその気は全然なかった。

「……まだ試みていない者もいるだろう。見ての通り、当たればあのように的の紐は大きく揺れる。それだけの話だが、今夜、若かりし日の思い出づくりと運だめしに皆が挑戦し、自分でやってみたらいい」

秀は必死で冷静を装おうとしていたが、秀の言葉はぎこちなく上ずって聞こえた。秀自身、興奮し己に酔っているようであった。

「僕にやらせてください」

すぐに小田が名乗り出た。小田は今、秀が座って放った遠い位置から狙いたいといい、秀はその席を快く譲ってやって、そのついでにトイレに立つた。小田は、秀と同じようにテーブルに両肘を突いて慎重に狙って打ったが、当たらなかった。小田の後にも同じ位置で、何人か試みたが誰一人、的を射る者はいなかった。秀が一息入れて部屋に戻ってきた頃には、先ほどの興奮騒ぎはすでに収まり、何事もなかったような雰囲気に戻っていた。

ただ、純子だけはまだ表情が堅かった。秀は、戻ってくると、めずらしく堀内と純子の間に割って入り、純子に話しかけた。

「純子、……しっかり飲んでいるか、今夜はせいぜい楽しもうぜ」

純子も、ちょっと驚いたような複雑な表情で

「……楽しんでるわよ。私、退屈そうに見えますか」

と、笑顔をつくって見せながら、

「先輩はビールですか、ウィスキーですか」

「うん、ビール貰うよ。……君は？」

「わたしもビール頂きます」

最近、純子と秀がこうして打ち解けて、ゼミのみんなの前で話すことは珍しいことであった。二人は同じアドグル同士で、秀が純子のゼミの入試の推薦状を書いたことは、誰もが知っていたが、できれば、こういう姿を目の前で見たくなかったのである。秀はそれを知っていたから、ゼミの席では、なるべく親密な態度は取らない様に心掛けていた。しかし、今夜はそれぞれアルコールが入っての無礼講、たまには良かろう、俺だって一人の男として、純子には大いに関心があるのだ、と時には見せておきたかった。

純子も秀の意図が読めているらしく、戸惑うこともなくフランクに対応してくれていた。注ぎあったビールのグラスを二人で寄せて、乾杯。……お互いの目を見ながら、二人は多分、格別な思いでグラスを飲み干した。そこには二人だけの世界が出来上がっていた。

「お前ら、二人でなにやってるんだ」

脇から高村が声を掛けてきた。これに秀が笑顔で応え、

「山本にお疲れ様と言っているんだよな。……なにかおかしいか」

高村はさらに、

「今、俺はこんなところで、二人のアドグルが始まるのかと思ったりしてな」

口元にビールの泡を残した酒気帯びの秀が、これに応えた。

「俺と純子がこうして話すだけで、そんなに違和感があるのか、アドグルが同じだとゼミでは話してはいけないのか」

秀はいつもより大きな声で問いただした。それでもまだ、秀の顔は笑っていた。

「そんなことはないが、皆が楽しんでる場で、お前たち二人だけが、なぜか浮き上がってしまうんだ」

その時、山本純子が背筋を伸ばし、

「高村先輩、私、浮き上がっても構いませんよ。もともと山名先輩がいらっしゃるから、このゼミを希望したようなものですから、隠したって分かることだし、何もこそこそすることでもないと思っていますから……」

間髪いれず秀が、

「ゼミの合宿だろ、目的は研究合宿だ。その場でいちゃいちゃ、恋愛ごっこをやられては、うまくないのは分かっているよ。しかし、会話を交わすのも駄目だと言われたら、逆差別だと思わないか。もし、俺とこの人がゼミの中で会話することもできないのなら、むしろ周囲の皆が、男女間のことにこだわりすぎているのではないのか。我々は学者でもない、研究のプロという立場でもない、それぞれが大学の教育を受けている身分での研究活動だ。うちの大学では様々な教育現場で男女がともに学ぶ仲間として共存するのが普通ではないのか、その中では当然若い男女が惹かれあったり、挫折したり、好きな人のために懸命に努力したり……、それが、なにが悪いんだ。挫折によって成長するのもいい、成人に達したもの同士、それぞれの責任で色々な経験を積めばいいのではないのかと俺は思う」

三年の幹事の柴田が、

「私もそれでいいと思います。山名さんと山本が、特段過激な行動をとっているとは思いません。周囲に悪い感情を与えていると思いません。むしろ遠慮がちに特に山名さんは周りに気を使われていると思います。他人から羨望を受ける山田ゼミが内側から崩壊しないよう賢く対処しなければと思いますがいかがですか」

黙って聞いていた恭子が、

「賛成、……柴田君、いいこと言うよ。その通りだよ。ゼミだって、アドグルだって、それぞれ悩みを持った個人の集まりなのだから、そこでは協調が大切だけど、そのために個人の存在を否定しては、皆この集団から離れていってしまう。一人ひとりがそのあたりを上手にわきまえることだよ。特に幹事の役にある人、全体を見て、我々のわがままをうまくリード願えればと思います」

秀はその後は何も言わないで、再び純子に注がれたビールをうまそうに飲み干すと、しばらくして黒板の前の元の席に戻った。純子のほうはアルコールのせいもあって、納得しかねる表情で、由美の隣の席に移って、三人の美女が高村と秀を挟み込む恰好になった。恭子はそんなに酒を飲まず、もっぱら食べるほうにまわっていたが、由美と純子は隣りあわせで、高村と秀を相手にウィスキーを重ねた。

「山本、先輩とばかり乾杯しないで、俺の杯も受けてよ」

と、三年生の男たちが次々に訪れ、由美や純子から注ぎ返されて満足そうに表情を崩す男たちもいた。周囲の者もこの大柄な二人の女性が、どこまで飲めるのか見ものであると言わんばかりに興味深く見守っていた。ただ秀だけが、

「純子も由美もいい加減にしておけよ。明日もあるのだぞ……」

と、やさしくたしなめていたが、正直、秀もこの二人がこんなに飲めるとは想像もしていなかった。今年の正月、純子と二人で、渋谷で新年の祝杯を交わしたとき、まだ全然限界ではなかったのかと、今、そのときの事を思い出していた。由美のワンピースから露出した乳白色の胸元や上腕に紅《くれない》がさし、鋭く大きな瞳が僅かに緩み、可愛らしい女らしさを増幅して、秀に迫った。

「まだ八時、山名先輩、今夜はとことん付き合ってくださいね」

「ああ、いいぞ、今夜は誰からも逃げないから、ずっとここに座って居るからな」

「じゃあ、一つお願い聞いてくれますか……」

「由美、その緩んだ瞳で見つめられると俺……困るなー」

「ねえ、もう一度あのゴム銃で、的を打ち抜いてほしい。今度は違う的を狙って……」

「それは駄目だ、俺はもう今夜、ゴム銃は手にしない。あの瞬間を由美も見ていただろう……、既に俺にとっていい思い出になった」

「じゃあ教えて、あの時、誰のために何を狙って撃ったの？」

「うん？　……何も考えていなかった。ただ、無心だったよ」

「……まぐれ当たりなの」

「ああ、まぐれかもしれない。……しかし、的に当てようと努力はしてたぞ。結果的にしっかり的を射て、あの紐が大きく揺れたのは見えただろう」

「だから、くやしいの。もう一度、私のために試みて欲しい」

傍で二人の会話を聞いていた純子が、ほろ酔い加減で、

「くやしい？　どうして？　なにがくやしいの？　……私は山名先輩が外すのを見たくないわ。さっきの事実をはっきりこの胸に刻んでおきたいから、もう撃たないで欲しいわ」

純子の刺すような一言で、由美は黙ってしまった。話題をかえるように純子が、甘えるように首を傾け、

「先輩、明日はどうなさるんですか」

「うん、早朝から車山山頂を目指し、霧が峰高原を巡り、お昼には帰ってくるつもりだ。純子

は?」

「……私は、近くに釣堀があるらしいから、ゆっくり鱒釣りでもしています」

高村が、

「俺も午前中、鱒釣りに行こうかな、山本いいかい」

「ええいいですよ。多分、釣堀に行く人多いと思いますよ」

由美も、

「私も朝ゆっくりこの周辺を散歩して、時間があったら釣堀も覗くわ」

恭子が、

「それじゃ私、山名先輩と二人で車山に登ってくるわ、皆、邪魔しないでね。いいでしょう、秀さん」

「ああ、……恭子はそんなに飲んでいないから、朝早く出発しても大丈夫だよな」

「えー? 出発、何時頃ですか」

「六時半から朝食だろ、その後すぐだ」

「天気はどうですかね」

「多分、朝は霧だよ。視界の利かない霧の中を黙々と登ることになるね、山頂は風があるかもしれないな」

テーブルの周辺では、日本酒を飲んですっかりいい気分になって、座布団を枕にして横になり、いびきをかき始めた者もいた。外に出てタバコを吸い始める者、秀や純子の周辺の七〜八人を除いて、二〜三人ずつ、ばらばらになり始めていた。卓の上の盛り皿のものは、残り少なくなっていた。秀のピッチも遅くなり、もっぱら純子や由美の会話の聞き役に回っていた。純子は酔いのせいか、言葉数はそう多くはなかったが、その口調がなんとなくきつくなり、心の中で思っていることをストレートに口に出しているようで、それがまた可愛かった。

宴会場の柱時計が九時を回った頃、小田が立ち上がって、

「このあとは、五月雨《さみだれ》解散ということにします。元気のある方はまだ残り物がありますからご自由にどうぞ。一応中締めとします。ご苦労様でした」

それから間もなく、純子と恭子が立ち上がって席を離れた。十分もしないうちに宴会場は山名、高村と小田、柴田の幹事四人と四年生の中沢と由美の六人になってしまった。もう食べることも飲むこともせず、もっぱら話し込んでいた。

純子と恭子は一度、自室に戻り、純子だけが一人で、スリッパを突っ掛け、本館と渡り廊下に囲まれた暗い中庭に出た。湖からやさしく渡る夜風にほてった体を浸した。光を求め羽虫が飛び回る街灯の下を避けるように、いくつか庭の芝生の上に置かれたベンチの一つに腰を降ろした。白く光る頬や二の腕に夜気が気持ちよかった。遠く眼下に湖畔の別荘の灯かりが点在し、ぼんやりとその灯かりを眺めながら、さっきの仲間たちの会話の一つひとつを思い返していた。

空は満天の星空で一人で星々を見上げていると時々流れ星が走った。黒い空をよぎる流れ星

が、さっき秀が放ったゴム銃の輪ゴムの軌跡ように思えた。あの時なぜ涙が出るほど感動したのか、純子自身にも分からなかった。静かに時が流れ、時折、別館から笑い声が聞こえてきた。大洋ホエールズファンだといっていた小太りの西山が、一人ベンチに座っている純子に近づいてきて、隣をさして、

「……ここに座っていい？」

「いいわよ。どうぞ……」

「……今夜は星空が綺麗だな、信州の山奥では周囲の闇も深いからな」

「うん、東京で、こうして空を見上げることもないよね」

「……山本、強いんだね。今夜、かなり飲んでるだろう」

「……自分でもこんなに飲めるとは思わなかったわ。今夜は私、酔っ払っているわよ」

「一番飲んだのはなに？」

「そうねえ、ビールが一番おいしかったわね。後半はウィスキーも何杯か、日本酒は一杯か二杯、それでも俗にいうチャンポンよね」

「みな、よく飲むよ。研究会が硬いから、反動もあるのかな」

「西山君、研修会、苦しいと思った？」

「いや、俺だけでなく、皆もそうだと思うけど、他の奴の発言から、色々な新しいことに気付かされるし、なるほどという新鮮な感動もあるし、学問の謎解きというか、わくわくしながら

集中していたから、時間があっという間に過ぎて、結構痛快なんだよね」

「いつか、山名さんが言ってたけど、学問はやり甲斐があって楽しいって、それに比べて恋愛は、苦しいことばっかりで、真剣に取り組んでもはかばかしい結果に繋がらないって……」

「そうだよな、恋愛に比べれば、この程度の学問なんか、楽なもんだ。結果もちゃんとついてくる。山名先輩なんか、傍から見てると恋愛のほうもいい感じで進んでいると思うんだけどな。……その点、山本は何でも思いどおりだろう」

「……みんなにそう思われているのかなあ、私、学問も恋愛も全然……ですよ」

「……信じられないな、もしそうならお前の内面に原因があるのだろう。山本なら、わがまま言わないで、他人に温かく接していれば、悩みなどたちまち解消するさ」

「……西山君、今、特定な人と交際している？」

「えー？　……お前、やっぱり酔っ払っているな。今夜山本に、いきなりそんなこと聞かれると思わなかったよ」

「ねえ、いるのいないの？　……ひとが聞いていることに答えなさいよ」

「……今は、特定な人なんかいないよ。しかし、こうして満天の星空の元で、山本純子と二人きりでこんな話ができたことは、いい思い出になるな、今夜のこと俺と二人でこうして話したことお前さんにも是非、永く覚えておいて欲しいね。……ところで、お前はどうなんだ」

「なにが……」

「……だからいま、山本が俺に聞いたことさ」

「特定な交際相手？　……そうねえ……私サイドではいるわよ」

「そのサイドってなによ。片想いっていうことか。……相手は俺の知っている人？」

「……」

純子は、苦しい胸のうちを言わせるのかと言わんばかりに西山を睨みつけた。

「山本、そんな怖い顔するなよ。わかっているから、言わなくていいよ……」

「何がわかってるの？　……だったら、これからここに来るように伝えてくれない」

「えー？　……酔っ払いの山本が呼んでる、と伝えればいいのか」

「呼んでるのではなく、一人で待ってると伝えて……」

「もう少し、酔いが醒めてからがよくないか」

「ううん、私、さっきからずっとここに居るの、この開放感が気持ちいいの……。ね、すぐお願い、……西山君、ごめんね」

「わかったよ。……ところで、誰に伝えるのかな」

「……からかわないで。……直接本人にこっそり、お願いね」

「……」

西山は小太りの体を左右に揺らしながら渡り廊下の方に向って戻って行った。

純子は、秀が現れたら、何を話したらいいか考えていたが、酔いが回っているせいかうまく考えが纏まらないまま、遠くの湖の周辺に散らばる山荘の光をぼんやりと眺めていた。それからどれくらい時が経ったのか。

「こんなところで夜風に当たっていて、寒くはないか」

そんな声がして振り向くと、ベンチの傍に秀が立っていた。

「向こうはもう終わった？」

「まだ、幹事と中沢と由美と恭子が話しているよ」

「恭子？　……部屋に帰ったんじゃないの？」

「純子が部屋を出たきり帰ってこないと、探しに来てそのままいるのさ」

「ちょっといいでしょう？　……ねえ、ここに座って」

「今夜はかなり飲んだだろう？　大丈夫かい」

「うん、少し酔っ払ってる。だけどすっごくいい気持ち。ねえ、しばらくいいでしょう？」

「うん、……あまりよくないよ。俺と純子が二人きりになると、さっきのように集中攻撃の的になる。こういう集まりの時は、なるべく親密なところは見せないほうがいいよ」

「親密？　……私、こういう開放感のある時間、めったにないでしょう。それなのにほんの短時間、あなたと二人でいるのも駄目なの？」

こうして夜気の中で、ベンチに腰を降ろしたまま見上げるように語りかけてくる純子――秀は今、この純子の誘いを拒んでいる自分が信じられなかった。

「うん、……今度、二人だけでどこかへ行こうよ。その時はお互いプライベートな時間だからゆっくり出来るだろう」

「え、ほんと？　……今度っていつ？」

「君が決めてくれ、俺、都合つけるから、山でも海でも……」

「夏休み、もう少ないけど、来週でもいい？　都合つけてくれる？」

「うん、それじゃあこうしよう。明日、新宿駅で解散した後、東口の〝タカノ〟の並びの和風喫茶〝嵯峨野〟知ってるかい。そこで待ってる、その時決めればいいよ」

「わかった、絶対だわよ、嵯峨野ね。……そのあたり少し歩きませんか」

秀はこの星空の下、こうして湖畔の灯りをながめながら、酔っ払い同士、できれば純子と二人で歩きたかった。しかし、今夜は、そのまま純子の魅力に負けてしまいそうで、

「……今夜は駄目だと言ったろう、来週、好きなだけ歩けばいい。……どこがいいかな、純子、上高地行ったことある？」

「……いいえ」

「素敵なところだよ、きっと君は気に入ると思うな。……だから、今夜はもう部屋に戻ろう」

結局秀は、純子の隣に腰掛けることもしないで、純子を連れ戻すように部屋に帰ってきた。

秀が席を外したのを機に宴会場もお開きになり、幹事の小田と柴田が一応の片づけを終えたところだった。

秀の部屋は一階の奥から二つ目、一番奥が純子、由美、恭子の三人の部屋であった。学生の合宿用に造られた建物は、薄い合板一枚で仕切られただけの部屋で、隣り合わせの室内での話し声が手に取るように聞こえてきた。秀が自室に戻り、Tシャツやズボンを脱ぎ捨てて、疲れた身体をベッドに転がせたのは、十時を少しまわっていた。隣の部屋の三人の女性の話し声が、ベッドの脇の仕切り板の向こうから、同じ部屋の中にいるかのように聞こえていた。今しがた部屋に戻った純子が、二人からどこに行っていたのかと聞かれているようであった。それぞれアルコールが入っているせいか、話し声に規制が掛からないようであった。純子は、

「少し酔っ払ったから、庭のベンチに腰掛けて外気に当たっていたのよ」

「外で、山名さんと待ち合わせていたの」

「違うよ、庭で休んでいるとき、西山君と話していたんだけど、私が酔っ払って、気分でも悪いのかと思ったのかな、西山君、山名さんに連絡してくれたんでしょ」

「それで山名さんが、心配して駆けつけたってわけか」

「本当は私、山名先輩と二人きりで、もう少し話したかったんだけど、彼はそんなことお構いなしで、部屋に連れ戻されちゃった」

「純子はそういうけど、あの人は、やっぱり純子が一番だと思うな」

「うん、私もそう思った。さっき、宴会の時、ゴム銃で撃ったでしょう、撃ち終わったときの彼の表情が、純子に見たかとばかり、だったよね」

「純子のほうはどうなの？」

「私は、一年生の頃からずっと……。初めは遠くから黙って見ているだけだったけど、あの人が山田ゼミだと判って、俄然やる気になって、二年の秋、寮の友達を介し、彼と同じアドグルに入り、それを足がかりにゼミの入試の説明を受けたのね。その時、ずうずうしく頼んで、あの人に推薦状を書いてもらい、お陰で合格したというわけ。だから、由美も恭子も彼には手を出さないでね。もし盗られそうになったら私、先取特権を主張し、命をはってその権利を守るからね」

「いきなり、そんな身勝手なプライオリティを主張されても……、これからも宴会のときや研究会でも彼と親しく話すことはあるからね」

「私は、恭子よりもっと遠慮しないからね。今はどこまでといえないけど、喫茶店に誘ったり、就職相談に行ったり、純子に気兼ねなんかしないからね。私にとっても掛け替えのない先輩なんだから。彼に限らずプライベートなことは自由競争にしようよ。先取特権だなんて、人の心の問題を物権のような言い方しないで……」

「ところで純子、山名先輩は、すでに交際している人がいるというじゃないの？　……本気で争えば初めから純子には占有訴権も先取特権も認められないのじゃないの」

「うん、確かにそれは事実だけど、私も他人の抗弁権など気にしていないわ。由美がいうように遠慮なんかしないから……」

「へえ、人も羨む山本純子にも苦労があるんだ」

「ちょっと、恭子にそんな同情されたくないわね。お互いに精一杯、現在を生きていると思ってるわ、自分の思惑の中で、色々な経験を積んで、心身ともに成長すればいいと思ってるから……」

「純子、彼を誘惑したことある？」

「誘惑ってなによ、……あのねえ、言葉に気をつけなさいよ。私にとっては、この名門山田ゼミに入れていただいた恩人なのよ。気を使いすぎて、チャンスを逃すことがあってもじっと耐えているわ」

「へえ、純子って、意外に古風なところがあるんだね。ポンポンと行くのかと思ったわ」

「チャンス到来と思えばその時は行くわよ。だけど今のいい関係を出来るだけ壊したくないじゃない」

「ふーん、今はいい関係なんだ。二人きりで食事に行くとか、そういう関係なんだ。去年の暮れだったか、私達がゼミに合格した頃、『山名と山本が腕を組んでキャンパス内を歩いていた』と噂になったよね」

「そんなこと誰が言うの？　キャンパス内で？　……それはないな」

「キャンパスの外では、あるんだ……」

「……ドキドキしながら、歩幅を合わせるのに気を使って……日比谷公園とか代々木公園、上野公園……そういえば公園が多いわね」

「あの噂、まんざら嘘でもなかったのか、純子はそのために公園にいくとか……」

「公園に行くのが目的でなくても、例えば上野の東京文化会館でのベルリンフィルのコンサートの帰りとか、有楽町でのロードショウの帰り日比谷公園を通った時とか、そういう時に、ほとんど夜だけど腕組んだりすることはあるね……。ああ、私、今夜酔っ払っているんだ。気が緩んで何でも口にしそう」

「純子、話せば楽になるよ。……ねえ、腕を組むのは、むこうから……？」

「……どうだろう、ほとんどこちらからだわね」

「山名さんって、クラシック音楽詳しいの？」

「さあどうだろう、私がピアノ弾くの知ってるから、カラヤンが来日した時、お礼のお返しにと、サプライズでチケット取ってくれたの。その時は、ドヴォルザークの『新世界より』だったけどね。普段はビートルズの話なんかよくしてるよ」

「男って、二人きりになると変わるっていうけど、どう？」

「彼って、躾けがいいというか、人前では理を通すというか堅いでしょう。冷たいというか、無関心というか、それが二人きりになると、心遣いが細やかで、すごく優しくなるの」

「明日、霧ケ峰に登るの本当に私と二人きりなのかな、もしそうだったら、優しくしてくれるのかな」

「うん、間違いなく、優しくしてくれると思う。だからといって恭子、夢中にならないでね」

「私にも腕ぐらい組ませてよ……」

「……」

「純子、そんな心配そうな顔することないよ。いくら恭子があぁ言っても、山に登るのに腕組んでいる人なんか、見かけたことないから……」

「私、正直言って、腕なんか組まなくていい。二人きりで山歩きをするだけで十分だわ。多分一生の思い出になるね」

「……車山はかなり登るんでしょう?」

「私も行ったことないから分からないけど、二人で霧に包まれて、道に迷ってみたい」

「……えー、心配だから私も行こうかなあ」

「ちょっと純子、お願いだから明日だけは、二人きりにさせて、……何もしないから」

「恭子は二人きりと決めているけど、他にも山に行く人、いないのかなあ」

「ほらまた由美が意地悪をいう、朝早く黙って出発するから、邪魔しないでね」

純子は、さっき秀が中庭のベンチで約束してくれたことがなかったら、耐えられないと思っていた。明日は、ゆっくり鱒釣りでもして、昼には秀が山を降りてくるのを待つことにし、山歩きは、秀がすばらしいと言っていた上高地を存分に楽しめばいいと自分に言い聞かせていた。

「純子、もう一つ聞いていい?」

「……うん」

「山名先輩の交際相手って、英米文学科の四年生の人でしょう？」

「……うん」

「私が一年生の頃、図書館でよく二人で居るの見かけたけど、その人でしょう？」

「……多分そうだと思う」

「『マウントタイムズ』の先輩が、その人のこと詳しいんだけど、その人のファンは他にも多いらしいよ」

「彼女、一般的なMｔ大学のファッションと少し違うのよね」

「私達も、山名先輩の交際相手として最近注目しているけど、文学部でも文化団体連合でも彼女独特の都会らしさというか、時流に流されない個性というか、そういうものを周囲の女性からも注目されているみたいだわね」

「由美、いやに詳しいわね」

「Mｔ大学の看板学科、英米文学科で成績抜群らしいし、全然ちゃらちゃらしたところがない。歩いている姿も自信に溢れているって感じしない？」

「山名先輩もさすがだよね、これだけ多くの女学生がいる中から、一年生の時にもうその辺を見抜いて、彼女と交際を始めてるのだから……」

「私は、山名先輩にそんな気のきいた才能があるとは思えないな。純子はそのあたりのいきさつ聞いてないの。誰かが紹介したとか……」

「うん、……彼女の話、直接聞きにくいし、山名さんもあんまり話したがらないから……」

純子は以前、秀から菜穂子とのいきさつについての話は聴いていたが、ここでは何故か話したくなかった。

「じゃあ、純子自身はどうなの？　その人と山名先輩との関係を許しているわけ」

「許すも許さないも、私からやめてくれとは言えないよね。……今はまだ私の片務契約なんだから、……いつまでもそれでいいとは思っていないわよ」

「たったいま、腕を組んで歩く仲だと言ったじゃない」

「だから私サイドではそうなんだけど、彼も別に迷惑そうではないからね……」

「そんなのよくないと思わない？　ねえ恭子」

「……うーん」

「由美に言われなくてもわかってるわよ。……でも焦って、はっきりさせようとして、今の私達の関係を壊したくないから……」

「純子、もう少し積極的になれば、あなたなら大丈夫だと思うけどな」

「そうよ、今でもかなり、傾いていると思うな。恭子が言うように、あと一押しよ」

「そう単純ではないのよ。彼は今、ゼミの幹事だから皆に気を使っているし、なかなか胸のうちを開いてくれないのよ」

「言っておくけど、ゼミの活動の中では、積極的に動くの遠慮して欲しいわね。だけど一歩外に出たら、遠慮することなんかないわよ」

「そういえば、あの人、いつか独り言のように言ってたわね。『二人の人を同時に愛してはいけないと誰が決めたんだ』ってね」

「それで、純子はどう答えたの」

「何も答えなかったけど、その時、道は長いけど、やっとここまで来たかと、自分の中で思ったわね。……嬉しかったよ」

「純子、今年、彼と同じ授業いくつある？」

「……週五回かな」

「由美は？」

「私も五つぐらいはあったと思う」

「純子去年は？」

「……二回」

「彼、サボらないでしょう」

「去年、その授業、私も一度も休まなかったけど、あの人も休まなかったと思う」

「科目は？」

「物権法と財政学。……お陰で私、両方ともダブルAだもんね」

「その授業の時、純子近づけなかったの？」

「うん、まだ若かったからね、恥ずかしくて、毎時間、遠くで見ていただけ。物権法はあなたたちも一緒だったよね」

「うん私は、純子ほど意識していなかったから何度か近くに座ったことあったな」

「純子、うちのゼミで、山名さん以外の四年生で以前から知っていた人いる？」

「たぶん一人もいないと思う。みんな真面目そうだから声を掛けられたこともないしね」

「そういえば、うちのゼミの先輩（四年生）、きざっぽい人いないもんね」

「だけど、突然、声を掛けてくる人、中には本当に真面目そうな人もいるよ」

「そんな時、純子はどうするの？」

「知らない人の場合が多いから、聞かれたことに普通に返事するだけだね。……誘われたら断るね」

「……校内で声かけられた人、覚えてる？」

「……ほとんど覚えているよ。……ほとんど名前は聞かないけど」

「私のクラスでも、純子を紹介して欲しいという男の子何人もいるけど、今度会ってやってくれる？」

「会うだけならいいよ。学校で……」

「純子、そんなに皆に会って、そのあとどうするの？」

「お互いに、お知り合いになるだけだよね。……恭子、考えすぎだよ」

「純子の彼氏、他にいないの？　……堀内君とか」

「私、今夜、酔っ払っているけど、実名を挙げて、他人のことを話すのあんまり好きじゃないの」

「それにしては、さっきから山名先輩のこと話したわよ」

「そーお？　そんなに話した？　……時々、あの人、フィクションの中の人のような気持ちになることがあるの。すぐには判ってもらえないかもしれないけど、よく夢の中に登場する人っているじゃない、その人が実際に傍に居たりすると、夢と現実とが入り乱れてしまう。……さっきもそうだった、あの人がゴム銃であの小さな的を狙うまでの一連の仕草、他の人と違ってたでしょう？　皆が目を凝らしてじっと見ていると、彼だけが、まるで現実離れした特殊な空間に存在するような気持ちにさせられ、獲物を狙う真剣な眼を見ていると、この人が撃てば必ず的を射るのではないかと、不思議な感覚にさせられる。それで結果があれでしょう？　あんなに皆が挑戦し、的に当てたのはあの一回だけだよね。……だから、あの人のことは、何を話してもいいのよ、ずっと私が被害者だから……」

「そんなこと言ったら、今、法学部で純子が一番被害者を撒き散らしてることにならない」

「そうよ純子、もてることは罪作りなのよ」

「なに言ってるのよ。由美だって、他人《ひと》のこと言えないわよ。噂は聞いてるわよ」

「今夜は仲間討ちはやめようよ。敵は一本に絞って、策を練らなくてはね。そうでしょう？」
「今夜の敵は、隣の部屋でもう眠ってるかな」
「どのくらい飲んでた？」
「さあ、ビールが多かったからね。ダメージは軽いと思う。明日の山登りのことも考えていたんじゃない？」

隣の部屋の二段ベッドの上段に転がった秀は、さっきから合板の壁の向こうから聞こえてくる純子らの会話をうつらうつらとしながら聞いていた。盗み聞きしているようで若干気も引けたが、そのうち隣の三人の女子学生の話し声が、トンネルの外の遠くでの話し声のようになって、秀は眠りに落ちた。

秀と同室の三年幹事の小田は今、二段ベッドの下段で、耳障りな秀のいびきを耳にしながら、彼女らの言葉の一つひとつを聞き漏らすまいと体をベッドに押し倒したまま枕の上に頬を乗せ、眠っているような格好で、身動き一つせず聞き入っていた。小田は、酒酔いからはとっくに醒めて、聞こえてくる彼女らの一つひとつの言葉をドキドキしながら聞いていた。彼女らはそんなことを夢にも知らない、今も隣の部屋の三人の話し声だけが鮮明に伝わってきていた。

「私、明日朝、早いから、ベッドにはいるわよ」

恭子の声であった。

「まだ、十時半を回ったところじゃない、もう少し付き合いなさいよ」

こんどは、由美の声である。

「ベッドに入って聞いてるからいいでしょう」

「純子もお酒、相当強いわね」

「私は、初めのうちはビールだったから、由美、水割り何杯くらい？」

「さあ、覚えていない。今夜は初めから体当たりのような気持ちだったから、なかなか酔えないな、という感じだったね」

「わたしもそう、味わうことなく飲んでた感じね」

「こういう時は、多分酔いつぶれないわね」

恭子は黙って二人の言葉に聞き入っていた。

「由美は今、誰かといい仲なの」

「ううん、私、今、しびれる仲の人いないよ」

「なぜなの？　由美さえその気になれば、いつでもリーチ掛かるでしょう」

「リーチ？　……なによそのリーチというのは」

「好きになりそうですという宣言というか、意思表示というか」

「じゃあ、純子は、もうリーチ掛かっているわけ」

「私、さっきからあんなに宣言してるじゃない」

「それはちがうよ、あなたたち麻雀をよく知らないから、そうなるのよ。今の純子は、面前に立てて待ってるのではなく、既に『白』『發』『中』をポンして皆に見せていながら、隠されているのは『北』を頭にリャンウーワン（二萬・五萬）かなにかの両面待ちというところかな」

二人には、恭子の例えがすぐには飲み込めなかった。

「なぜ、縁起の悪い北枕なのかわからないし、早い話、他人が羨む手を見せながら多分、聴牌を自分で引こうとしているっていいたいのね」

「そうよ、周囲から警戒され、用心されながらも、自分で強引に持ってくる、じゃじゃ馬な純子、残りの山はまだ長いし、周囲はもう半分諦めて、払わされる点棒を数えていると言う感じかな」

「何とでも言いなさい、翳《かげ》りなく華麗でいいでしょう？　由美のように黙ってスーアンコ、積ろうとしてるより……」

「純子、その言い方は失礼ねえ、私が、まるで陰険な女のように聞こえるじゃない？」

「……だから、さっきから仲間討ちはやめようといってるでしょう」

「だけど楽しい。こんな話ずっとしていたいね。この場に獅子身中の虫（敵）がいればもっと楽しいんだけどね」

「呼んでこようか……」

「たとえまだ起きていたとしても、酔っ払いの相手してくれないよ、絶対来ないね」

「純子が、お腹が痛くて七転八倒していると言えば、来るでしょう」

「来るだけで、こんな楽しい話の仲間にはならないだろうしね。この場を壊して終わりよ」

「私、明日早いのよ。そろそろ寝ようよ」

「恭子は一人でずるいよ、早く明日の夢に浸りたいんでしょう」

「そう簡単に寝付けないわよ。その点、私たちはゆっくりだから、釣堀だって気が向かなければ、やめたっていいんだし……」

「二人でやってなさいよ。私は失礼するからね。……お休みなさい」

「この次は、秋のアドグルデーの時の三年生だけのゼミ合宿だわね。それまでには少し情況も変わっているかもね」

「それは純子の希望的観測ね。多分、また同じ事を話し合うことになりそうね」

「お互い、一メートルでも十センチでも前進しようよ。こうして競い合っているわけだから……」

「そうよ、いろんな夢を描いて入ってきた大学だから、それがもう三年生、そろそろ満足のいくような結果を求めてもいいよね」

「私、高校が女子高だったでしょう、大学に入って、自分の生活がこんな展開になるとは、思ってもみなかった。寮で先輩や友達と話していると、彼氏の話ばっかり、クラスの男の子、アドグルの男の子、合同コンパで出会った人、高校時代の友達、そんな話ばっかり、普段話さない内気な子でも心の中にはしっかりと対象を持っている。私、世間知らずの田舎者だから焦ったわね。あわてて周囲を見渡したわけ、男子寮ではクリスマス会には、パートナー同伴が義務だと聞いて、女子寮ではそんな因習はなかったけど、人並みに話題に遅れないようにと思ったわね」

「それで純子は、誰かに的を絞ったわけ……？」

「五月の連休に、みんな思い思いにいい人とデートの予定を組んでるわけね。私はクラブにも入っていないし、登録したアドグルにもあまり参加してなかったから、連休中は寮の中で洗濯したり、小説読んだりしていたわけよ、そんな子も寮には何人かはいたよ。その中のひとりから、上野の西洋美術館でやってる、ルーブル美術館所蔵のミロのビーナス展を見に行かないかと誘われてね、その子と二人で行ったんだけど、ゴールデンウィークは西洋美術館、長蛇の列でね、入館するのに四時間以上待たされたかな、その時、同じ列にいた東京医科歯科大の男の子に声かけられてね、待ってる間、やることないから、列に並んだまままずっと話していた。やっと入館できて、ぞろぞろと傾斜のある螺旋通路を降りていって、ミロのビーナスにようやくご対面した後、帰り掛けにさっきの医学生に喫茶店に寄って行かないかと誘われたわけ、向こうは三人、こっちは二人、知らない男の人と喫茶店で話したのはその時がはじめてだった」

「その後はどうなったの？」

「私は、その時で終わりだけど、一緒に行った女子寮の子は、今も時々電話があるみたい」

「どうして純子には連絡なかったの」

「いや、電話あったんだけど、出なかった」

「電話番号、教えたのに？」

「わたしは教える気はなかったんだけど、一緒に行った子が、同じ寮だといったわけよ」

「純子は、その気がなかったわけだ」

「うん、もうその頃、連休が終わってしばらくした頃、キャンパスで時々見かける、気になる人が出来ていたわけよ」

「ふーん、純子は私より早いよ。私ね、彼の存在を知ったのは、夏休みの後だったから……。図書館で見かけるようになって、礼拝の時間、週に三度は図書館に行くようになった」

「私も毎朝のように、図書館で新聞を読んでいる姿を見かけたわね。時々、彼女と窓際に寄りかかったりして、話している姿を見ると自分自身がなぜか落ち着かないのね。閲覧室の席に座っていてもそっちが気になって、本を広げてはいても全然読んでいなかったり……。その時初めて、寮で皆が話しているのは、こういうことを言うのかと思ったわね」

「その頃は彼、学ラン姿が多かったでしょう」

「そうね、今よりもっと真面目そうだったし、体型のわりに顔が可愛らしかったから、彼女に甘えているように見えてた」

「一年生の時から純子は、しっかり観察していたわけね」

「彼女のほうは個性的で大人っぽかったから。それに対応が都会的だったのかな、彼は言われるままについていっている感じだったわね。それは多分、今でも……」

「男って、そういうところがあるのよね。無責任でもないんだろうけど、横着というか、気にしないというか、二人でいるだけで、それ以外はどうでもいいというように振舞うことが……」

「早くそこまでいけばいいんだけどね。そのほうがこっちのペースで物事がはこべるから……」

「純子はまだ、そういう状態になってないの？　……二人でいる時なんかどうなの？」

「まだ全然だよ。さっきだって、二人で少し話したいといっても、ほとんど無視だものね」

「そう、純子が誘って、無視する男ってそういないと思うな、彼、あまり純子にその気がないのかなあ」

それには純子は、小さく首を振っただけで、何も答えなかった。恭子はもう眠りに就いたらしく、小さな寝息が聞こえていた。いつの間にか二人の会話もやんでいた。

翌朝、朝食を済ませると、七時前に霧雨の中を秀と恭子は雨具をつけて、小さなナップザックを担いで出掛けていった。二人が出掛けた後、三十分位遅れて、後を追うように福井と西山が、車山頂上を目指すと言って出掛けていった。

その頃、純子と由美はまだ部屋の硬いベッドの上に転がっていた。目覚めてはいたが、朝食は八時半までに摂ることになっており、それまでにはまだ時間はあった。

「よく眠れた？　今朝は涼しいわね。夜明けに寒気を感じて、布団掛けたわよ」

「恭子は出掛けたみたいね」

「うん、もう一時間も前に静かに部屋を出て行ったわよ。由美、気付かなかった」

「うん、明け方、布団掛けたらぐっすり眠ってしまったみたいで……」

「ゆうべ、飲みすぎたから顔がむくんだようになって、目の上も腫れ、試合翌日のボクサーのように……」

「どれどれ、純子こっち向いて……全然大丈夫、いつものように綺麗だわよ。私はどう？」

「大丈夫、飲んだ割にはすっきりしてるよ。寝不足って感じするけどね」

「ゆうべ、寝たの何時頃だった？」

「十二時半頃じゃない。いつのまにか眠ってしまったわね、飲み疲れてね」

純子は奥の部屋の窓のカーテンを半分開けて、ガラスの内側に付いた露を指でふき取って、

「わあ、霧で湖の方は全然見えないよ。窓下の笹の葉が濡れてるから、雨も降ったのかな」

「恭子達、この雨の中を車山に向ったの？　元気だね」

「……」

「純子ちょっと、手、上に伸ばしてみて、天井につかない？」

純子は、由美に言われるままに、立ったまま手を思い切り上に伸ばした。あとわずかで天井に届きそうであるが、足首を伸ばして踵《かかと》をいっぱいに上げても……。

「いや、無理ね」

「それにしても純子の脚は長いよね。……腰が高いよ。身長いくらだっけ？」

「由美とほとんど変わらないでしょう」

「私、百七十センチだよ」

「だったら、私が二センチ高いね。……体重は聞かれても言わないわよ」

「体重は、私のほうがありそうだわね」

「うん、多分、似たり寄ったりというところじゃない」

「純子、ヒップは九十センチ以上あるでしょう？」

「……それも秘密」

「純子は何か運動してる？」

「いや、今は何にもしてないわよ」

「それでその体型だなんて、それは親に感謝しなきゃね」

「……そろそろ歯磨きして、朝食に行こうか」

「そうだね」

それから二人が、着替え、歯磨き、洗顔、顔の手入れと十五分は掛けて、ロッジのレストランに向ったのは八時を過ぎていた。フロントのロビーで高村、中沢ら四年生が朝刊やスポーツ新聞を広げていた。由美と純子は彼らに挨拶をして、レストランに入っていった。

純子らが朝食を終える頃には足元の湖の方から霧が晴れてきて、朝の陽射しが濡れた草叢に降り注ぐようになっていた。朝食を終えた純子と由美は中庭に出て小さな花を探しながら散歩していた。昨夜、純子が秀を待っていたベンチは、まだ朝露で濡れており、今は腰を降ろす気にはならなかった。純子は霧の晴れた空をみながら、

「恭子達、もう霧ヶ峰の山頂に着いたかな……」

「そうね、時間的にはもう着いてもいい頃ね、道中順調かしら……」

ここロッジからの眺めは、霧ケ峰の最高峰、車山の頂はまだ白い雲の中で、低い笹で覆われた中腹までの視界の中に、遠目にも一面に派手なオレンジ色のニッコウキスゲやオニユリ、白いシナノギクの花が、風に揺れているのが見えていた。見渡せる中腹までに、繁茂する熊笹を掻き分けるような一筋の登山道を行き来する人影はまったく見られなかった。足元の白樺湖の周辺には朝の陽射しに色彩豊かな湖畔のコテージの屋根が光っていた。

先程から堀内が昭和基地のようなシェルターの渡り廊下の窓辺に立って、戯れるように庭を散歩する純子と由美の姿をまるでアニメ映画でも見ているような心境で眺めていた。高原を渡

る初秋の風が、時折、彼女たちの黒髪をなびかせ、羽衣のような二人の夏衣を揺らしていた。時は刻々過ぎていく、今のこの時をしっかりと心に刻んでおきたいと……。間もなく昼過ぎには、またあの乾燥した大都会の真ん中に戻っていかなければならない。後で振り返れば、今というこの時は、掛け替えのない時間になるに違いないと考えていた。

戯れる二人の美しい娘の姿を眺め、心地いい緊張感に包まれて、堀内は片方の手を窓枠に掛け、一人直立していた。

釣堀はロッジの玄関を出て左手、七百メートル程、熊笹に覆われた原っぱの小道を下った木立の中にあり、直径五十メートル程の小さな池のほぼ中央部分に、がっしりとした三メートル幅の木製の橋が掛けられ、その橋の欄干越しに釣り糸を垂らした十人ほどの釣り客が、虹鱒を釣り上げようと水面に目を配り、手元の釣竿に神経を集中させていた。四年生の高村をはじめ、五人の山田ゼミ一行が釣堀にやってきたのは十時前であった。山田ゼミの一行が加わると、俄かに池の周辺が騒々しくなり、誰かが一尾でも釣り上げるものなら大騒ぎする始末で、見かねた釣堀の係員から、他の客のためにも釣り場では静かにして欲しいと注意を受けてしまった。

日頃はむしろ落ち着きがありおとなしいのだが、今、西澤由美は騒々しい客の代表のように注意を受け、不機嫌な表情で釣り竿を握っていた。由美は、昨夜も同じ屈辱を味わったことを思い返していた。ショックの大きさは昨夜の方が大きかったが、昨夜は酒宴の席でのことで、自身も酔った上でのやり取りだったことと、自分に言い聞かせていた。純子も昨夜は酔っていたとはいえ、いつになくはっきりと言い切ったため、由美は全く反論できなかった。そのことより、その瞬間、純子と山名秀との間に別人の割り込む余地がないことを思い知らされたのがショックだった。

釣堀に純子と堀内が現れたのは、由美達が係員に注意され不機嫌になった直後だった。事情を知らない純子が先着の仲間に声を掛けても、いつものような賑やかな反応が返ってこなかった。ただ、首を縦に振ったり、横に振ったりするだけで、誰も言葉を発しなかった。すぐに高村が純子のところに寄ってきて、

「ここで大声を出すと係員に注意されるぞ。……気をつけろ」

「はい、わかりました」

純子は小さな声で、

「釣れましたか……」

高村は、まるで村の長老がやるように無言で首を横に振った。これを見て純子が、

「池の中の魚にも、こっちの機嫌が悪いのが釣り糸を通してわかるんですね」

高村は今度は口を大きく開けて、声はなく、

「……馬鹿」

由美が池の中央付近で、無声音に近い声で、

「純子、ちょっと変わってよ、餌とられてばっかりなのよ。全然釣れそうにないよ」

純子は、無言で手を振って了解の合図をおくった。

十一時頃、みんなで引きあげるまでに、三本の竿で収獲、鱒二匹。十五センチ大の貴重な獲物を高村が大切そうに提げて宿に帰った。その鱒をフロントに預けて、お昼までに焼いてもらいたいと頼んだ。

秀と恭子が霧ケ峰（車山）の登頂から宿に戻ったのは正午を少しまわっていた。同じように朝早く、車山を目指して出て行った福井と西山もほとんど同じ頃、十分ぐらい遅れて宿に戻ってきた。四人とも足元は靴もズボンの裾もぐっしょり濡れていたが、それぞれ元気そうであった。西山が白い歯を見せながら、

「しっかり心肺機能を動かしてきたから、いい空気を体内に存分に吸収できた。爽快だよ」

恭子も満足そうな表情をみせていたが、疲れたのか口数は少なく、さっさと自室に戻っていった。秀も泥で汚れた靴を宿のスリッパに履き替えて、脱いだ靴を中庭の日陰の風通しのいい場所に置くと自室に着替えのために戻っていった。

釣堀組がレストランで昼食を始め、少し遅れて西山、福井、それからしばらくして秀が、着替えを終えてのっそりと現れ、席に着いた。釣堀の連中が食事を終える頃、恭子が、化粧水でもつけたばかりなのか、つやつやとした顔で現れた。山から降りてきた四人は、一塊になって、お互いに会話を交わすこともなく静かに昼食を食べ始めた。既に食事を終えた高村が、

「登山組は静かだなあ、係員の誰かに食事中はうるさくするなと注意されたのか？」

すると周囲からどっと笑いがおこったが、勿論、登山組の連中に、その笑いの意味は判るはずがなかった。

「朝からずっと休みなく体を動かしてきたから、体中の細胞が栄養補給を待ち望んでいるのがわかるんだ。その作業を終えたら普通の状態に戻るから、それまで少し時間をくれ、しばらく黙ってめしを喰わせてくれ」

秀がもっともらしい講釈を述べた。恭子は、

「山名先輩に付いていくのが精一杯だった。苦しかった。初めは霧雨の中、何にも見えない、ただ、先輩のおおきな背中、黄色いヤッケに離されないように必死で後を追ったわ。車山の頂上、強風に吹き飛ばされそうな中で、頂上の標識を入れて二人で肩を組んで、居合わせた登山者に頼んで撮ってもらった写真、出来上がるのが楽しみだわ。それと途中で霧が晴れて、パーッと下界が見えた瞬間は感動的だった。長時間の急坂の登りの苦しみなんかすっ飛んでしまう。海もいいけど山もいいなあ」

「山名、山のてっぺんで、才女の肩を抱いた感想は？」

高村が茶化す。

「うん？……おまえなあ、ゆっくり昼飯食わせろよ、……あのなー、大自然の中で三百六十度、見渡す限り大空に向って、美女も才女もあるか、人間同士、生きてる喜びの感動の瞬間だ

よ。その時は歓喜のみ、お互い下心や遠慮など何もない。……なあ、恭子」

「山名先輩は見かけによらずロマンチストですからね」

福井が尋ねた。これに対して山名は、

「ちがう、山に昇れば誰しもそうなるもんなんだ。人の世のドロドロしたものが、取り払われたような錯覚に陥る。だから皆、山に登るんだ。日頃、思考的な仕事に追われている奴に限って山に逃げ込む、これは自然なことなんだ。だから、悩みを抱え込んでいる奴、自分に自信のない奴は一人で山に登れ。山が大事なことを教えてくれるから……」

純子も由美も黙って聞いていた。真剣に聞いていた西山が、

「今回、この研修会に参加して、本題の会社法は勿論のこと、それに取り組む先輩方の生き方が非常に勉強になりました。はじめの中沢先輩のしびれる質問。山名先輩の今のお話もそうですが、昨夜の酒宴におけるゴム銃でのパフォーマンス、理屈だけでない実際に目の前で、やって見せてもらって、人間的魅力は男の心も惹きつけるのだと思いました。あと一年で私たちもそこまで到達出来るのか心配になりました」

四年幹事の高村が、

「心配ないよ、去年は俺たちが同じ思いで、今、西山が言ったように不安の中で合宿を終えたよ、なあ、山名」

「うん、俺の感想だけど、最初に中沢の刺激的な突っ込みのせいもあって、それを受けての対

応は、今年の三年生のほうが、去年よりよっぽどしっかりしてると思った。多分今度の学園祭では、テーマは違うが去年以上のものとなると期待する」

「もうここで、合宿の終了式が始まっているいるような感じですね」

「そろそろ、その支度をしなくてはな、二時からの終了式、総括は十五分間で終えようよ」

山田ゼミ夏季合宿終了式は、予定の午後二時から昨日まで二日間研修を行った会議室で行われた。全員、帰宅の支度をして勢ぞろいした。皆、その表情には満足感が表れているように思われた。三年幹事の柴田が司会をし、四年幹事の山名が締めの挨拶を短時間でうまくまとめた。

「生涯の思い出となった自己研鑽会はここで終了するが、合宿行程はまだ新宿駅で解散するまで、いや各自、帰宅するまで緊張感を持って行動して欲しい。またすぐ楽しい後期授業が始まる、これからも若さをぶつけて頑張ろうではないか」


帰路、茅野から乗った特急列車の中で、秀は三年幹事の小田から、話したいことがあると同席を求められた。秀は同意し、言われるままに席を移ったが、その席には堀内も同席した。生真面目な小田が山名秀に対し、気持ちを明確に聞きたいということであった。秀には、直ぐに純子との事で秀の気持ちを聞きたいのかと察せられたが、秀は彼らから聞かれる前に客観的に答えた。

「君達が何が聞きたいのか分からんでもないが、個人の問題をいちいち問いただしたり、確かめたりするのは、どうかと思う。聞かれる前に言っておく、答えられないことは、はっきりそう言うからな」

「私たちは、山名先輩から、何かを聞きだそうとしているわけではないです。純子には迷惑かもしれないが、我々は自称、純子の親衛隊です。最近、純子を見ていると、先輩に気があるのか、常に何かを求めようとしているのに、あなたは大方無視している。その結果か、彼女は沈み込んだり、どこか上の空だったり、今までの彼女らしさが失われつつあることを懸念しています。そのことを先輩は気がついていますか」

「いや、俺は以前の彼女がどうだったのか知らないし、今、沈んでいることも知らない」

「我々は、その辺の責任というか、自覚というか、先輩に持っていただきたいのです」

「彼女の要求をなにもかも正面から受けてやれということかい。そして、彼女の望むように答えてやれということなのか」

「そこまで要求はしませんが、彼女の気持ちをできるだけ察してやって欲しいということです」

「わかった。君たち親衛隊の意見に誠意をもって答えるよ。彼女もいい友に恵まれて幸せだね」

「山名先輩は、本気で山本を好きなんですか」

「それは、プライベートな問題だが、当人同士まだ話し合ったことはないし、その前に親衛隊に話しておくべきことかい」

「いいえ、我々にはいいですが、当人同士ではっきりしていただきたいと思います」

「忠告有り難う、これでもういいのかい」

「我々が言いたいのは、……彼女をもてあそばないでくださいね」

「……誠意をもって答えると言ってるだろう？　……欲望のままに行動するなというのかい」

「そうです。……雑巾のように使い捨てにしないで欲しい」

「……誰が雑巾なんだ。小田、おまえ本当に親衛隊なのか、だったらそんな失礼な……」

「失礼しました。今の言葉は撤回させてください」

「一度口から出たことを簡単に撤回できるか、軽口たたく軽率な奴は、親衛隊失格だ」

「……」

「我々の周辺に純子ほど端正な人はそういない。その上、謙虚で素直だ。傍にいるだけで惹かれてしまう。若きゼントルマンたちは自分の置かれた立場で、その引力から身を守るのに精一杯だ。その彼女が今、一つの方向に心を動かそうとしている。それを止めようとするのが親衛隊の役割か？　そうではないだろう。今は黙って見守ってやれ。……いいか、周囲が勝手にマドンナに祭り上げても、それぞれ人格を備えた女性なんだよ」

「……」

「今、ここでこんな実りのない話をしてないで、新宿に着くまでにまだ一時間はある。折角の合宿だ、彼女との輪の中で精一杯楽しんだらどうだ。俺もいつまでもこんな話を続けていたくないからな。もう彼女の傍に戻っていいか」

「わかりました。貴重な時間を有り難うございました」

　列車はもう甲府に近づいていた。西に傾いた太陽が、右側の窓から差し込んで、彫りの深い純子の顔を際立たせていた。純子は窓のカーテンを半分閉めて、向かいの西山と話し込んでいた。秀は、小田の隣の席を離れたが、純子のボックスには戻らなかった。陽の当たっていない左側の空席に腰を降ろし、何事もなかったかのように福井と山岳の話を始めた。由美と恭子は、高村、柴田と向かい合って話し込んでいた。小田と堀内は、不完全燃焼のようにまだ、動こうとしないでいた。

　秀は、心のどこかで思っていた。小田らは、いったい何を伝えたかったのだろう。本気で愛する気持ちがないなら、純子に対し、きっぱりと断って欲しかったのかと、いや、それを望んでいたのかもしれないと思った。むしろ世の中には、こういうことを平気で要求出来る男もいるのだと、感心していた。秀の価値観からは、小田のようなやり方は到底考えられなかった。秀はそのやり方を一言も非難したわけではなかったが、聞いて快い話ではなかった。秀は、その感情をぶつけてしまうほど幼くもなかった。

　今、秀は福井と北アルプス、奥穂高岳の話をしながら、心は涸沢カールの中にあった。純子と一泊で山に行くにしても涸沢までは無理だろう、徳沢あたりで、ゆっくり時間をとればいい。

重いカメラをリュックにつめて、美しい自然の中で、若さに輝く純子との思い出を残しておきたいと考えていた。そうだ小説『氷壁』の舞台、徳沢園に宿を取ろう、あそこなら上高地ほど人も多くない、秀の構想は固まりつつあった。

西山と話し込んでいる純子も新宿の和風喫茶が気になっていた。秀と二人で山に行く計画、女子寮の寮監に提出する外泊届けの理由を考えていた。列車は最近、中央本線の複線化に伴って開通したばかりの新笹子トンネルに入って、会話の音をかき消す様に騒音を立てていた。

純子は真っ暗な窓を黙って眺めていた。通路を隔てた反対側の席の秀が窓ガラスに写っていた。秀も暗い窓に写し出された純子の視線が気になり、暗い窓を見る純子の姿に何度も目をやった。やがてトンネルを出た列車は峠を転がり降りるように初秋の甲斐路を走っていた。大月を出て、車内放送は次の停車駅は八王子と言ったと思う。もう一時間もすれば終着駅、新宿である。

7　上高地、徳沢の宿で

特急「あずさ」が新宿に着いたのは、夕刻五時が近かった。長距離列車のホームの階段を降り、地下のコンコースの広場で全員が顔を揃え解散となった。秀は純子に軽く視線で合図をおくり、先に東口の改札を出た。相変わらず賑わう新宿駅を出て、和風喫茶「嵯峨野」に向った。

　嵯峨野の店内はほぼ満席で、空席を探すほどだったが、ウェイトレスに案内されてボックス席についた。純子はなかなか現れなかった。十分近く待ってやっと現れた純子は、他の三年生にどこかに寄って行かないかと誘われ、うまく断ってきたといっていた。相変わらず美しい純子を改めて目の前にして、秀は疲れを忘れる思いであった。あまり時間もないので、直ぐに山行きの話を始めた。

「どこか行きたいところがあれば、山に限らず希望を聞くよ」

「いいえ、私、郷里の新潟以外はあまり行ったことないですから、どこでもお任せします」

「山でいいよね。一泊していいの？」

「上高地だと山小屋泊まりになりますか」

「ホテルもあるけど、この時期予約で一杯だと思う。たぶん粗末な山小屋になるだろうね」

「そのほうが楽しそうでいいですね」

「純子、山小屋で泊まった経験ある？」

「いいえ、まだ一度も……」

「あらゆることに我慢できるか」

　一日中歩いて疲れた身体を、汗臭い寝具の中に収めなければならない、寝入り鼻は嫌悪感を感じても、山岳の夜明けの冷え込みに耐えられず、気がつけば毛布や蒲団を頭から被っている。息の詰まりそうな悪臭の漂う山小屋のトイレに身を沈める体験にも耐えられるのか、秀は色々な思いが頭をよぎったが、今は具体的なことは口に出さないことにした。

「私、平気です。石の上でも、テントの中でもいいですよ」

「テントもいいけど、準備が大掛かりになるから山小屋泊にしておこう。それで日程は？」

「いつでもいいです。明日からでも……」

「せっかく行くのに疲れていてはつまらない。週末は混むから来週の水、木はどう？」

「九月の十一日、十二日ですね。私はいいです。何か準備することありますか」

「リュック持ってる？　……それに靴だね。本格的な登山靴でなくても一応頑丈なもので歩きやすいもの」

「すぐにそろえます。服装は？」

「あそこは真夏でも朝夕は寒いから、長袖のシャツは必需品、薄手のセーターがあってもいい。ズボンは今はいているそれでいいよ」

「帽子は？」

「あったほうがいいね。わざわざ買うこともないが、もしそろえるなら、実用的なものね。陽射しだけでなく、雨風から身を守る道具だから」

「他に特別に用意するものありますか」

「そうだね。化粧品は必要ないが、店のない山の中だから、応急的な医薬品、生理用品等はあらかじめ持ってたほうがいいね」

「上高地って、北アルプスですか……」

「うん、北アルプス穂高岳や槍ヶ岳の麓というか、登山口というか、信州松本市から電車とバスで入ったところだ。その麓の周辺を散策するだけだから、今回は山の頂上を目指すわけではないからね。ただし、歩く距離は二十キロ以上になるだろう」

「景色はいいんでしょう？」

「うん、天気さえよければ、別天地さ。期待していていいよ。……今日、これから交通公社で往き帰りの特急券と山小屋の予約をしておこう」

「楽しみにしていたゼミ合宿が終わり、もう夏休みも終わるのかと思っていたのに、最後にもう一つ楽しみが出来て、うれしいわ」

「俺だって、学生時代最後の夏休みを締めくくる旅行になる。お互いにいい旅にしような」

「……さっき、帰りの列車の中で、小田君たちに拉致されて何を聞かれたんですか」

「ああ、大した話ではないさ、奴らが自分で純子の親衛隊だというんでね。言い分を聞いてくれと言うんだ。簡単にいうと純子を大切に扱えというんだ。ありがたい話だろ。……俺、日頃から純子を大切にしてるよな」

「……それはどうかな、冷たく扱ってませんか、菜穂子さんの手前もあるのかもしれませんが……」

「本気でそう思ってるの？　……君が彼らにそういわせたのではないだろうね」

「まさか、それはない。ただ、客観的にみて小田君達、もう少し優しくしてやれないのかと思ったのかな」

「それは違うと思う。その気がないなら、さっさと別れろと言いたかったのかと、とったね」

「それじゃ、親衛隊の役を果たさないではないですか」

「そうだよ、初めから親衛隊でもなんでもないんだよ。そうとったほうが説明しやすい。どっちにしても大きなお世話だ。俺が純子に対し、どれだけ想いを寄せているのか知りもしない他人にとやかく言われる筋合いはない」

「……私だってあなたから、どれだけ想われているのか知りたいわ。今でなくてもいいから、いつかちゃんと教えてほしい……」

「今度の山行きは、お互いが内に持った想いを少しでも伝えることが出来ればいいと思っているんだ」

「九月十一日まで、正味四日しかないわね、当日、朝早いんでしょう？」

「うん、新宿七時発で大丈夫かい？」

「はい、寮を六時に出れば間に合いますから……。それより、当日までに揃えなくてはならない物の買い物、……一緒にお願いできませんか」

「そうだね、いつでもいいよ」

「明後日の午後一時、ここでいいですか」

「この店で待ち合わせ？　いいよ、明後日だね。……そんなに何もかも揃えなくてもいいんだよ」

「はい、わかってます。予算もありますから……」

「じゃあ、今日は切符の予約だけして、細かいことは明後日にしよう」

喫茶店を出て、新宿駅近くの交通公社で特急券と山小屋の予約だけして、二人は六時半過ぎに京王線新宿駅改札口で別れた。


翌々日、九月八日も晴れて残暑が厳しかった。純子はいつものように待ち合わせ時間より十分ほど早くついた。秀もほとんど同時刻には来ていて、純子を迎えた。

「こちらのお願いなのに、お待たせして御免なさい」

純子はそう言って席に着いた。

「いや、今来たところだよ。まだ何も注文してないよ。抹茶セット、二つでいいね」

「はい、お願いします。……すぐ行くんでしょう？」

「予算立て、出来たかい？」

「はい、一般会計と特別会計とがありましてね。今回は靴だけが特別会計なんです」

「突発時の予備費は組んであるの？」

「いいえ、日頃の食費も含めて、どんぶり勘定予算ですから……」

「食費を削って丼物で済ます、ってわけか」

「学食の丼物って、量が多いでしょう？　気をつけないとかえって肥ってしまうんです」

「純子なら背が高いから多少肥っても気にならないじゃないか」

「そんなことありません、もともと腕だって、ほら、こんなに太いでしょう？」

純子は白い二の腕を自分の手で摘みながら、悪戯っぽく秀に語りかけた。短く肩に掛かっただけの袖口から伸びた、柔らかそうで張りのある太い腕が、純子の女性らしいもう一つの魅力を作っていた。長い睫毛を伏せるように両手を伸ばし、テーブルの上の抹茶茶碗をゆっくりと持ち上げ、眺めるようにまわし、口元に納める純子の真剣な所作を秀は静かに正視していた。

この瞬間を見せ場と心得る二人の、あうんの呼吸があった。同じように秀もその一連の所作をそのまま真似て、純子はそれを見届ける。それで一時の儀式は終わる。二人にとって、この店は今回二度目であったが、この儀式はお互いの間で自然に始まり、このことについては何も語られていなかった。日本人の茶をたしなむ心である。

純子がハンドバッグの中から一枚の紙片を取り出し、テーブルの上に広げた。純子のきれいな字で書かれた、これから予定している買い物の一覧表であった。秀はそれを手にし、うなずいたり首をひねったりしたが、その場では、具体的な意見は吐かなかった。

それから喫茶店を出て、初めに甲州街道沿いにある登山用品の店を覗いた。本格的な登山用品が揃っていたが、その店では値段は張るが、他の店には置いていない中振りのリュックとレインウェアと超厚手の靴下を買い求めた。靴は靴専門店で、ハイキングウェアと帽子はデパートで買うことにした。靴は本格的な登山靴ではなく、しっかりした運動靴を買い、ハイキングウェアと帽子は伊勢丹で選んだ。純子は次々に帽子を手にし、鏡の前でかぶってみたが、どれもそれぞれよく似合って、その可愛らしい魅力を一層高めた。その中でも純子本人が一番気に入ったものを選び、その帽子を秀が買ってプレゼントすることにした。長袖のハイキングウェアは鮮赤色のものを選んだ。純子の容姿、鮮赤系のウェア、象牙色のスラックス、どれも上高地の景色にぴったり合うと思われた。

買い物は一時間半ほどで終わり、純子は今買ったザックに、今日買ったもの総てをうまく収めるように入れ、重そうに手に提げていた。途中から秀が見かねて持ってやり、新宿駅まで戻ってきたが、時間もまだ早いので、秀は京王線千歳烏山駅から徒歩二十分の純子の廻沢の女子寮まで送ることにして、京王線に乗り込んだ。秀の意向により、新宿から各駅停車でのんびりと帰ることになり、席も先頭車両にゆったりととった。そのせいもあってか純子は、なぜか子供のようにはしゃぎ可愛かった。秀は、これが本来の純子の姿なのかと、満足そうに黙って眺めていた。走り出した電車の中で、純子はあまえるように、上高地について聞いてきた。

「秀さんに上高地へ行こうと言われて、あれから上高地ってどういうところか、本屋さんに行って、登山や山歩きの本を立ち読みで調べてみたの」

「それで純子の感想は……？」

「山というより観光地って感じがした。確かに写真では景色がよさそうだけど、観光写真や山の写真もそうなんだけど、みんなアングルがいいから、実際よりずっとよく見える場合が多いでしょう？」

「俺は自分で上高地はすばらしいと思っているが、大自然の景観を口で説明しても感動してもらえないと思うから、現地で純子自身が感じ取ればいいんじゃないかな。上高地は視覚に訴えるものも一級品だが、体全体に語り掛けてくるものがある。ひんやりとした空気、清流の水音、あそこを歩いているとそれだけで俺は幸せになれる。純子とこうして二人でくつろいでいる時間と同じように上高地は俺を幸せにしてくれるんだ。その上高地で、純子と一緒だとなると、俺はいったいどうなるんだろう」

「私もあなたとこうしていつまでも居たいのに、いつもは時間ばかりかかっていらいらする各駅停車が、今日はあっという間に、もう代田橋まで来たのかと……、でもいい今日別れても、また十一日に会えるから。……そうだ、秀さん、蘆花公園って行ったことありますか」

「ううん、ない」

「じゃあ、今日これから蘆花公園をご案内しますよ、……いいでしょう？」

「うん、時間的にはかまわないけど、女子寮から近いの？」

「いつも利用してる千歳烏山駅の一つ手前の蘆花公園駅で降りて、廻沢の女子寮までの途中にあるんです」

各駅停車の先頭車両には明大前駅で何人か乗ってきたが、それでもまだガラガラで、他人にじろじろ見られたり、話を聞かれたりする心配もなかった。桜上水の駅で特急電車の追越し待ち合わせのため五分近く止まり、気が付くとまた電車は走り出していた。やがて蘆花公園駅に着いて、秀は今日の純子の買い物を詰めたリュックを片方の肩に掛けて降りた。この駅は各駅停車しか止まらない小さな駅で、ホームの幅もせまく降りた客は、数えるほどしかいなかった。

二人は閑静なホームを出口に向ってゆっくり歩き、他の客が総て出終わった後、最後に改札口を出た。駅前の道幅の狭い商店街は行き交う人も少なく、秀はのんびりとした幸せな気分で、初めて降り立った見知らぬ街を歩いていた。その商店街も二百メートルと続かず、その先は両側が畑になって、夕暮れの近い畑道を七、八分ほど歩くと、「徳富蘆花恒春園」と書かれた看板の掛かった信号機のある狭い交差点に出た。純子の案内に従い狭い路地を入っていくと、公園の入り口があり、公園の中は思ったより広く、武蔵野の面影を残す楠や欅などの樹木に覆われた園内は葉が茂り薄暗く、夕刻でもう人影は少なく、独り年配の男性がステッキを突いてゆっくりと散歩する姿があるだけであった。

秀の隣を歩く純子は、何度も見慣れた風景らしく園内に入ってからも淡々と歩を進めていた。やがて、さほど広くない墓地の入口の前で、純子は足を止め、

「蘆花が随筆の中で、『自分は墓守だ』といっているのはこのお墓のことで、蘆花の旧宅は、そこなの。その奥の茅葺きの建物が秋水書院」

と、純子が手で示した方に生垣で囲まれた中に屋根の低い木造の建物があり、その建物に並ぶように西に連なる建物が秋水書院であると説明したが、秀は徳富蘆花と幸徳秋水の関連もほとんど知らず、初めて訪れて見入る茅葺きの秋水書院が、ここにある理由もよく分からなかった。

「静かでいいところだね」

「秀さん、ここ、気に入ってくれましたか」

「うん、東京もこの辺りまで来ると、自然な武蔵野の面影がそのまま残っているんだね」

「そうなんです、私は、いかにも手が掛けられたような日本庭園より、こういう自然が残された場所が好きなんです。女子寮から近いから何度も来ていますが、一度ここをあなたと歩きたいという気持ちは前からありました」

「うん有り難う、……一つ聞いていいかい。蘆花というペンネームはキリストの弟子の一人、ルカからとっていると思うんだけど、間違いない？」

「多分そうですよ。新約聖書のルカ福音書と使徒行伝の著者であり、生涯パウロを支えた医者のルカですよね。……蘆花は若くして、郷里熊本で母親の影響を受け、キリスト教の洗礼を受けてますから……。成長して京都の同志社で学び、後に上京し、明治の終わり頃、我らのＭｔ

大学とも関わりを持っているようですよ」

「ふーん、純子は詳しいんだね」

「この公園の中に蘆花の資料館がありますから、いってみますか？　……兄の徳富蘇峰の資料や明治初期の『熊本バンド』と呼ばれるプロテスタントの宣教活動の記録などもありますよ」

「いや、今日は時間もないだろう、またゆっくり来ることにするよ。……それより、純子は今日なぜ、蘆花公園に行ってみたいと思ったの？」

「ただ、あなたを案内しようと思っただけ、それに時間もまだ早いし、もう少しこうして話していたかっただけ。……何度も聞くようですけどここ、気に入りました？」

「うん、いいところだね。自然が残っていて、人がいなくていい。静かで……」

「今はまだ花の季節ではないですからね。花の時期になると近所のおば様方が押し寄せて、賑やかですよ」

「……そういえば、この近くに實篤庵もあったよね」

「そうですね。京王線の三つ先の駅、つつじヶ丘から歩いて二十分ぐらいかな。私、實篤庵にも寮の友達と行ったことありますよ」

「あそこも一般に公開してるの？　武者小路實篤さん、まだ住まいとして使われているのではないのかなあ」

「さあ、どうでしょうか、女子寮の友達に誘われて行ったんです。その時は、お庭まで見られましたが、常時公開しているかどうか。……調べてみましょうか、公開している時期があったら、私ご案内しますよ」

「……うん、楽しみにしてるからね」

二人は墓地に近いベンチに腰掛けて話していた。樹々の隙間から差し込む夕陽を正面から受けて、健康そうな純子の額が白く光っていた。その類稀な美しさが、秀の心を穏やかにしていた。それからどれくらいその場で話していたのか、陽はすっかり植え込みの陰に傾き、純子を包む純白のブラウスだけが浮かび上がっていた。夕暮れが街を包み始める頃、二人は蘆花公園を後にした。

純子の案内に従い、女子寮に近い出入口から公園を出ると目の前、通りの脇に直径三十メートル以上はある巨大な球状のガスホルダー（ガスタンク）が、まるでビリヤードの卓台の上に置かれた突き球のように二つ並んで転がっていた。そのガスホルダーのすぐ脇を抜けて、農協の角のバス通りにでた。女子寮の門はそのバス通りに面していた。その日は世田谷区廻沢町の女子寮の門の五十メートル程手前で別れた。リュックを片側の肩に掛け、女子寮の門の中に消えていく長身の純子の後姿を秀は、暫らくその場で見送った。そして一人、夕暮れの知らない街を千歳烏山駅まで引き返した。


九月十一日、東京の空はあいにく雲が覆い、今にも降り出しそうな気配であった。遠く南の海上に台風があって、二、三日後には沖縄に近づきそうな予報が報じられていたが、今はその影響ではなく、夏の終わりの秋雨前線が東北地方に掛かっていたためであった。そんな天気には関係なく、秀は山に出掛けるときは必ず、折りたたみの傘をリュックに入れていた。いつ雨に降られてもいいように雨具もリュックに入っていた。

純子も買い揃えたばかりの雨具をリュックに収めて、雨に対する備えは出来ていたが、内心、降ってくれるなと祈るような思いであった。上品な赤の長袖シャツにベージュのスラックス、浅い鍔の可愛いエンジ色のキャップをつけて、真新しいリュックを背負い、女子寮の玄関を出る前にもう一度大きな姿見の前で、その姿をチェックした。改めて納得したように新しいシューズに足を通し、朝六時前に女子寮を出た。早朝、慣れた駅までの街並みを軽い足取りで向った。

平日の電車は早朝から思いのほか込み合っており、純子は、千歳烏山から乗った通勤快速の乗降口付近に立って、窓の外、空模様を気にしていた。車内の周囲の乗客から集中的に浴びる視線にも、純子にとっては毎日のことで慣れており、ただ気になるのは雲行きの心配ばかりであった。純子の思いが通じたのか、陽が高くなったせいか、新宿に着く頃には、やや空が明るみを増したように思えた。国鉄新宿駅の長距離列車の発着ホームで、大柄の秀がにこやかに迎えてくれた。

特急あずさはもうホームに入っており、互いの指定席番号を確かめるように列車に乗り込んだ。前から二両目、九号車の十八番A、Bで、純子を窓側に秀は通路側に席を取った。特急あずさは、この年春から新型車両で、日に二往復、中央線に投入された特急電車であった。秀は純子の背中のリュックを背後から外してやり網棚に載せ、それから自分のリュックもやや重そうにその隣に並べて置いた。背中のリュックを下ろし身軽になった純子は一層明るく、ま新しい帽子が可愛かった。秀も深い野球帽をわざと頭の上に阿弥陀に載せていた。出発時刻までにまだ十五分以上時間があり、席はまだ半分も埋まっていなかった。純子は、これから二日間、秀と二人きりかと思うと胸がわくわくし、落ち着かなかった。秀も登山用のベストの胸ポケットから上高地付近の地図を取り出し、気を静めるように眺めていた。

「秀さん、何か飲みますか」

「いや、まだいいよ。列車が動き出したら朝食たべるから、その時で……」

「私も朝食まだなんです。さっきそこの売店でサンドウィッチ買ってきましたから、食べますか」

「うん、頂くよ。俺もおにぎり買ってきたんだ」

「飲み物はなににしますか、お茶も買っておきますか」

「お茶は買ってあるよ。それに缶コーヒーも、……他に何か必要？」

「ここにコーラもありますから、これだけあれば、電車の中では十分ですね」

「うん、松本に着いたら、現地で必要な新しい食料を調達しなければね」

「……松本の先はお店、もうないんですか」

「いや、〝島々〟にも上高地にも売店はあるけど種類が少ないし、値段も高くなる」

「シマシマ……？」

「うん、松本電鉄の終点の駅なんだ。そこから先はもう路線バスだ」

　秀は見ていた地図を純子にも見えるように差出し、指で松本駅から島々まで鉄道の線をたどり、純子の顔を覗きこんだ。純子も地図に目を落としたまま、軽く頭を縦に振って応じた。純子と初めて話した後夜祭の夜、初めて体験した純子の香水の香りを今朝も同じように感じて、秀は、浮き立つ心を静めようと務めていた。

　やがて発車時刻も迫り、リュックサック等を手にした乗客の通路を往来する姿が増えたが、平日でもあり、まだ空席が多かった。ホームでは発車を予告するベルが鳴り出し、アナウンスも特急あずさ松本行きの発車時刻が迫っていることを告げている。秀はもう一度隣に座っている純子の姿を確認した。二人の旅立ちが迫っていた。やがてベルが止み、音もなくドアが閉まり、列車は静かに動き出した。

　純子は、広い窓越しに過ぎていく人影の少ないプラットホームに目を向けていた。その姿を視野に置いて秀も徐々にスピードを上げていく列車に快感を覚えながら過ぎて行く新宿の街を眺めていた。真っ赤なハイキングウェアが色白の純子に映えて、たくし上げた袖口からふくよかな白い腕が覗いていた。お互いに聞きたいこと、話したいことは無限にあったが、今は静かに時が流れていて、こうして二人でやっと手にした共通の空間とその空域に解き放たれた快感を黙って確かめているようであった。

「この景色、つい一週間前に見たんですよね。もうずっと前のような感じですね」

「そうかい？　俺は昨日のことのようだけどね」

「秀さん、あの時は、恭子と話していたよね」

「うん、そうだったかな、多分ヨットの話か何かをしていたのかな」

「三日目に恭子と二人で、霧ケ峰に登ったでしょう？　私、その時の詳しい話、まだ聞いていないですね」

「うん、天気はいまいちだったけど、楽しかったよ」

「頂上で、恭子と肩を組んで写真撮ったって言ってましたよね」

「うん、そうだったね、そこに居合わせた人に頼んで撮ってもらったんだ……」

「その写真どうしました？　プリントできましたか」

「うん？　……そういえば、まだ見てないね」

「その後で高村先輩にからかわれて、『山の上では、美女も才女もない』と言っていましたね」

「……え？　俺、そんな失礼なこと言ってた？」

「もう一つ、『日頃の生活に行き詰っている時、山に登ると、山は大切なことを教えてくれる』と言ってましたよね」

「うん、行き詰るというより、日頃の生活の中で、不満があったり悩みや迷いがあるとき、都会を離れ、山の中に飛び込んでみる。たった一人で大自然に抱かれて、一歩一歩ゆったりと山の頂上を目指していると、山が語りかけてくる。……これ本当だよ」

「何と言ってくるんですか……」

「そうだね、例えば……、『お前が夢中になっている娘《こ》には、他に男が居るぞー』ってね」

「ハハ、それどこの山ですか、そんな俗っぽい山、登るのやめたほうがいいですよ。まるで三流週刊誌ですね」

「そうじゃない、高い山の頂上に立つと遠くがよく見えるんだ。一番よく見えるのが遠くにそびえる高い山の頂上だ。雲の上の頂上同士で……、木曽駒ケ岳の頂上からも御嶽山からも下は雲に覆われていても、ぽっかりと富士山の頂上部分だけが見えたりするからね」

「富士山なら多摩川の土手からでも女子寮の屋上のもの干し場からでも見えますよ」

「いくら天気がよくても寮の屋上から浮気している男の姿は見えないだろう」

「浮気男は見えないけど、そういうことは寮の中で吹く風の便りが教えてくれますよ」

「そうか、寮にも三流週刊誌が住み着いているのか、友達付き合いは適当がいいな」

「寮生同士、どんなに親しくても、親しくなくても毎日毎日同じエリアで、同じものを食べて、朝夕、廊下のスピーカーから同じ音楽を聴かされて、同じお湯のお風呂につかって、同じ屋根の下で暮らしているのですから、自然に誰が何を考えているのかぐらい分かるようになるもんですよ。だけど、たとえ分かってもお互い分からないふりをしている。他人の内面に立ち入らない。これが寮生活の鉄則ですね」

「女子学生寮の中って、独特の空気が流れているんだろうな」

「……若い女性の集団生活って、興味ありますか」

「いや、俺は純子の私生活には関心があるけど、女子寮のことなどさほど興味はないな」

「……私の生活？」

「うん、例えば好きな食べ物とか、嫌いなものとか……」

「嫌いなものはあまりないですが、好きなものは……なんだろう、中華より和食が好きですね。洋食も好きですよ」

「そうか、ラーメンよりカレーライスだね？」

「いや、それは両方ともＯＫですね」

「これ一つといったら？」

「そうですね。伊勢エビとか松葉ガニ、タラバガニそれにお寿司、トロ、ウニなんか……」

「やはり、君も海辺の育ちだね。日本酒に合いそうな、寮では出ないものばっかりだね」

「おっしゃるとおりですが、私、寮の食事も嫌いじゃないですよ。意外においしいんですよ。あんまり食べない子もいますが、私は毎日しっかり食べています」

「お陰でよく育っているというわけか……」

「そうなんです。私、子供の頃から体重とか、ウエストとかあまり気にならないんです」

「好きなものを気にせず食べて、そのスタイルが保てるなら、それは両親に感謝しなければいけないな」

「誰かもそんなこと言っていましたね。私は、色々な意味で父親似なんです……」

「ふーん、どちらにしても君はよく出来ているよ。容姿、容貌、気質、性格まで、感心するね」

「本当にそう思いますか、……秀さんにそういう風に言われると嬉しいわ」

「お父さん、君を一人で東京の大学にやるの心配で、しょうがないんじゃないの？」

「いいえ、それほど心配してるようには見えませんね。私を信用しているのか、寮に入れているから、安心しているのか知りませんが……」

「家族に大学の男の友達の話するの？」

「いいえ、男の友達、あまり居ませんから……。そういえば女の友達のこともあまり話したことないですね」

「こうして、野蛮な男と二人きりで旅に出掛けても……？」

「……私、初めてですよ。こんなふうに野蛮な方とご一緒するの……。これって悪いことですか……」

「そりゃあ君と僕にとっては、悪いことではないさ。ただ、周りの人がどう言うかは分からないよ」

「お互いにもう大人なのに、それに世の中には男女のカップルって一杯いるのに、どうして気になるんでしょうね」

「男女の仲って周囲が認めるかどうかが大問題でね、道理として認められない場合でも恋愛関係だけは、とやかくいわれながらも暗に許されている場合もあるからね」

「大人としてのルールですか、私たち、なるべくはみ出さないようにしましょうね」

「うん、そうだね、お互いに他人にとやかく言わせないようにしようね」

「何をやってもいいとは言わないけど、恋愛感情って、感情百パーセントじゃないですか、それを理屈に嵌めようとしても無理ですよね」

「そうなんだよ。それは皆が知っていることなんだよ。だから厳しい戒律で縛ったり、逆に甘くなったりするんだよ。江戸時代なんかこの手の戒律破りは、両者打ち首だからね」

「掟破りの恋愛は小説の題材にはなりますよね。勇気ある人柄というか、行いというか。……涙をのんで掟を守っている人たちにとっては、勇気ある英雄ですよね」

「俺たちはいま勇気ある行動中なのかな、命掛けの駆け落ちをしているわけではないが、今はいい時代だから、責任は個々に任されている。……さあ、朝食にしよう」

　秀は網棚のリュックを下ろし、さっき新宿駅の売店で買ったおむすびの包みを出してきた。純子のリュックも網棚から下ろしてやり、純子もサンドウィッチを取り出した。再びリュックを元の位置に戻し、前座席の背当てに取り付けられたテーブルを手前に倒し、仲良く朝ごはんが始まった。初めに三つあるおむすびを秀と純子が一つずつ口にし、一つのお茶の容器から、かわるがわるお茶を飲んだ。

「秀さんのおむすびおいしい」

「俺のではない、駅弁売り場のだろ？」

「もう一つ残っているおむすび、秀さん食べる？」

「純子欲しかったら食べていいよ」

「それじゃ、じゃんけんにしようか」

「いいよ、負けたらつまらないことで気分を害するから、半分っこにしよう」

「じゃあ、中の梅は秀さんにあげるね」

「うんうん、梅なんかどうでもいいよ。そうか、梅を一度に二つも食べると、早く梅干婆さんになってしまうからな……」


笹子のトンネルを抜けて、甲府盆地に入ってから天気はすっかり回復し、反対側の窓から陽がさすようになっていた。

「ゼミ合宿の時より天気はいいみたい。……ねえ」

「うん、天気より何より、気分はあの時と全然違うね。俺、ゼミ合宿では周囲に気を遣いっぱなしだろ、折角純子と一緒に合宿に行ってるのに、自重の連続だから……」

「私もそう思う、秀さん、周囲に気の遣いすぎではないかな。もっと自然にやればいいのに……」

「いや、ゼミではこれからもあれで行こう、あれが無難だ。一人でうまいものを喰うようなことは皆を敵に回すから、あのゼミ合宿の反省会のほんの僅かな時間、俺が純子の隣で話しただけで、二人で乾杯しただけで、いやみの連発だろう、あの時、俺も純子も開き直って声を荒げたけど……」

「そうですよ。だけどゼミ合宿での不完全燃焼が原因で、今日の山行きに繋がったのだからいいとしますか……」

「今度は二人きりだから、誰にも気兼ねいらないよね。純子はそれでいいんだよね」

「うん、……山名先輩もこれでいいんでしょ?」

「そうなんだけど、不思議だよね。俺ね、今日、新宿を出発してこうして電車に乗っているんだけど、窓の景色が眼に入るだけで全然見えていないんだよね。さっき食べたおにぎりの味もほとんど記憶にないし、純子と二人きりで居るということは、こういうことなんだと今、ぼーっと考えている」

「私も秀さんと上高地に行こうと約束した日から、上高地行き以外のことがしっかり考えられなくなったのと同じですよ。そして今その夢の中でぼんやりと時を過ごしている」

「これから夢遊病者のように松本駅で列車を降りて、酔っ払いが千鳥足で自分の家に帰っていくように気がつけば、上高地を二人で歩いているのかもしれないね。極度の興奮の中にいるというか……」

「私も今、ずっと夢に見ていた秀さんと二人で旅している。今まで経験したことのない心地よい興奮の中で、……私、これでいいのかしら……」

天気も味方して、上空はすっかり青空が広がってきた。特急あずさは、ゼミ合宿の日に降りた茅野を過ぎ、左手に諏訪湖が広がる信濃路に入っていた。やがて塩尻峠を迂回して辰野を経由、塩尻、松本平へと下り始めていた。鉢盛山の奥の野麦峠から連なる乗鞍の山々が遠く霞んで見えていた。

車内アナウンスが終着駅松本からの乗り継ぎ列車案内を告げていた。エンジ色の浅い鍔の帽子をかぶった純子が例えようもなく可愛かった。秀は、思わず純子の柔らかな顎を指で摘むようにして、その顔を覗き込んだ。一瞬、戸惑ったような表情をみせた純子も、直ぐにそれに応じて微笑んだ。やがて秀は立ち上がって、網棚のリュックを下ろし始めた。終着駅で降りる乗客は席の半分にも満たないぐらいで、もう乗降口へ移動を始める者も見られた。

特急あずさは、終着駅松本にほぼ定刻に到着した。ホームに降りるとアルプス降ろしの風が頬に心地よかった。乗客達は乗り換えのための連絡橋の階段を登っていった。乗客の大半は、線路を跨ぐ連絡橋から駅出口か隣の大糸線ホームに降りていき、一番奥の松本電鉄のホームに向う客は二十人もいなかった。手前の大糸線ホームには三両編成の赤錆色の南小谷《みなみおたり》行ディーゼルカーが乗換え客を待っており、それよりもっとローカル色の強い松本電鉄の島々行二両編成の電車が最奥のホームの先端で、乗継ぎ客を待っていた。松本電鉄の電車に乗込む客は一様に登山姿で、ここからもう山に向う気配が高まっていた。特急列車からの乗換え客が乗り込んできても席には十分余裕があり、乗換え客がそれぞれ席に落ち着くと再び車内に静寂が戻った。

しばらくすると隣のホームから、大糸線南小谷行の普通列車、ディーゼルカーが炭色の排気ガスを車両の連結部の屋根付近から吹き上げながら、唸るエンジン音を残して出発していった。秀も純子も、自分の乗込んだ電車の出発時刻をよく知らなかった。気掛かりであった空模様も問題なさそうだし、あとは山に掛かる霧やガスが晴れてくれればと望んでいた。何の前触れもなく、車掌の口にする呼笛《ふえ》の音がして、ドアが閉まると電車は静かに動き出した。

しばらく松本平の長閑な田んぼの中を野麦街道に沿って走った。何度か小さな駅に止まり、二五分ほどで終点の島々駅に着いた。秀は電車を降りると駅前の店で、弁当など食料品を買い込んだ。その間、純子は駅前広場のバス停で待っていた。秀が買ってきた食料品を二人で分けて、それぞれのリュックに詰め込んだ。今、電車を降りた乗客はほとんど駅前のバス停で上高地行のバスに乗り継ぎ、二人がけの座席に、ほぼ一人ずつ席を取り、自分のリュックを空いた隣の席に置いていた。

発車時刻となったのか、バスの外で別の運転手と話しこんでいた中年の運転手が、手にしたタバコを、石油缶を二つに切り落としたような年季のはいった錆びた吸殻入れに投げ込み、首を左右に倒し、頭を回すような仕草の運動をしながらバスに乗り込んでくると、長野電鉄の乗り合いバスは、ドアを閉じて走り出した。バスは道幅の狭い野麦街道を梓川に沿って登っていく。秀と純子は最後列の席に並んで座り、背当ての後方、リアウインドウとの隙間にリュックを置いていた。バスは奈川渡ダムの手前で野麦街道と別れ、ダム湖に沿ってトンネルの多い山道を沢渡《さわんど》へと登っていく。さっき、島々の駅前で買ったお昼の弁当をリュックから取り出して二人で食べはじめた。

「純子、車酔いは大丈夫だよね」

「うん、船酔いとか車酔いはしないです。一度だけ東京から新潟に帰るとき、電車の中で小説に夢中になっていて、頭痛を感じたことがありました。乗り物酔いってこういうのかなと思った程度です。それよりどこまでつづくのか、この狭い道路、天井の低いトンネルに恐怖感がありますね」

「この先、今日はそっちへは行かないけど、飛騨高山に抜ける安房峠の峠越えは狭い道とヘアピンカーブの連続でもっと怖いよ」

　バスは梓川の渓谷に沿って奥山に刻まれた狭いトンネルの連続する道路を、暫らく登り続けた。沢渡の集落を抜け、左手、梓川の対岸、谷底に坂巻温泉の露天風呂が見えてくると、やがて安房峠への分岐に掛かる。バスは分岐を右にとり、信号機の付いた相互一方通行の釜トンネルの手前で信号待ちとなり、バスは一旦、エンジンを切った。十五分以上の時間待ちの後、信号が青に変わり、バスは釜トンネルに入っていった。この狭い岩肌むき出しのトンネルを抜けるといよいよ別天地、上高地に入る。梓川の流れが滝のように流れ落ち、左手に焼岳の褐色の山肌がいかにも若い活火山の様相で迫り、その裾の大正池の水面から枯木と化した唐松等の木々が化石のように林立する。その姿は、この池が溶岩により堰き止められた、誕生して未だ日の浅い池であることを証明している。バスはさらに梓川に沿ってのぼり、やがて景勝地、河童橋に近いバス停、上高地終点に着いた。

島々からの乗客、観光客や岳人達はここでバスを降り、装備を整え、思い思いに山に入って行く。天気はすっかり回復し、谷底のひんやりとした空気が身を包み、美しい緑の木々が気持ちを落ち着かせ、梓川の澄んだ水と、そのせせらぎの音が心を和ませてくれる。まさにカンバスの中に放り込まれたような河童橋から眺める梓川上流の流れ、まるでスクリーンに描かれた様な背景、奥穂高連峰の稜壁をバックに、感動し目を輝かす純子をファインダーの中に置き、何枚も何枚もカラーフィルムに収めていく。河童橋の欄干にもたれ掛り、純子の肩をやさしく抱き寄せツーショットに収まる秀。純子は秀が思い描いていたとおり上高地の景観に感動し興奮していた。河童橋の上でエンジのキャップをつけた純子が、秀の覗くファインダー、立てた三脚の上のライカに微笑みかけていた。丁度、晴れ渡る青空のように、美しい景観の中の純子の表情は興奮気味に幸せそうであった。

「日本にこんなところがあったんですね。あの狭い釜トンネルを抜けると、まるで別世界に紛れ込んだよう。……上高地って最高、ありがとう秀さん」

「……よかった、純子が喜んでくれると、うれしいよ」

「夢の中に居るみたい。透明な空気に陽光が差し込んで、眼に入るもの総て色鮮やか、空は青く、浮かぶ雲は純白、ここはなんという世界なのでしょう」

「今夜の宿はこの奥、二時間ほど歩いたところだ。日が暮れないうちに宿に着きたいから、そろそろ出発するか」

梓川に沿って、左岸を徐々に登って行く。小梨平の野営場を抜けて、周囲の谷間から梓川に注ぐ狭い流れを小さな丸木橋で渡り、白樺の林の中をゆっくりと進む。リュックを背負った純子は、長い脚で軽々と歩を進めていく。時々、確かめるように秀の顔を覗き微笑みかける。

「純子は見るからにアルピニストだよ。初めから歩き方が様になっているよ」

「そうですか、私、山になど登ったことないですよ」

「今回は登山じゃないからね。まさに山歩きだね。今、少しずつは登っているよ。だけど登山はこんなものではないからね。登山や山歩きはせっかちに先を急いでは駄目なんだ。勿論むやみに止まっても駄目だ。自分のペースで前進すること、これに尽きる。何も考えず、一歩一歩、歩を進めていく、登山は常に自分の体力と距離や時間との戦いだ。長期戦の中で、結果的に山の綺麗な空気を無意識のうちに胸いっぱいに吸い込んでいる。体内を巡る血液により体の隅々まで新鮮な酸素がいきわたり、さらに快感を覚える。時折、体内の水分の補給、口に含む水の美味しさも、気持ちをいやしてくれる……」

総てが若く健康的であった。北アルプス登山の玄関口、上高地を出発しほぼ一時間で明神館小屋に着く。そこから一度本筋を外れ、左手奥、梓川に掛かる明神橋を渡ると嘉門次小屋の裏手、穂高神社奥宮の裏庭、明神池《みょうじんいけ》がひっそりと旅人を迎えてくれる。

「純子は上高地初めてだから、この池はどうしても立ち寄らなければね」

ここでもリュックを下ろし、池の周囲を散策の間、何枚も写真を撮った。

「この池の水を見ていると、何故この透明な水が人の心を清らかにするのかと不思議な思いがしますね」

「うん、透明度が高いということが、不純なものを含まない、純粋で、清潔で、明るく綺麗だと思い込ませるからだろうね。光を通す量が多ければ多いほど人は美しいと感じるものなのかな。……透明度は色や形の美しさではないよね」

「美しさには色々な要素があって、人も昆虫も動物も植物も美しいものや美味しい物、香りのいいものを追い求めるように造られているんでしょうね。こういっぺんに大自然の様々な美しさを見せ付けられると満足感でおなか一杯になりそう」

「中には、人間には耐えられないほど臭い物にたかる虫や、蓼食う虫などもいるけれどね」

「お願い、せっかく今、いい気分になっているんだから、そんな話はしないで……」

「俺も初めてここに来たときは、日本にもこんな場所があったんだと思ったよ」

「秀さん、初めてここに来たのはいつ頃ですか」

「一昨年《おととし》だよ」

「誰と来たんですか……」

「一人で……十月だったから、もう寒かった。楓や唐松が燃えるように色づいていて、綺麗だった」

「いきなり、思い立って来たんですか」

「いや、あの井上靖の『氷壁』という小説を読んで、奥穂高という山に一度行ってみたいと思っていたんだ。今夜泊まる山小屋もその小説の舞台となった有名な宿だよ。ここから一時間ほど奥に入った徳沢というところだ。あの夜、縛りの懸かったゼミ合宿の夜、白樺湖の宿の中庭の街灯の光の中、君にベンチに座らないかと誘われた時、そうだ、この娘《こ》を上高地の大自然の中に一度連れて行きたいと思ったよ」

「……菜穂子さんでなくて、私を？」

「うん、俺は上高地には真っ赤なウェアの山本純子が似合うと思ったから……」

「一昨年、秀さんが行った奥穂高はもっと遠いんですか」

「うん、さっき河童橋から見えていた奥の屏風のような稜壁が奥穂高だよ。徳沢からさらに六時間以上登ったところだ」

「私が上高地に似合うって、どういうことですか……」

「よく分からない、ただその時、そう思っただけだ」

「いいわ、私、今日初めての上高地がいっぺんに好きになったから、その上高地に似合うと言われたら、うれしい……」

この山峡《やまかい》の林間、明神池の岸辺の岩の上、白樺の根元に並んで腰を降ろし、ちょうど今、池に舞い降りた一羽の小鴨が水面に放物線の波紋を描きながら泳ぐ姿を眺めていた。その光景はこの世のものとは思えず、秀と純子は、しばらく幻の時を送っていた。

「さあ、遅くなるから出発するか」

「うん、でも……もう少しこうして池を眺めていたい」

見上げると明神岳に掛かる雲はなく、上空に夕暮れの迫った青空が広がっていた。ほかに人影もなくあたりはしんと静まりかえっていた。エンジのキャップを秀のベージュ色の野球帽に寄せながら、

「ねえ、いつまでもこうしていたい。ずっと……」

「そうだなー、ここは大自然の中だ。あとひと月もすれば、樹々が燃えるように紅葉し、雪が降り始める。十一月には、すっかり雪に覆われ、人の踏み入れをも拒む世界に戻るんだ」

「その頃、もう一度二人で来てみたいわね」

「正月にテントを担いで来てみるかい。真冬は釜トンネルを閉じるから、徳本峠を越して入る

のかな。テンやウサギ、サルやカモシカしか居ない凍てつく世界だ」

梓川の清流に掛かる明神橋を渡り返し、明神館小屋まで戻り、売店で明日の天気を確かめ、いよいよ徳沢へと向った。再び白樺の林の中の小道を梓川に沿って登っていく、槍か穂高から降りてきたと見られる何人かの岳人に出会い、そのつど山の挨拶を交わしながら進んだ。

陽はそそり立つ山影に落ち、辺りが薄暗くなる頃、徳沢に着いた。林道から急に視界が広がり、木立の中、公園のように広がる草むらに色鮮やかなテントが立ち並び給水施設や公衆トイレが整っており、その奥にある今宵の宿、徳沢園ホテルの玄関近くに街灯代わりの、かがり火が見えていた。

「ここもお伽の国のようね」

「疲れないかい、初めての山歩きで……」

「全然、……あっという間に時間が過ぎて、気がつくと遠くまで来てしまったという感じですね」

「明日も今日以上に歩くことになるから、覚悟は出来てるな」

「大丈夫、今、どこも痛むところないし、第一、すっかり山が好きになったから……」

徳沢園ホテルの玄関までの石の階段を三十段ほど登り、玄関の内のロビーでチェックインの手続きを取った。今日は平日でもあり、泊り客も夏の最盛期ほど多くなく、二人だけで一部屋の割り当てを受けた。

「秀さん、ほかの人との相部屋でなくてよかったですね」

「……それはいいけど、純子と二人きりだよ。いいのかい」

「……どうして？　……私、先輩、信頼してますから……」

「こういう時、女性のほうが大胆だよね」

玄関の靴箱に今脱いだ登山靴を納めて、リュックサックを持って、案内された二階の部屋に移った。純子に部屋の奥の一角を明け渡し、秀は入り口に近い一角に自分のリュックを置いた。しかし、部屋そのものが六畳の広さで、二つ布団を敷けば、いやでも手が届きそうである。純子は、そんなこと一向に気にする様子もなく、顔を洗ってくると言って小さなポーチを手にして部屋を出て行った。その間に秀は汗で湿った下着を取り替え、冬物の厚手のジャージに着替えた。ホテルといっても部屋にトイレも洗面所も付いておらず、廊下から入口を入ると半畳の踏み込みと六畳の畳敷き、一間幅の押入れだけで、小さな窓が一つ開いている。夕食、朝食は一階の食堂でとる様子であった。小さな窓の外は今入ってきた玄関の上に当たり、登ってきた石段の先に広場が見渡せ、その向こうにキャンプ場のテントが並んでいるのが見えていた。気がつくといつ帰ってきたのか純子が後ろに立っていた。

「秀さん早いわね、私も着替えしていいですか」

「うん、それじゃあ俺も洗面所に行ってくるね」

秀はリュックからタオルを取り出して首に掛けて、部屋を出て行った。手と顔を洗ったあと、玄関からホテルのサンダルを引っ掛けて、石段の下の広場に出てみた。もうあたりは薄暗く、風がひんやりと気持ちよかった。広場の向こうのキャンプ場のテント付近に人影が動いて、火を使う明かりが揺れていた。

この辺り、梓川とは少し距離があるのか川のせせらぎの音はここまでは聞こえてこなかったが、右も左も黒い山影は空高くそびえ、ここが高い山々に囲まれた谷底であることは分かった。その谷底から見上げる狭い群青の空に早くも星が瞬くのが見えた。振り返ると、徳沢園ホテルの小さな窓には半数以上の部屋に明かりが灯り、あたりは静まりかえっていた。あの明かりの灯った窓の一つに、今、純子が待つ、今夜の二人だけの棲家《すみか》がある。

秀が部屋に戻ると黒の半袖のポロシャツ姿の純子が手鏡に向っているのか、肩幅の広い背をこちらに向けて座っていた。純子は振り向きもしないで、秀を察した様子で、

「どこかに行ってたんですか？」

と、問いかけてきた。

「うん、玄関の前の広場で星を見てた」

「え、もう星が見えるの？」

「明るい星は見えてるよ」

純子は立ち上がって窓を開け、空を見上げた。

「……本当だ。もっと暗くなったら、ここなら星も一杯見えるでしょうね」

秀も窓辺に寄って、寄り添うように空を見上げた。

「いつか尾瀬に行ったとき、東電小屋だったか、夜中に空を見上げたら満天の星空で、はっきりと天の川の星雲が見られ、子供の頃、田舎で見ていた星空を久しぶりに思い出したよ」

「私、尾瀬も知らないの、尾瀬っていいんですってね」

「うん、花の咲き始める初夏の尾瀬は、こことは違うよさがあるんだ。最近、観光客が多くなって、休日や夏休みは木道も山小屋も一杯なんだ」

「いつかまた、尾瀬にも連れてってね」

「……うん。あそこもかなり歩くからね」

「私、アルピニストだから大丈夫。……そうでしょう?」

「うん、歩き方、うまいよ。純子は脚が長いから、リュック背負うとかっこいいしね」

空を見上げる秀の胸が、純子の背に重なり合っていた。初めて純子と話した夜、秀の耳元にささやきかけてきたあの時、ほのかに感じた香水の香りが、今、また窓辺に立った純子の襟足から同じように感じられた。柔らかく膨らんだ純子の白い腕が、ジャージの下で波打つ秀のわき腹に触れていた。ただ一つ天井からぶら下がった六十ワットの裸電球の光が、重なる二つの影を写し出していた。

「……寒くないかい」

「いいえ、さっきから身体全体がほてっているようで、冷気が気持ちいいわ」

微笑む、若々しく張りのある純子の頬が光っていた。

「今朝、早かったから、疲れたんじゃない？」

「いいえ、この上高地に入って、いや、もっと前からかな、私、興奮しているみたいで、テンション上がってますから、今は疲れなど感じないですね」

「それならいいが、夕食の時間まで三十分以上あるから、俺、少し横になるね」

秀は押入れから円筒形の枕を出してきて、畳の上に大の字になった。純子もその脇に座り込んで、窓側の壁に背をもたせかけ、長い脚を畳の上に伸ばした。

「俺、もし眠ってしまったら、夕食の時間に起こしてね」

「何も掛けないでうたた寝すると、風邪ひくわよ」

純子は立ち上がって、押入れから毛布を一枚取り出して、秀の胸元から下半身に掛けてやった。

「有り難う、……やさしいんだね」

「何言ってんの、今日はあなたのお陰で、すばらしい日になったわ、感謝してもしきれないわ」

純子は、今度は畳に両手を付いて四つんばいになり、秀の顔を覗きこむように話しかけていた。秀は仰向けになったまま、下から母親のような純子の顔を見上げていた。純子のその美しさから、優しさからもう逃げられないと思いはじめていた。

「大きい相部屋のほうがよかったかなあ、……こうして男と女が同じ部屋で二人だけで泊まったとなると、何もなかったと言い訳しても、それは許されないからな」

「まだ、そんなこと気にしているの？　さっきも信頼してるといったでしょう」

「そんな問題じゃないんだよ。……ただ、今の気持ちは、他人にそう言われても俺は純子と一つの部屋で一夜を共にしたいし、ホテルが問題で、テントだったら許されるという事でもないからね」

「いつまで寝言のようなことを言ってるのよ、私、初めから、あなたとなら間違いがあっても構わないという覚悟出来てる。だから今夜テントの中だと思って、一つの布団で一緒に寝ても構わないわよ、……ね、そうしよう」

「うん、もう純子は俺だけのものだ。誰にも渡さない……」

「私も、もうあなたは私だけのものと思っていてもいいわよね」

秀は目を閉じたまま、黙って首を縦に振ってうなずいていた。純子は、真剣な眼差しで、秀を見つめていた。


その夜、秀は堰を切ったように心を開き、初めて純子に幼子のように甘え、純子は母親のように秀を受け入れ、二人はお互い、なすがままに一夜を過ごした。

翌朝もよく晴れて、朝食を済ますとリュックを宿に預けたまま、身軽なスタイルでさらに奥の横尾まで足を伸ばし、横尾山荘の前の横尾橋の上で、二人で記念写真を撮り、帰り道、途中の梓川に掛かる細いつり橋（新村橋）を端から往復し、二人以外誰もいない揺れるつり橋の上で子供のようにはしゃぎ、大声をあげ手を取り合って抱き合い、そのゆれと恐怖感を楽しんだりしながら、昼までには徳沢に帰ってきた。ホテルに予約しておいたおにぎり弁当を受け取り、キャンプ場の近くの草むらの広場の丸太を削ったベンチに腰掛けて、二人きりで昼食をとった。秀はこの日のために持参したバーナーに火をつけ、コッヘルでお湯を沸かし、二つの金属コップにコーヒーを入れた。

秀も純子も昨日までとは違い、もうすっかり心を許しあい、今迄の一線を大きく踏み込んだ新しい幸せを味わっていた。秀のかいがいしい振舞いが純子をリードしていた。秀はもうわだかまりなく純子を受け入れていた。真昼の太陽が二人を照らし、さわやかな川風が吹き抜けていた。経木に包まれたおにぎり弁当の片隅に添えられた沢庵《たくあん》を噛み切る音に反応し、顔を見合わせる若い二人に至福の時間が流れていた。

徳沢からの帰り道も足取りは軽く、上高地には午後二時半に戻り、河童橋の周辺で少しの間、ゆったりと過ごした。梓川の河岸、山小屋のテラスに配されたテーブルを囲む木製の椅子に向かい合って腰掛けて、しばらく木陰の下で、涼しく透明な空気に浸っていた。

「……今、幸せすぎて息苦しい」

純子は、我が侭な言葉を吐いたが、目を閉じてつぶやくその言葉に、秀も納得できるような気がした。

「なぜ、こうして人は人を好きになってしまうのだろう」

理由は明確であった。この大自然を創造した神が、そのように人を創ったからで、なにも恐れること無く、素直に身を任せばいいのである。……わかっていた。


上高地バス停から松本駅行のバスに乗り込み、松本発新宿行の特急列車に合わせた。初めての二人だけの旅も残り僅かで終わろうとしていた。帰りの特急の中で純子は、自分の腕を秀の腕に絡ませ、秀の手を握ったまま目を閉じ、暫らく眠りに落ちた。秀は、黙って純子の寝顔を見つめていた。形のよい額、穏やかな純子の性格を表わす眉、魅力的な目は、今は瞼と綺麗に生え揃った長い睫毛によって閉じられ、生意気そうに尖った鼻梁、昨夕、夢のような時の中で、そっと重ねあった少女のように可愛い唇――純子は今、秀を信頼し、体重を秀の肩に寄せ、静かな寝息を繰り返していた。あのピアノの鍵盤の上を滑るように動いていた純子の柔らかな指が、今、秀の指に絡んでいた。秀はこの幸せな時間を大切にしたいと心に刻んでいた。このままもっともっと限りなく遠くへ旅立つ夢を描いていた。

新宿には午後九時半に着いた。秀は、世田谷廻沢の女子寮まで純子を送り届け、渋谷区広尾に戻ったのは、夜十一時前であった。純子と別れ、京王線の明大前で乗り換え、井の頭線の終点渋谷からタクシーで広尾の下宿に戻った。その間、秀は純子のことだけを考えていた。大学生最後の夏休みをこういう形で締めくくることにこだわっていた。しかし素直に嬉しかった。

純子の方も寮の部屋に戻って、リュックから洗濯物を取り出して、篭に移し変える間も部屋着に着替え、一階の浴場に向かい、湯舟に浸かっている間も頭の中で、ずっと一緒に過ごした秀の語りかける声が耳の奥で繰り返しこだましており、疲れた身体をベッドに転がしてからも絶えず秀が話しかけてきて、純子は一人でそれに答えていた。閉じた目から涙が溢れ、自分でもよくわからない幸せの中にあった。

やがて長い夏休みも終ろうとしていた。

8　一体何が……

その年も十一月にはＭｔ大学の学園祭が行われ、山田ゼミの研究発表は好評であった。小田、柴田の幹事が夏合宿の成果をそのまま盛り上げ、三年ゼミ生を結集させ立派な研究発表へと導いた。

しかし、そんな三年ゼミ生のメンバーの中に、当然いるべき山本純子の姿がなかった。純子は後期授業が始まって間もなく十月初め、体調を崩し、郷里新潟に帰っていた。今年も提灯行列はいつものように行われたが、純子は十一月の学園祭が終わっても復帰できないでいた。十月中旬に一度、秀が新潟の純子の実家に電話を掛けたが、純子の母としか話ができず、純子の快復の様子はいまひとつのようで、自身、電話にも出られない状況であると知らされた。その後、純子と同じクラスの堀内も実家に電話を入れたらしいが、本人とは話せなかったと言っていた。

秀は、その後のゼミの状況報告の形で、二度、手紙を出した。本人とは明らかに違う筆跡で、多分家族の代筆で、短いお礼の返事が一度だけあったが、純子自身の状況は、ご迷惑をおかけしますとだけしか書かれていなかった。高山美紀に発病当時の寮生活での状況を聞いても、はっきりした病状に繋がる節もつかめなかったが、最近、以前純子と同室だった理工学部の女子学生から、純子は以前から精神安定剤を服用することがあり、常時携帯していたという話を聞いたと言っていた。

十月中頃になると、純子が病気で郷里に帰っているという話は法学部だけでなく、青山キャンパス全体に噂として伝わり、少なからず学生の間で話題に上った。秀も真実は知りたかったが、噂話として取り上げられ、尾ひれが付いて広がっていくことに不快感を覚え、純子の話にはなるたけ近寄らないようにしていた。

　その頃、ゼミの活動は十一月の学園祭に向け、予定通り進められていた。サブゼミも週に一度、変わりなく続けられていた。ゼミ幹である秀も必ず出席し、純子の病欠とは関わりなく、活発な論議に参加していた。三年生中心に学園祭の研究発表に向け、着々と準備が進んでいた。由美も恭子も積極的に加わり、純子の抜けている穴をカバーしようと務めているように思えた。

時々秀に、ほかのゼミ生がその後の純子の様子を尋ねたが、秀は、

「隠しているわけではない。俺も知りたいことがあるが、何度も郷里の実家に電話することにも躊躇している。また、状況がわかったら必ずゼミの皆には伝えるから、今はそっとしてやって欲しい」

　と、答えていた。そんなある日、西澤由美が秀に対し、

「山名先輩、純子がいなくなって、急に大人っぽくなりましたよ。冗談言わなくなったし、ふざけなくなった」

「……そうか？　自分ではあまり自覚がないのだが、由美は鋭いからな」

「……純子が倒れて先輩、内面的に全然変わらないですか」

「……何を聞きたいんだ、内面的に？　……変わったよ。率直に言って、寂しい。俺にとって純子の存在が大きくなりつつあるところだったから、それが思いがけずいなくなれば、ショックだよ。……わかるだろう？」

「そうでしょう、最近、先輩の背中にそれを感じる。もっと素直に出せばいいのに……」

「何を出せばいいんだ、涙でも流せとでもいうのか。……そうだな、背中にも気をつけなきゃな」

「寂しがっているのは、山名先輩だけではないですよ。ほかにも寂しがってる男は一杯います」

「……お前も暇だな、そんな男を見つけては、いちいちチェックしているのか」

「違いますよ、他の男はともかく、先輩だけには、元気を出して欲しい。純子はきっと元気になって帰ってきますよ。……何事もなかったような顔して……」

「深刻に心配すると損するよ、ってわけか」

「そうじゃないです。今、純子、気の毒だけど、きっと時が解決してくれますよ」

秀が純子と会えなくなって二ヶ月が経過しようとしていた。たとえ本人に会えなくてもいい、一度、新潟に行ってみようと思っていた。純子がこういう状況に陥ったのは、自分に原因があるのではないかと思いつめていた。


十二月十七日、荒木アドグルのクリスマス会が行われた。今年のクリスマス会は、赤坂のプリンスホテルで行われた。このことはかなり前から、マウント大の学生仲間でも話題となっていた。たまたま、荒木アドグルのメンバーの中に赤坂プリンスの支配人を父に持つ女子学生がいて、旧朝鮮王室の邸宅を改装した〝赤プリ〟の白亜の館の一室を借用できることになったというふれこみだった。初めアドグルのメンバー達も荒木先生も費用が気掛かりだったが、参加費用は一人二千円に抑えることが出来た。

いかに都心の私立大学とはいえ、学生仲間のクリスマスパーティーを、国会議員の資金集めパーティーで使われるような赤坂プリンスホテルでやるのは異例であり、その上、この時期、秀は華やかな気持ちになれず、できれば欠席したかったのだが、荒木教授からクリスマス会の後、個人的に話があるので、一次会の後、時間を空けておくようにと言われ、自動的に欠席は許されなくなった。

荒木アドグルのクリスマス会は、赤プリ旧館一階の、プールサイドに面した部屋で行われた。この冬の時期、屋外プールは営業しておらず、時々、タバコを吸う学生が、風の冷たいプールサイドに出て、フェンス越しに青山通りを見下ろす、閑散とした屋外用パラソルの下のテーブルを囲んで喫煙していた。その日、アドグルのメンバーは、さすがに服装はフォーマルであったが、例年と変わらず賑やかに集まり、今年も何事もなかったかのように会は進められた。

秀も最終学年のクリスマス会で、最上級生の一人として普段と変わらぬ挨拶をした。美紀や矢部や山岸らともいつものような会話を交わしたが、純子の話だけには触れられたくなかった。秀自身、最近、その受け答えがストレートに表情に露出し、冗談として受け流す余裕がないことが自分で分かっていたからで、純子の話題の出そうなところからは出来るだけ遠ざかってい

た。会の終わり頃になって、荒木教授から、

「この会が終わったら、赤坂山王のホテルニュージャパンの一階の〝喫茶室槇〟で待っているから」

と念をおされた。秀も一度、牧師でもある荒木宗教主任に個人的にお会いしたいと思っていたところだった。

一次会のお開きにあわせ、幹事役の学生から二次会の予定の報告があり、秀も矢部らから誘いを受け、赤坂一ツ木通りの東京放送のビルの地下、ルピナスという二次会の店の名前だけは聞いた。一次会の終了と同時に秀は一階のお手洗いに寄って、そのまま赤坂プリンスホテルの玄関を出た。

半円を描くような車寄せの歩道から薄暗い青山通りへの坂を下り、弁慶濠に沿って赤坂見附の交差点に出た。青山通りの高架道路の下の歩道橋を渡り、真っ直ぐ山王日枝神社に向けて歩いて、ホテルニュージャパンの喫茶室に向った。制服のボーイがガードするホテルの玄関を入ると、ロビーの奥の売店などの並びの喫茶室槇は、席はゆったりしていたが、半分ほどの席が埋まっていた。やや遅れてみえた荒木教授は、席に着くなり、

「今日はなんの話か、わかっているかい」

「……およそ想像はつきますが、気乗りのする話ではなさそうですね」

「うん、……あの、君と親しい越後美人の女子学生のことだが……」

荒木教授が、山本純子のことをそういう言い方をされるのは、秀には若干意外であった。荒木教授は、山本純子の普段の学生生活についてほとんど情報がなく、その辺りを秀から聞きたいようであった。秀は一年前からの純子について知っていることの概略を話し、この夏、ゼミ合宿から上高地での純子の様子を簡単に伝えた。アドグル担任の荒木教授は、日頃から寮生を監督指導し、家族との窓口を担当する学生部厚生課からの、その後の報告を受けている様子で、

「山本純子の病名は心因性鬱病という診断で、再発らしいということであった。九月末、後期の授業が始まる頃から、急に食事が摂れなくなり睡眠も出来ず、十日間ほど夜になると苦しみ、十月四日、心配した寮監が学生部長と相談し、家族に連絡したところ、即日、母親と兄が迎えに来たので引き渡したという報告を受けている。今は自宅で療養しているようだが、十二月になって、父親名で休学願いが出されている。寮の部屋はまだそのままになっているようだ。これは君にだけ特別に伝えるが、口外はしないように」

と言われた。

秀には、衝撃的な言葉だった。あの気立てのやさしい純子が、そんな病に侵されているとは思いたくなかった。秀は荒木教授と喫茶室槇で一時間近く話し、教授と一緒にホテルの玄関からタクシーで、Mt大学青山キャンパスまで戻った。それから秀は荒木教授と別れ、夜道をいつものように歩いて広尾豊分町の下宿に帰り、自分の部屋にこもって、九月の上高地での純子

の写真を見つめながら、机に向かって独りで泣いた。この上高地での同じ写真を純子に送ろうかと準備していたがまだ送ってはいなかった。この写真では、純子はこんなに幸せそうなのに、その後いったい何があったのだ。

無性に純子に会いたかった。毎晩、広尾の辺り、きまって深夜十二時前に、豊分町から羽沢町にかけて、チャルメラを吹きながら、夜鳴き蕎麦の屋台が通って行く。いつか冬の冷えた夜、下宿の連中と駆け出して、夜の街角で屋台を止めて、ラーメンをすすったこともある。今夜も机に向う秀の心に、遠くで夜鳴きの音が悲しげに鳴いていた。

秀は純子への年賀状に、一年前の正月、純子が、今年はいい年になりそうだと、繰り返し言っていた言葉が耳から離れないと書いた。十二月二十日、白樺湖の夏のゼミ合宿の写真と、その後二人で行った思い出の上高地の写真で、一冊の小さなアルバムを作り、クリスマスプレゼントとして純子宛に郵便小包で送った。しかし、新しい年を迎えても純子の母親からの年賀状とプレゼントへの事務的なお礼状が届いただけで、純子本人からの返信はなかった。

新年一月は秀も最後の学年末試験に追われ、厳冬の日々を過ごしていた。下宿の秀の机の上の写真立てには上高地でのエンジの帽子の純子が微笑んでいた。同じ下宿の仲間の学生達は、その写真を見て、どこかの芸能人のブロマイド写真と思い込んでいるらしかった。秀は否定も説明もしなかったが、机に向かう度に雪国で病と戦う純子のことが気になっていた。

あれからもう四ヶ月になろうとしていた。山本純子が昨秋、病に伏せたことを知ってるはずの星野菜穂子から、学年末試験が終わったら一度お会いしたいという手紙を貰ったが、秀は、新しい就職先の期間前研修のため時間が取れないことを理由に会えそうもないと返事を書いた。純子に会えなくなって、秀は自分の意思をはっきり伝えるように変わってきていた。秀は今、会いたい人に会えないという心境の中で、ある意味、本心を隠蔽して菜穂子に会うことは、菜穂子に対して失礼であると思っていた。

学年末試験が終ると、大学は入学試験期間に入り、学生達は春休みに入る。四年生に残された行事は、学位記授与式と称する卒業式だけとなる。

9　空虚な卒業式

三月初旬、学年末試験の結果が出て、教務課の掲示版に、学部毎に今年度卒業生の名簿が張り出された。山田ゼミの四年生全員の卒業が決まり、卒業式を前に三年生主催のゼミの追い出しコンパが催された。秀にとって四年生のゼミ幹事としての最後の勤めであった。

昨年十二月、合格した来年度からの新ゼミ生の二年生十五人も出席して、三学年に及ぶ大人数で賑やかに追い出しコンパが行われた。送られる四年生が一人ひとり立って挨拶をし、後輩への言葉、特に新入生への言葉を述べた。司会を務める三年幹事の小田が、最後に四年幹事の山名秀を指名し、病に倒れ休んでいる山本純子の近況も合わせて、お話を聞かせ願いたいといった。秀は静かに立って、これからゼミの始まる二年生に向って語り始めた。

「三石信託銀行から内定通知を受けている山名です。さきほどから、一緒に学んだ仲間達の、今日までの長い就学期間を終え、学校という就学の場を去っていく者達の哀愁のような言葉を聞いていましたが、私の本心を申し上げると、ようやく巣立ちの時を迎え、これから自分の力で大空へと羽ばたく、輝かしい将来が目の前に開け、今、希望を胸にドキドキしてるのです。

振り返れば、四年間の大学生活は瞬く間に終わってしまいます。ここにいる二年生は、既にその半分を終えようとしている者達です。昨年十二月、このゼミを受験するに当たって、将来の漠然とした目標を立ててゼミ試験を受けたと思うが、二年前、自分がその頃を振り返ってみると、まだ、法学部の学生として、専門的なことはほとんど理解出来ていなかった。多分、二年生には今はまだ、何を学び、何を研究するのか、目標を立てることすら無理だろう。だから当分は、上級生の学ぶ姿の見様見真似で、我武者羅に前に向って進むしかない。そうしているうちに、はるか先に必ず道が開けてくる。勿論、学生生活では学問のほかにも社会人としての心得を積む訓練も要求される。Ｍｔ大学に学んだなら、キリスト教の精神を知ることも大事だ。自分が信仰生活をおくっていなくても、この精神を理解するだけで、今後、国際社会を相手にする上で、相手方のマインドが理解でき、適確な判断ができるようになるはずだ。それがお互い人間同士の信頼を育む、国際感覚とはそういうものだ。

また、できれば、おっくうがらずに恋愛体験の一つも経験したほうがいい。恋愛関係の構築は、我々学生にとって難問中の難問で、就職試験や学校の成績を上げることより、ずっと難しい。しかし、この時期、若者の心の底には必ずこの問題が横たわり、これから逃げ出しては人格形成に欠陥をきたすだろう。是非、何事からも逃げることなく、切磋琢磨し、多くの体験を得て欲しい。君たちはまだ失敗が許される。学生なら犯罪を犯すこと無く、大学を卒業さえすれば、それ以外の失敗は許される。その失敗が、卒業後の君たちの人生を変えてしまうほど深刻なものであることもあるだろう。しかし、それを恐れることなく、全力で突っ走ってみたらいい。結果は必ず君達を、より大きな人間に成長させてくれるはずだ。

……司会者から、山本純子の近況も話せという注文があった。二年生は知らないと思うが、山本は今もこのゼミの一員で、昨年十月から病に伏して休学している学生だ。……本心をいうと私は、山本の話はあまりしたくない。彼女に限らず、個人の病気に関わる話はプライバシーに抵触し、話すべきではないということもあるが、私は、かつてこの学生を山田ゼミに推薦した者の責任として、許される範囲で報告させていただく。三、四年生ならご承知のように、彼女は勉学の意欲に燃えて、このゼミに入ってきた。昨年九月の白樺湖の夏の研修合宿までは、ゼミの一員としてこのゼミの運営や幹事を支えていたことは紛れもない事実である。昨年十月、志半ばにして病に倒れ、このゼミの活動だけでなく、学生生活からも離脱しなければならなくなったことは、本人にとっても我々仲間にとっても、まことに残念であった。……いったい何が起こったのか、初めは信じられなかった。あまりにも突然だったから、……いうまでもなく、私は彼女を高く評価しており、だから本気でこのゼミへ入れようと推薦状を書いた。私は個人的にも、このゼミで一緒に学べることを心から望み、彼女が、このゼミを選んでくれたことを喜んだ。……なぜなら、私は彼女が好きだったから、勿論、今でもその気持ちは変わっていない。いや、会えなくなってその気持ちは、より深まったかもしれない。それははかない片思いであるのかもしれないが、そんなことは問題ではない。……そんな心から好きな人が今、遠いふる里で独り病気と戦っていることを思うと、胸が張り裂けそうな思いだ。

……彼女と会えなくなって、私は毎朝、大学礼拝堂で、彼女の一日も早い復帰を願い祈り続けてきました。私は自分が卒業するまでにもう一度、あの山本純子の元気な姿をこのキャンパスで見たかったから、……今はただ、その願いが叶わなかったことが無念です。

……純子が途中で抜けてしまい、色々な意味で三年生の皆様にご迷惑を掛けたこと、許してやってください。純子が復帰する日には温かく迎えてやってください。お願いします。

……彼女の近況というより、自分の心情を陳述するお話になってしまいましたが、送別に免じて、許して欲しい。皆さんも健康には気をつけて頑張って欲しい。我らが山田ゼミの益々の発展を祈ります。今日は我々の門出を祝い、盛大な追い出しコンパを開いていただき、有り難うございました」

　マイクを持った秀の手は震えていた。秀が話し終えると、堀内が涙目で寄ってきて秀の手を握った。秀は強く唇を噛んで、堀内の手を握り返した。これだけでお互いの気持ちは通じていた。恭子も由美も改めて、秀の実直さを感じていた。最後に司会の小田が、

「有り難うございました。ゼミ幹の山名先輩にトリで締めていただきました。締めにふさわしいお話でした。法学部のマドンナと言われる山本純子との熱い恋仲のお話、『たとえ片想いであっても、自分は彼女が好きだ』と堂々と言われました。私は感動して聞いていました。昨年九月、白樺湖の合宿所で山本純子本人の言葉で、『山名先輩を好きだ』と言っていたのを、私は聞いています。その時、山本は若干酔っ払っていましたが、……当時、山本は山名さん以上に山名先輩のことを好きでした。私が確たる証人です。多分、山本純子の気持ちは、今も変わらないと思います。この山名先輩のためにも山本に早く元気になって欲しいと思います。

　……四年生の皆さん、本日まで本当に長い間、ご指導いただき有り難うございました。お蔭様で、私どももようやく一人立ちできるところまで、成長したと思っています。これからも山田ゼミの伝統を守り、ここにいる二年生に、確実に引き継ぐ覚悟でいます。今後ともご指導のほど、よろしくお願い申し上げます。このたびはご卒業おめでとうございます」

　Ｍｔ大学の学位記授与式（卒業式）は三月二四日、暖かく春めいた好天気の中、行われた。

一九六四年秋、東京オリンピックの年に竣工した記念体育館で、今年も大学全学部の卒業生と大学院の修了者に学位記が贈られた。卒業生、来賓、保護者合わせ八千人以上を一堂に収容し、盛大な式となった。この晴れ晴れしい日を迎え、多くの人から祝福され、社会に巣立っていく区切りの日でもあった。振り返れば小学校の入学式から実に十六年以上が経過していた。ゼミの仲間もアドグルの仲間も皆、濃紺の背広にネクタイ姿で、学生最後の日を迎えていた。女子学生はほとんど黒のスーツで、中には振袖姿も見られたが、卒業式はスーツ、謝恩会は振袖という女子学生の流行が定着しつつあった。

秀は後日、永田町の東京ヒルトンホテルで予定されている卒業委員会主催の恩師への謝恩会には初めから欠席で返事を出しており、この卒業式が本当のお別れの日であった。いつも山田ゼミの連中が溜まり場としていた五号館前の芝生の広場は、その日、卒業生やその家族で混雑していた。その青春の思い出の詰まった学園広場で、山田ゼミの四年生が最後のミーティング(?)を行っていた。

その時、その十人足らずの小さな塊《かたまり》の近くを星野菜穂子が通りかかった。秀はミーティングの輪を抜け、菜穂子を呼びとめ、しばらく立ち話をした。菜穂子は、当座の勤務場所は丸の内のパンナム東京支社になりそうだと言っていた。秀も未だ配属先は決まっていないが、五月までは、日本橋の三石信託銀行本店の研修センターに通うことになりそうだと伝えた。丸の内と日本橋、お互い徒歩で行き来できる距離である。秀の新しい住所は新宿区落合の銀行の独身寮

で、来週引っ越す予定であると伝えた。菜穂子のほうから、

「これからお互いに忙しくなりそうだから、当分、会う機会もつくれそうもないわね」

と言った。秀も昨年十月、ぽっかり空いた心の穴を塞ぐのに、これからどれだけの時間を要すのか分からなかった。まだ純子が戻ってくることを諦めたわけではなかった。

「君は住所、変わらないだろう？　電話番号も……」

「うん、気が向いたらまた連絡してよ。……あなたのお陰で学生時代楽しかったあ、有り難う」

「俺もだよ。東京に出て来て西も東も分からなかった頃、君にはいろんなこと教わったね。一つひとつ大切な思い出として、心の中にしまっておくよ」

「お互いにこれからは、前を向いて生きていく中で、きっとまたこの大学の図書館を思い出すことがあると思う。一階の喫煙室で、あなたが現れるのを待っていた頃のことを……」

「……俺、田舎育ちだから、鈍くて気がつかなくて、長い間待たせて、悪かったね」

「ううん、……私もあの頃は、一生懸命だった。毎日ドキドキしてたし、楽しかったあ」

「……」

「それじゃあ元気でね。……年賀状ちょうだい」

「うん、俺もね……」

もうすぐ、希望に燃えて世界の空で活躍するであろう星野菜穂子が、黒いスーツ姿で白いブ

ラウスの襟を覗かせて、今、背を向けて去っていく。秀は五号館前の広場の一隅で人ごみの中に消えていく星野菜穂子の後姿を呆然と見送っていた。

四月、新年度が動き出し、各企業の入社式が行われた。秀も三石信託の新入社員として社会人の仲間入りをした。

企業の社員教育は給料を受ける身として教育されるだけあって、緊張感のある研修であり、同期入社仲間の熾烈な競争のスタートでもあった。自分が選んだ業種の専門家を育てていく、有難い教育でもあった。それぞれの働きが社会の役割を担い、会社に利益をもたらし、日本の経済発展の為、より多くの成果を上げるために努力しなければならないと教えるもので、会社の利益を上げ、株主への配当のためどのように知恵を絞り、体を動かすかが基礎にあった。

都内、いや全国の大学から厳しい採用審査によって集められた精鋭達がスタートラインに並んでいた。毎日、遺産相続に関する法令や不動産評価に関する問題など、ペーパーテストや適性検査が、まるで総合病院の健康診断のように繰り返し行われ、その結果データによって、具体的な職場が振り分けられ決まっていくと思われた。朝起きると独身寮の食堂で同じように朝食をとり、無地の濃紺の背広を纏い、同じ時刻に出社していく。これから四十年に亘るそれぞれの人生が今、始まったという思いであった。

緊張の中で五月の連休を迎え、一息入れる暇もなく直ぐに配属が決まり、今度は現場の挨拶回りが待っている。初めは支店内の同僚銀行員への挨拶、来客の接受、電話の応対など店の仕事にやっと慣れた頃、いよいよ最も大切な顧客への挨拶回り、先輩の行員に付き添われて、一軒一軒紹介され、一箱百枚入りの名刺が飛ぶように出て行く、ようやく社会の一員になっていく行程である。その間、書類の種類、その書き方、処理の仕方、段取り、システム、覚えることが目白押しに並ぶ。

入社直後の適性テストの成績上位者は六月、再度研修センターに集められ、ニューヨーク支店研修となる。なぜか秀もその中に選ばれ、多忙の中、有楽町の都庁（交通会館）に赴き、米国渡航のためのパスポートをつくり、六月にはあわただしく世界の金融ビジネスの中心、ニューヨークウォール街へと旅立っていった。

10　新潟に見舞う

山本純子は、新学期が始まっても復帰出来ないでいた。家庭の中での生活は投薬によって普通に送れるようになっていたが、まだ通院時の外出は、必ず家族が付き添っていた。毎日、家の中で新聞や本を読んで過ごし、時々、母親の家事を手伝っていた。一時、食事が出来ず、やせ細っていた体もようやく元に戻りつつあり、純子らしい穏やかな美しさも少しずつ戻ってきていた。純子本人は早く東京の大学に戻りたいらしく、医師の指導には素直に従っており、早期快復を願う意欲は感じられた。昨年末、秀がクリスマスプレゼントとして贈った、純子の写真を綴ったアルバムを自室の机の上の本棚に並べ、暇さえあれば取り出して眺めるほどになっていた。

父親が純子に、

「今、純子が一番やってみたいことはなんだ」

との問いに対し、

「早く、東京の大学に戻りたい、いつになったら戻れるの？」

と、聞き返した。

「純子は東京に行って何がしたいんだ？」

「大学に戻って、ゼミの授業に出たい。皆と話したい」

アルバムの上高地の秀の写真を指して、

「この人に会って、元気になったことを知らせたい」

「……その人は、もう卒業して大学には居ないだろう？」

「東京のどこかに居るはずよ。私を待っているはずよ。お父様、この人一度、新潟に来ていただいて、……私、お会いして、このプレゼントのお礼を言いたいから……」

「うん、……純子の状態がもう少しよくなったらね」

「……もう少しよくなったら？　……そうね、お父様、約束ですよ」

「うん、……この人が来てくれるといったらね」

「彼は連絡が付けば、絶対来てくれるから……きっと、私が元気になるの待っててくれてるから……」

「うんうん、……わかったよ」

　それから、ひと月ほどして七月初め、純子の父、北越製鋼株式会社社長、山本亮二は、新潟市の会社から東京日本橋の三石信託銀行本店にいる知人に電話を入れて、今年入社した山名秀の配属先と連絡先を調べてくれるよう頼んだ。すぐに返事があって、山名は今、新人研修でニューヨーク支店に出張しており、日本に帰るのは八月中旬になる。配属先は現在、新宿支店だが、帰国後変わる可能性もある、ということであった。


　毎日、投薬を続けている純子は、日に日によくなって明るさも戻っていた。

「お父様、あの人はまだ来てくれないの……」

「今、彼はニューヨークで研修を受けているらしいよ。帰国するのはお盆の頃になるということだ……」

「あの人、今、ニューヨークに行ってるの？　……パンナム航空で行ったのかな」

「……？　そんなことわからないよ」

「多分この四月からパンナムに、彼がお付き合いしていた人が勤めているの。客室乗務員として……」

「パンナムの客室乗務員なら、国際線だね」

「パンナムにはニューヨーク便もあるんでしょう？」

「詳しいことは分からんが……」

「そう、山名さんね、学生時代ずっとその人と交際していたの」

「その人と今もお付き合いしているのかい？」

「どうかな、私がこんな病気にならなかったら、私と交際してくれたんだけど、彼また彼女のほうへ戻ったかもしれないね」

「もし、戻っていたら、電話してもわざわざ新潟まで来てくれないだろう」

「いや、あの人、会いに来てくれると思う。私が是非と頼めば彼は必ず応えてくれると思う」

「その人、純子のことまだ、覚えているのかな」

「忘れるわけない、彼が贈ってくれた写真見たでしょう、私以上にまじめな人だから、……私がこんな病気にならなかったら、ずっと今も親しくできたのに……」

「そうだろ、早くよくならないとね。自分で何でもできるようにならないとね」

八月十日、東京の山名秀から新潟の純子の自宅に電話があった。たまたまその時、純子が直接受話器を取り、電話に出た。純子は、十ヶ月ぶりに秀と直接話ができて、初めは泣いてばかりで話にならなかった。

「まだ、こうして電話しないほうがいいのか？」

「ごめんね。……大丈夫、秀さんアメリカに行っていたんだって？」

「うん、昨日昼過ぎに、羽田に帰ってきたんだ。今日、久しぶりに新宿の店に顔を出したら、自分のデスクの上に数件の連絡事項が載っており、その中に帰国したらこの番号に電話するようにと連絡メモがあったんだ。……純子、もうすっかりいいのかい」

「秀さんにはすっかりご心配かけたわね。……ごめんね」

「そうだよ。急に俺の前から消えてしまって、全く状況がわからなくなって、あれからずっと音信不通だろう？　俺、純子の病状が気掛かりで、卒業の頃まで毎日、暗い日を送ったよ。就職して忙しさにまぎれて、最近ようやく明るさを取り戻したところさ」

「ごめんね。やっとここまで快復したの。……未だ毎日、薬、続けているけどね」

「九月から東京に戻って、大学に復帰できるのかい」

「それは未だわからない。時間がかかるらしいから、焦らずにと思っている」

「そのほうがいいよ。だけどうれしいなあ、もう純子とこうして話ができないのかと思っていたから……」

「先月、堀内君が電話くれてね。学校での色々なこと話してくれた。元気だったら私も今頃四年生で、サブゼミで後輩の指導をしてたと思う……、それから三月の追出しコンパでのこと聞いたよ。山名先輩のお別れの言葉、みんな感動して、涙したと言っていたよ」

「そうか、……思い出すと恥ずかしいが、日頃思っていたことを一気に口に出してしまって、あの時ほど、純子がいないことが寂しかったことなかったね。卒業までには帰ってきて欲しいと願っていたから……」

「……ねえ、今すぐお会いしたい。……お願い、新潟に来てくれませんか」

「……今すぐと言われても、俺もすぐに会いたいが、今すぐ飛び出しても、夜中に会うわけにもならんから、明後日の土曜日の昼まで待ってくれないか。……それで純子、外出できるの？出来ないなら、お宅に伺ってもいいよ」

「私、外出できるから、……明後日、八月十二日の正午、西堀通りのホテルミラノのロビーで待ってる」

「……ちょっと待ってよ、西堀通りといったって、俺、新潟よくわからないよ。……古町から近いのか？」

「そう、新潟駅からバスで萬代橋を渡って、古町の交差点でバスを降りて、次の小林デパートの交差点を右折ね、そこから約三百メートル左側。新潟でホテルミラノと言えば、誰でも知ってるから……」

「うん、……たぶん新潟では有名なホテルだろうからわかるだろう。……八月十二日、正午だね。了解。早速、交通公社に行って、切符を取らなくては。これからお盆だから電車、混んでるんだよな」

「ごめんね、秀さん、……他の予定もあったんじゃない？」

「そうだよ。……でも純子に会えるなら、全部キャンセルだ」

秀は、交通公社新宿支店に電話を入れ、十一日の朝の特急第一ときを求めたが、指定席は全部売り切れで、十一日の夕方、「特急第二とき」十六時四五分上野発の指定席があり、それとホテルミラノのシングル室、十一日から二連泊を予約した。


八月十一日、この日の午後、関東地方は午後から、雷雨による停電で電車が遅れ、秀が新潟駅に降り立ったのは、夜二十二時半だった。駅前からタクシーでホテルミラノまで、新潟の街は雨上がりで、路面が濡れて光っていた。夜が更けても車の往来の多い柾谷小路を萬代橋までの間、何度も赤信号に掛かりながらタクシーは走った。

「運転手さん、四年前の大地震の復興はすっかり終わったようですね」

「表向きはもう何もなかったように見えますが、まだまだですよ。昭和大橋もそうだし、その新潟交通の本社ビルも陥没したままだし、信濃川の河口の方では、未だ手が付いてないところもありますよ」

「昭和大橋の橋梁落下や信濃川河口の石油タンクの火災が象徴的だったけど、街全体が大きく揺れたんだものね。当時騒がれた液状化現象というのもあって……」

「そうですよ。地震の直後、大津波が押し寄せるという噂が飛んで、みんな信濃川の土手を上流に向って走って逃げたり、大変でしたよ」

「……話変わるけど、こちら、今日ずっと雨だったんですか」

「いや、夜になってから、夕立のようなにわか雨ですよ。お陰で涼しくなりましたがね」

萬代橋の袂《たもと》にドーム型のナイトクラブの建物が不夜城のように白く浮かび上がっていた。車は電電公社の電波塔の下を過ぎ、夜も更けて人通りの減った古町の交差点を越し、純子が言っていたように、次の小林デパートの前の交差点を右折して西堀通りに入り、そこからホテルまではすぐだった。秀にとって、純子が生まれ育った新潟市を訪れるのは、今度が二度目だった。一度目は大学一年生の時で、その時は、新潟には数時間立ち寄って、金沢に向った。勿論その頃、純子を知る由もなかった。彼女がまだ県立女子高に通っていた頃であった。

ホテルミラノはこの地では歴史のあるホテルらしく、格調の高さを感じさせた。秀も深夜のチェックインで周囲に気遣い、静かにシャワーを使い終わると、バスタオルで濡れた髪を拭きながら、窓のカーテンを開いて、窓下の西堀通りを眺めていた。洒落た街灯に照らされた薄暗い通りを、ライトを点けた車が時折走り抜け、街は静かだった。さっき通って来た駅からの通りに面して建つ、電電公社の電波塔の赤色警告灯が夜空に点滅していた。深く考える暇もなかったが、今、純子の住む街へ純子に会うために来ていることを思い返していた。一夜明けて十二時間後には、あんなに会いたかった、あんなに心配をさせた純子がここにやってくる。今夜は簡単に眠れそうになかった。

「そうだ、俺は数ヶ月前、みんなの前で純子を愛していると宣言したんだ」

あの時の堀内の眼が、いや、みんなの眼が、

「そうだ、その通りだ、純子を助けてやるのはお前しかいないのだ」

と激励してくれているように思えたのをはっきりと思い出していた。

室内の冷房が効きすぎているのか、シャワーの後の汗が引き、時間とともに首筋が冷やりと感じられた。空調の調整の仕方がよくわからず、愚策はわかっていたが、窓を少し開け、室温を上げるほうが簡単な解決策だった。窓を開けると日本海が近いせいか、汐の香りのする湿った風が室内に入ってきた。秀は暫らく、ニューヨークの研修で資料として配られた、英文で書かれた米国の不動産取引法の解説書を広げて読み始めた。すでに日付も変わり、睡魔が寄せてくるのを待っていた。

翌朝は六時に目が覚めた。純子のことが気になり眠っていられず、早々に髭を剃り、着替えて朝の街に出た。古町通を白山神社まで、人通りのないシャッターの降りた朝のアーケード街を歩いた。突き当たりの白山神社に参拝し、純子の快復を祈った。それから来た道を大和デ

パートまで引き帰し、柾谷小路と交わる古町交差点をこんどは萬代橋に向った。生鮮食料品の卸売市場のある東掘り通りや本町通りは、既に街が動き始めていた。鏡橋の交差点を過ぎると信濃川は間近に迫った。萬代橋で手前の河岸を左折し、左岸を下流に向け歩き、暫らくしてもう一度左に折れて、明治、大正時代の古い洋風の建物を残す通りを眺めながら、ホテルに戻ったのは八時近くであった。

ホテルのレストランで朝食をとり、食事後三十分ほど自室で朝刊を見ながら過ごし、今度は寺町周辺を散策するために再びホテルを出た。西堀通りを北に向かい左に折れ、お寺の並ぶ町を廻り、田中町の路地から海を目指す。海沿いの松林が続く砂山を越し、テトラポットの並ぶ砂浜に出た。冬の強風が引き起こす日本海の荒波に浸食された海岸線は、幾重にも並べて置かれたテトラポットによってやっと守られていた。砂浜の海辺から見渡すと、遠く信濃川の河口あたりに石油精製工場のタンクや煙突が見えていた。反対側の新しい信濃川放水路（関屋分水）に掛けては、競馬場の跡地など、学校用地や新しい新潟のベッドタウンに生まれ変わりつつあった。純子の住まいもこの方向だろうと想像していた。天気はよく、陽射しは今日も朝からきつかった。十時半にはホテルに戻って、シャワーを使い、久しぶりに浮き立つ心を静めるように、純子との面会に備えた。

いつものように純子は約束の正午より十分ほど早く、ホテルに姿を見せた。白の薄手の半袖のワンピースに身を包み、ややヒールの高い靴を履き、長い脚を膝上から覗かせていた。純子は、今までとまったく変わりなく美しく、やはり秀に新たなときめきを感じさせた。初め、純子はホテルのロビーの入口付近に暫らく黙って立っていた。目に一杯涙を溜めて黙って立っていた。秀も久しぶりに会う純子の美しさに心が昂ぶって、席から腰を浮かせたまま、暫らく声も出なかった。

「……以前と全然変わっていないね。長く病気で休んでいたようには見えない、安心したよ」

「……ご心配掛けて御免なさい。……今日はまた、こんな遠くまで来ていただいて、申し訳ありません」

「そんなこと気にするなよ。それより、もうすっかりいいのかい？」

純子はその美しい頬に左の手を当てながら、

「食事や睡眠は完全に元に戻っているんですが、まだ、朝夕、薬のお世話になっているんです」

「そうだね、まだ声に元気がないぞ、……今日はどのぐらい時間が取れるの？」

「夜まで大丈夫ですよ。折角遠い所を来ていただいていますから、貴方がお望みの時間まで……」

「途中で疲れたら、遠慮なく言ってね。俺、今一番望んでるのは、純子が早く元通りに快復してくれることだから、そのためには出来るだけのことは協力するからね」

「……有り難うございます」

「去年九月、上高地から帰って、一週間ぐらいで大学の後期授業が始まり、お彼岸のあと二度ほどサブゼミに出席したよね」

「一回だけです。後期授業には十日間ぐらい出ましたが、最後の三日ぐらいはつらかったです。夜眠れなかったから……」

「俺、最後に会ったのはいつだった？」

「多分、後期一回目のサブゼミの時ですよ。その後はお会いしてないと思います。私、ノートに簡単な日記を書いているんですね。後期の最初のサブゼミの辺りまでは書けたんですが、その後はもう見ても文章になってないんです」

「そうなると、自分でも苦しいんだろう？」

「そうですね。肩とか腰とか痛くて、自分自身がコントロールできなくなって、挙句の果てに大声をあげたり、泣き叫んだり、寮の同室の人に迷惑を掛けたと思います」

「……薬も効かなくなるわけ？」

「自分がコントロールできるうちに飲めば効くんですが、判らなくなると飲みませんから……」

「それでこちらに帰って、入院したの？」

「いいえ、ずっと自宅で休んでました。病院から薬をもらって、ドクターに往診していただいたり、ソーシャルワーカーの方に訪問していただいて……」

「その間、時間とか、日にちとかわかっているのかい？」

「ほとんど判らないですね。昼とか夜とかは判りますよ。今日が何月何日だとか、日曜日だとか、そういう感覚はあまりないです。強い薬でボーっとしているだけです。少しずつ判りだしたのが、年が明けて二月くらいからです」

「年賀状の頃は、未だ正常に意識が戻っていなかった？」

「そうですね。送っていただいたアルバム、有り難うございました。あれ見始めたのは四月頃からです。皆さんから頂いたお見舞いのお便りや年賀状を見たのもその頃ですね」

「ところで、こういう話を聞いたり、言ったりするのは、快復過程で構わないの？」

「もう問題ないと思いますよ」

「俺、一番気になったのは、君がこういう病気になったのは、俺に原因があるのではないかと心配したね。そのあたりはどうなの？」

「この病気の原因はよく判らないですね。言えることは解決できない問題を抱え込んで、八方塞がりになって、しかも不安になってくると普通悩みますよね。それがよくないと思うんですね。また、物事が順調に進んで、張り切りすぎて精神的に疲れてしまう場合もあります。よく判らないですね。……疲れているのに不安で眠れない」

「今回が初めてじゃないの？」

「ええ、実は二度目なんです。一度目は高校二年生の時、この時は、三ヶ月ぐらい学校を休みました」

「これから学校はどうするの？」

「復帰したいですが、また、三年生からやり直しですよね。父は無理するなと言ってくれてます」

「俺もそう思う。自分の体だ、健康が最優先だよ。大学、出なくてもいくらでも生きていける。大学出ない奴、一杯いる。君は能力もあって惜しいけど、ここで無理することないよ」

「今は私、生きるのに精一杯なんです。やりたいことも一杯あるんですが、一歩一歩、無理をしないようにと思っています」

「今日は俺が一日、君の傍にいるから街に出てみるかい。いい店があったら案内してよ」

「うん、この街でいつか、あなたと行ってみたいと思っていた店がありますから、何軒か付き合ってね」

「ああ、いいよ。どこでも付いていくよ」

「お昼、まだでしょう？　ここのレストランも評判いいんですよ。本場のイタリア料理なんか」

「そうだね。ここでお昼済ませて、それから出掛けようか」

「秀さんは、こちらにはいつ来られたんですか」

「昨夜遅く、ここで泊まって、……今日もここに宿泊し、明日帰る予定だよ」

「……明日の何時ごろ？」

「十八時発の特急だったかな。……明日中に東京に帰ればいいんだ」

「……それじゃあ、明日も会っていただけますか」

「うん、純子に会うために来たんだ。君さえよければ……、いや、出来れば明日も会いたいな」

「ふふ、……社会人になっても全然変わらないんですね」

「いやあ、これでも苦労してるんだよ。……サラリーだってもう四回もらっているから、初めてのボーナスの支給の頃、日本にいなかったんだけど、ニューヨークでもらったよ」

「……それじゃあ、お昼ご馳走になろうかな」

「ああいいよ。……本当は、純子が元気だったら、四月、初サラリーでデートしたかったんだ。……俺、そう願っていた。四ヶ月遅れだけど、やっと夢が実現する、ご馳走するよ」

　ホテルのロビーから、明治初期開業の伝統を誇るレストランに移動して、昼食をとった。秀は、久しぶりに会う純子を目の前にして、辛かった十ヶ月あまりの思い出が今、小さな泡粒のように一つひとつはじけて消えていくような気持ちになっていた。そんな中で三月、追い出しコンパの時、みんなの前で苦し紛れに「俺は純子が好きです」と言った日が、夢のように浮かんでいた。俺はやはりこの人が好きなんだと、もう一度心の中で確認していた。

　レストランのテーブルに向かい合い、大きな品書きを手にし、純子が注文したものと同じものを注文し、そして出てきたものを、気持ちよくお腹に収めたのだが、そのことはほとんど記憶に残らなかった。そして二人は炎天下の街に出た。純子は日傘を手にしていたが、それを広げようとしなかった。日頃から無頓着な秀は、日傘を翳《かざ》しかけてやる程の細かな配慮は持ち合わせていない。それでも古町通のアーケード街に入ると、強い日差しからは逃れられた。

純子は歩きながら時々、見るからに老舗らしい店の前に来ると、その店の創業の由来とか、子供の頃からの思い入れとかを交えて説明してくれた。純子が秀を連れて行きたいと言っていた明るく洒落た感じのサロン風喫茶「田園」は、古町通の北寄り、古町九番町にあった。店内はゆったりと広く、席数の割に客は少なかった。モーツアルトの曲と思えるクラシック音楽が静かに流れる店内で、二人でゆっくり話し合った。

「この店、よく来るの？」

「いいえ、年に二度か三度、いい感じでしょう？　私、ここお気に入りなんです」

「うん、心が落ち着くね。席に着いて癒されるような感じがするね。それが喫茶店の一番大事なサービスだよ。……新潟の街って、日本海側にあるのに文化的に東京に近いような感じがするね。街並みだけでなく、店に並んでるものやその陳列の仕方、看板や広告灯など見ていると東京にいるみたいだね。多分、この街の商人達が商才に長けているんだろうね。目が利き、鼻が利き、耳が利き、大都会の熾烈な競争に勝ち残った進んだ文化をうまく取り込む感性なんだろうね」

「そうですか……。秀さんの郷里ではどうですか」

「山陰地方は町によって違うんだ。松江、米子、鳥取と並べると、商才に長けているのは米子かな、街の規模にしてはやることが派手なんだ。多分ほとんどの店が背伸びをし、銀行のお世話になっているだろう。関西圏ということもあって、街並みや店構え、ウィンドウケースとか、大阪の真似がうまい。それに比べ松江や鳥取は、もともと藩主の居城のあった城下町だから江戸時代からのお抱え商人達の伝統的な地方文化が残っていて、なかなか脱皮できないでいる。それだけに町の特徴もあって、味もある。俺の故郷、境港は古い港町で、千石船や北前船の寄港地だから、昔からよその土地の人も混っているし、今は漁業基地だったりして、住んでる者には感じないけど、言葉使いもやることも周辺とは文化が違う。周辺の人からは港町らしく豪快で荒っぽいと言われてるね」

「秀さんは全然、荒っぽくないですよね。……都会育ちって感じですよ。純朴だけど……」

「そう？　ありがとう、と言っていいのかな。俺の町の水産高校、その学校の制帽をかぶって歩くだけで、周辺の町の高校生が近寄らないようにして逃げていく、中学時代の友達で水産高校の柔道部の主将なんか、まるで番長扱い、本人は全然そうでなくても周囲がそうしてしまう」

「新潟でも街の中と周辺部の在とは、全然違うんですよ。市街地からちょっと外れると田んぼばかり、文化もしきたりも違いますね」

「純子のご両親は、新潟市内の人なの？」

「今は両親ともそうですね。私の本当の母の実家は、もうちょっと北になる村上市です」

「えっ、純子の実のお母さん……？」

「はい、……私が、小学校五年生の時に亡くなってるんです」

「へー、そうなの？　……その後、お父さんが再婚されたのか……」

「そうなんです。……私、母がいなくなってずっと寂しくて、来る日も来る日も泣いてばかり、それでこんな病気になったんです」

「そうか、……そうだよな、小学校五年生といったら多感な年頃だもんね。可愛そうに……」

「勿論、父や兄は一緒にいたんですが、父は仕事人間だし、私は子供の頃から母にべったりでしたから、その母が急に入院し、ひと月で亡くなってしまいましたから、……ショックでしたね」

「そうだろうな、俺は子供の頃から両親の傍にいないから、独りで生きていくの平気だけど、いつも傍にいた人が突然いなくなったら、寂しいよな。……そうだったのか」

「もっとしっかりしなければいけないのよね。もう大人になってるのだから……」

「いや、そういう悲しみは、年齢関係ないよ。純子は優しいから……」

「今回もね、あなたが上高地へ連れてってくださって、私、ほんとうに嬉しかった。久しぶりに幸せな時間を過ごした気になっていたの。あの後、ずっと気持ちが昂ぶって興奮していたようなのね。眠りが浅くて……。それで後期の授業が始まって、さらに緊張して疲れが出て、突然、墜落していったのね」

「……やっぱり、俺が原因をつくっているようだね」

「いや、それは違う。私ね、母を亡くして、それからずっと何かを引きずったまま、大学に入ったのね、それまではずっと自分を悲劇のヒロインとして演じていた気がする。それが大学に入って、ある日、大学の図書館であなたに出会って、自分の心が外に向き始めたのがわかってきた。あなたに近づきたいという目標ができたんです。それから私なりに心を痛め、あるときは恥を忍んで、あなたに近づいていった。その一年半ぐらいの時間を費やすうちに、次第に重苦しい亡き母の呪縛から解き放たれて、東京で自分が自由になっていくのがわかったんです。だから、私にとって、あなたの存在は大きかったし、今も感謝していますよ」

「そうだよな、戻ってこない過去をいくら追っても無駄だし、前向きにならないと希望が持てないよな」

「私の人生の中で、あなたと上高地で過ごした時間は、多分最高の時間となると思います。今後あの時以上の時を過ごすことは、もうないかもしれません」

「そんなことないだろう、これからもっともっと、感動的なことがあるよ。強く希望を持って、前進していかなくてはね。今だって、君の郷里に伺って、久しぶりに君と会って、こうして素敵な純子と話している。時間が経って振り返れば、掛け替えのない時となるに違いない」

「いいえ、こうして話していても、あの時とは違う。あの時はもう戻ってこない」

「それでは俺もすでに君にとって、亡くなったお母さんと同じように、過去の人間になってしまったということかい」

「そうではないんです。あの時は、本当に長い間我慢していて、カラカラに乾いていた喉に冷たいおいしい水を柄杓で一杯いただいたような、そんな気分でした。上高地の空気が私の身体を気持ちよく包んでくれて、夢に描いていた、あなたのやさしい思いやりが、私の心の中に広がっていくのを身体の細胞の一つひとつで感じていました。徳沢園の小さな部屋の裸電球の下で二人っきり、あの時のあんな気持ちになることはもうないでしょう。あの時のように、あなたをあんなに欲しがることは……」

「そうか、もう俺は君の身体の中に浸みわたってしまったのか、あの時の感動を再び、呼び戻すことはもう出来ないというのか……」

「私だけのように言わないで、あなたの中でもそうじゃないですか、……今、病み上がりの私に恐る恐る近づいて、遠くから様子を伺っているようなところないですか……」

「……うん、そう思うかもしれない。しかし、自分ではっきり言う、それはないぞ。……俺はなにも隠さない。初めて君の病名を聞いた夜、エンジの帽子をかぶった君の写真の前で、俺は一晩中泣いた。夢であって欲しいと……。事実を受け入れる前に、否定したかった。そんな現実から離れたかった。しかし、時間が経つに連れ、人が人を愛するということは、もっと深いものだと判った。自分が純子を愛しているということは、病気で休んでいることなど些細なことで、愛とは、そんなものをはるかに超越した聖霊のような存在であることがわかった。その時から、俺は純子を愛していることの本質を究め、そこから逃げないと決めた。自分の祈りの中で神にその心情を訴え続け、力添えを請うた。最愛の純子をあなたの力で助けて欲しいと……」

「……ずっと今日まで、あなたに会いたかった。しかし、今は、以前のようにあなたを強く愛し続けるだけの気力がない。こうして新潟まで来ていただきながら、御免なさいね」

「それはまだ、君自身、薬の助けを受けてるからだ、だから今は、無理しなくていい。早く元気になってくれればいい。何が何でも自分のものにして、がんじがらめにしておくことが、愛であるとは思わないから……」

「……秀さん、新しい職場、お仕事のほうはどうですか」

「うん、大学生の生活はパラダイスで、それが終わると後は馬車馬のように働かされる、地獄のような生活が待っているのかと思っていたが、実際はそうではない。勿論、仕事だから、学生時代のようなわけにはいかないが、あらゆる方面から自分の能力が試されるのが職場なんだ。その意味で緊張感があって、不安の中でも心地いい」

「闘争心を掻き立てるってわけですか」

「俺は初めから、新人仲間のトップに立とうという野望などないし、それより自分がこれから関わる仕事が、どれだけ世の中の人々の為に成っているかと言うことを実感し、そこから広がりを持って、より役に立てればいいと思っている。短期間ではあったけど、アメリカの世界をリードするビジネス社会を見させてもらって、本場の資本主義社会は、一にも二にも金儲け、これが総てであり、それがビジネスマンの宿命であり、全能力を傾注すべしだったよ。……その脇に人助け、社会貢献があり、ボランティアや人道支援、そんなものが富を得た者の義務として存在し、それを怠ると——儲けっぱなしでは社会から非難され、段々相手にされなくなり、挙句には抹殺されるという仕組みが出来上がっている。それが現在の資本主義アメリカ社会だ。日本人は、今までそんな道を歩んでこなかった。これからも、同じ資本主義社会を歩むにしても、そういうアメリカと同じ道は歩まないほうがいい。日本人は仕事を通して他人を思い、世間様のことを思い、皆の幸せに結びつかなければ、仕事の意義はないという立場で、その気持ちで仕事に向かい合えばいいと思う。つまり日毎、人様のお役に立つ仕事に精を出していれば、自ずと自分が生きていくだけの施しに預かることが出来る。こういう儒教的というか、古い日本の教えのほうが立派ですよ」

「私は今、アメリカから帰ってきたばかりの新入社員さんに、研修の成果を教えていただいたんですが、日本の企業は新人さんにそんなことを考えさすために、海外研修にお金を使うのでしょうか」

「……さすがに純子は、鋭いね。そうなんだ、これから研修のレポートを十日以内に作成して提出せよといわれているが、今、俺が言ったような本音の部分は書けないよな。だからアメリカ資本主義のいいところだけを取り上げて、見てきたことを約八割は書き立てる。しかし、我々が当面、日本人を相手にビジネスを展開する上において、日本人の心を大切にする中で、世界のスタンダードの取捨選択を迫られる。そのことを具体的に列挙して、結論に結びつけようと考えている。純子が言うように、今の自分にとってはスポンサーである雇用主の企業が何を学ばせたかったかを賢く察知して、価値判断が合致する、感動的なレポートを仕上げることが求められているからね」

「これからは秀さん、純朴だけでは、波に乗っていけませんよね」

「うん、君は、さすがに社長さんのお嬢さんだ。経営者側に立ったものの見方が出来るんだね。その鋭い感覚でしたたかに生きること、これからも時々仕事の相談に乗ってくれよ」

「いいですよ、いくらでも相談に乗ってあげる。ただし、顧問料いただこうかしら……」

「……怖そう？　今年の就職戦線はどうなんだろう。堀内から情報がはいっている？」

「うん、この間の堀内君からの電話によりますと、堀内君は安田火災、柴田君は富士銀行、小田君は日産火災、恭子が東京海上、由美は日本航空、西山君が三井銀行、あと誰かが野村證券……、色々聞いたけど、ほとんど内定取ってるみたいですよ」

「もし、純子が健在だったら、どこを受けただろうね」

「うん、わからない。……八幡製鐵か三菱商事あたり、受けたかな」

「お父さんの会社の関係で……？」

「そうですね。だけど健康診断で落とされるでしょうね」

純子はこの時は少し、悲しそうな表情を浮かべた。

「色々な生き方があるよ。なにも一流企業だけが日本を支えているわけではない」

やはり言葉の端ばしに、これまでの純子とは違う、諦めにも似た言葉が返ってきた。

「みんな、今頃は卒業論文の準備で忙しくしているでしょうね」

「俺も去年の今頃は、卒論の準備と九月のゼミ合宿の予習と、盆には田舎に帰っていたね」

「今年は、境港に帰らないんですか」

「二日ほど帰ろうかと思っていたけど、こちらに来たから、また正月までお預けだ」

「ごめんなさいね。郷里では皆さん、秀さんのお帰えりをお待ちでしょうに」

「純子の元気な顔を見たから、これでまた仕事にも専念できる。やっと新人研修が終わったから、これから本業が待っている。多分、当面の課題として、預金集めのノルマも課せられるだろうし、これから毎日、顧客に媚《こび》を売ることになるのかなあ、都会で一人で生きていくのは厳しいな」

「健康な人は贅沢ですよ。私、こういう病気になって、やりたいことが出来る幸せをつくづく感じましたよ」

純子はどこか寂しげだった。

「君はもう元気になっているよ。今日見る限り、長い間、闘病生活を送っていたなんて思えないよ」

「日頃元気な人には、病気の辛さは、なかなか分からないですよね」

「……そうかもしれないが、君のほうで皆に背を向けてはだめだよ」

「……分かっています」

純子は、テーブルの上に手を伸ばし、秀の手の甲を上から押さえつけるように握り、

「ねえ、もう一度、私を抱きしめてくれるって、約束して……」

「……どうしたの？　……急に……」

「今でなくていいから、後で、……おねがい」

「……うん」

純子の眼が潤んでいた。

それから、また暫らく話して、結局、冷房の効いたその店でほぼ四時間を過ごした。

純子はトイレに立ったついでに、店のレジの近くの公衆電話でどこかへ電話をしていた。純子が席に戻ると、秀は、

「未だ完全でない君をすっかり引き止めてしまったね。そろそろ車で送るよ」

「……何を言ってるの、夕食も付き合ってくれるって言ってたでしょう？」

「……大丈夫なの？　明日も会えるから、無理しないほうがいいよ」

「もう一軒、案内させて。以前に話した、日本海のお魚と越後のお酒が自慢のお店」

「純子はアルコールいいの？」

「今日は特別、遠路尋ねていただいた、私の大切なお客様ですもの」

古町のサロン風喫茶田園を出たのは、夕方五時半近くであった。道路に出ると純子は手にした小さなハンドバックを頭上に持ち上げ合図し、タクシーを止めた。自分から先に乗り込み、行き先をたしか、「青柳まで」と告げた。運転手はそれだけで分かるらしく、黙って車を発進させた。純子は、まるで酔っ払っているかのようにポロシャツの秀の腕に絡みついてきた。秀も純子のいつもの香水をかぐように鼻の先を純子の頬に寄せ、絡まれた右手を純子の柔らかな太股の上に置いた。

車は信濃川の堤防の上を上流に向け走っていた。やがて川沿いの土塀に囲まれた料亭風の門構えの屋敷に入って行き、枝振りのいい老松を配した、車寄せのある玄関前に止まった。秀はタクシー代を支払い、懐の具合を気にしながら、純子の後を追って玄関を入った。ロビーの手前で靴を脱ぎ、絨毯の上をスリッパ履きで二階の一室に案内された。床の間つきの二十畳ほどの和室で、床の間の掛け軸といい、置物といい、生け花を生けた花器といい、客の目を慰めるのに不足のある物はなく、部屋の真ん中に重厚な座卓が置かれていた。純子は初めてではない様子で、床の間を背にして座った。秀は純子に向かい合って座った。部屋まで案内してきた仲居風の女が、純子と一言、言葉を交わして小さな紙切れを手渡して出て行った。

それから純子は、

「私たちだけで始めましょうか……」

「……え、誰か見えるの？」

「ここで、六時に父と待ち合わせたんですが、急用が出来て一時間以上遅れるそうです」

「……待ってなくていいの？」

「先にやっておくようにとの連絡があったそうですから……」

「今日、俺たちが会うことお父さんに話してあったの？」

「そうですよ。先月、東京のあなたの銀行のお店に電話戴くよう頼んだのは父ですから……」

「……え、そうなの、てっきり君からかと思っていたよ」

「昨夜父に、明日、山名先輩が新潟にお見えになると、話したんです。そしたら、父のほうから、明日、夕方時間つくるから、ここにお連れするようにと申しておりまして、折角お連れしたのに大幅な遅刻とは、御免なさいね……」

「一流企業の社長さんはお忙しいだろう。わざわざ俺なんか、どうでもいいですよ」

「親ばかだから、私が夢中になっている人を一目見ておきたいんでしょう、きっと」

「え、夢中になってるなんて言ったのかい」

「そんな言い方はしないけど、あなたが贈ってくださったアルバム見れば、誰でも分かりますよ。かっこいいあなたの傍で、私がはしゃいでいる様子、わかるでしょう」

「そうなの、はしゃいでいるのかい。……旅に満足し、幸せそうには見えるけど」

「今も幸せそうにみえるかなあ、私たち……」

「何も他人に見えなくてもいい、今、俺たち幸せだから、これからおいしいものも出てくるようだし……」


間もなく、先ほどの仲居さんが、大きな舟盛りに鯛の姿づくりを中心に載せて、卓の上に運んできた。そのほかにも鉢物、焼肴、酢の物、茶碗蒸しなどあっという間に卓の上に並び一杯になった。お酒は「越乃寒梅」の冷酒が出されて、仲居さんが丁寧にお辞儀をして出て行くと、さっそく二人で乾杯。

「ああ、うまい！　……若輩者がこんな高級料亭で、しかも飛び切りの美女と二人きりで……ばちが当たりそうだ」

「よかったら、そちらに回って、おいしいものをお口に入れてさしあげましょうか……」

「俺をからかっているのか……」

「半病人の私ではだめ……？」

「ううん、……これから、……お父さんが見えると聞いて少し、緊張しているんだ」


純子は冷酒の徳利を持って、秀の隣に移ってきて、

「父は、まだ時間がかかりそうだから、……ねえ、いいでしょう」

「ちょっと待ってよ。今はそんな気になれないから、それにお父さんが見えたら、多分この場

の雰囲気というものは、すぐに分かってしまうから、そんな中で俺はどう挨拶したらいいんだ。……だから、また後にしようよ」

「……後って？」

「……明日もあるし……」

純子の白い腕が秀の肩にかかり、冷酒を傾けながら、

「それじゃあ今は、これ一杯で許してあげる」

「うん、ありがとう……」

秀はちょこに冷酒を受けて、端正な純子の顔が間近に迫るのを感じながら、口にした。純子は身体を寄せたまま、

「私にもちょうだい……」

「大丈夫なの……？」

と言いながら、秀は、純子の持つガラスのちょこに半分ほど、冷酒を注いでやった。純子はさらに顔を近づけて、冷酒をさっと口にすると、ちょこを置いた白く太い腕を秀の首にからませ、口を寄せ、口に含んだ冷酒を口移しに注いだ。秀も注がれたものを漏らさぬように飲み込むのに精一杯で、お酒の味など……ただ、なま暖かい液体が喉を通って落ちていった。秀の座っていた姿勢が傾き、秀の右腕はのしかかる純子の背中に回り、左腕だけで二人の体重を支えていたが、やがて砂城が崩れるようにゆっくり体勢が崩れていった。上から重なる純子は強

く求めていた。

「……秀さん、わがまま、もう言わないから、……もうしないから……」

「……？」

窓の外、信濃川の上に広がる空は夕暮れを迎え、白い雲に紅がさしていた。遠くに見える銭湯の煙突から灰色の煙がまっすぐ立ち上っていた。


純子の父が、料亭青柳に到着したのは、辺りが暗くなりかけた午後七時を回る頃であった。それから純子の父を交え、午後九時過ぎまで話し込んだ。秀はニューヨークでの研修の話が主だった。純子の父は、純子の実の母が元気だった頃、純子の子供の頃の話を懐かしそうに語った。その夜の純子は父親に幼子のように甘え幸せそうであった。

料亭青柳を引き上げたのは九時半過ぎだった。純子は父の社用車に同乗して帰り、別れ際に握手を求めてきた。秀も快く応えたが、純子の差し出した手は、つい数時間前とは違い驚くほど冷たく感じた。微笑む顔はいつもと変わらず愛らしかった。ゆったりとした車寄せに立って、純子父子を送った後、秀は玄関近くに列を作って待機するタクシーを呼んで、ホテルミラノまで帰った。


翌十三日は、前日より一時間早く午前十一時に純子とホテルミラノのロビーで待ち合わせの約束をしていた。しかし、いつも十分前には必ず現れる純子は、その日は、時間に姿を見せなかった。秀は十時にチェックアウトを終えて待っていた。ロビーで十三時まで待ったが、連絡もなく現れなかった。秀は何度もロビーの電話機を握ろうとしたが、ためらっていた。昼食も昨日と同じ、ホテルの中のレストランで一人でとり、ロビーで新聞を読みながら、夕方四時まで純子が現れるのを待った。

帰りの特急の時間まで、あと二時間しかなかった。きっと事情があるに違いない。今から自宅へ伺っても……。また来ればいい、新潟まで。

秀は四時半にホテルを出た。古町は夕刻の買い物客で相変わらず賑わっていた。秀は新潟駅に向って柾谷小路を歩き始め、歩きながら夢のように過ぎていった一昨日からの時間を振返っていた。しかし、何故、純子は今日、現れなかったのか、そればかりが頭の中に広がってきて、昨日の純子の行動の中に、その手がかりとなるようなものがなかったか、思い返していた。

昨日、純子と過ごした時間のことが、夢の中の出来事のようで、細部まで明確に思い出せなかった。新潟駅に向って歩く秀の姿には精彩がなかった。萬代橋の上まできて立ち止まり、そろそろ夏の終わりを告げる空を見渡した。高度のある絹雲が広がっていた。秀は萬代橋を渡り切ったところにある停留所で、来合せた新潟駅行きのバスに乗り込んだ。

そこから駅までは十分もかからなかった。五時二十分には新潟駅に着いた。午後六時発の

「特急とき」は、まだ入線していなかった。秀はもう一度手元のチケットを確かめた。指定席六号車だった。プラットホームの上に表示された号車番号の看板に従って、六号車付近のベンチに座り、列車の入線を待った。秀は、今日の午後六時の特急で東京に帰ることを純子に告げたかどうか、思い出せなかった。それでもまだ、ふと純子が目の前に現れるのではないかと思ったりしていた。昨日きっと、久しぶりに外出し、歩き回って疲れ、体調でも崩したのだろうと勝手に想像していた。しかし、そうであっても純子の休んでいる純子の自宅を訪ねるべきであったのではないか、きっと純子は、秀が今日十一時から待っていたように、秀が訪れてくれるのを待っていたのではないかと想像していた。それにしても何故、ホテルまででも連絡がないのか……。

しかし、もう発車の時刻が迫っていた。できればあの美しい純子にもう一度会いたかった。彼女が求めるだけ強く抱きしめてやりたかった。

やがてホームに、上野行き「特急とき」が入線してきた。秀はベンチを立って、もう一度ホームの端から端まで見渡した。夕刻、ホームは多くの人々が行き交っていた。背の高い純子の姿があれば、見逃すことはなかったが、その姿はなかった。

発車時刻が迫るまで車両には乗らず、まるで純子が現れるのを待つように、ホームに立って、改札口の方向を見つめていた。秀の頭の中を映画「昼下がりの情事」のラストシーンがよぎった。あの映画のように、もし今、純子が目の前に現れたなら、彼女の体を強く抱きかかえ、そのまま東京へ連れて帰りたかった。発車のベルが鳴り出し、デッキのドアの内側に立って、ベルが鳴り終わるまで、上半身を外へ乗り出していた。ベルが鳴り止み、ドアは無造作に閉まり、無情にも列車は動き始めた。

秀は唇を噛締め、しばらくの間、ドアの小さな窓越しに過ぎていく新潟の街を眺めていた。

11 「ライムライト」を奏でながら

東京に帰って翌日、秀は、純子と純子の父に宛、それぞれ青柳でご馳走になった礼状を短く書き送ったが、その後、純子からも父からも返事はなかった。それから暫らく新入銀行員の秀は忙しい日々に追われ、いつのまにか夏の新潟での出来事も新鮮な思い出から遠ざかろうとしていた。純子も大学に復帰することもなく、十月を迎えていた。

ようやく慣れてきた銀行の寮生活、毎夜十一時には、昼間疲れ果てた身体をベッドに横たえ、瞬時に気絶するように眠りにつく日が続いていた。学生時代、純子が病に倒れた直後、秀はよく純子の夢を見た。きまって純子は、ピアノの鍵盤の上に両手をおいて、微笑んでいたり、井の頭線渋谷駅の改札口の前に立って、寂しそうな顔をしていた。その頃は無性に純子に会いたかった。しかし、最近は一日中仕事に追われて、夜を迎えても心身とも真綿のように疲れているのか、あまり夢を見ることもなかった。たまの休日でも、仕事以外のことをゆっくり考える時間が待てなかった。

そんなある朝、まだ夜が明けきらぬ頃、久しぶりに夢を見た。場所は定かでないが、夏、蚊帳の吊られた部屋から中庭を見渡す景色だったから、秀の故郷の境港の離れのようで、庭に面した薄暗い縁側に立つ人影を秀は蚊帳の内の褥《しとね》に伏せたまま、ぼんやりと見つめていた。人影はスーっと蚊帳の中に入ってきて、秀の脇に座った。秀が驚いて起き上がると、純子は黙って庭先へと消えた。……どうして純子が境港に？

……秀は目を覚まし、しばらく寮のベッドの上に座ったまま、夢だったのかと、確かに純子は上高地での服装で立っていたように思えた。秀はベッドの脇、机の上の写真立ての、エンジの帽子をかぶった純子の写真を確認した。すると純子が机の脇に再び現れて、夜明け前の薄暗い光の中、写真と同じ服装で立っていた。

柱に寄りかかるように、純子は、目に涙を一杯浮かべて黙って立っていた。秀も黙って暫く、その美しい純子を見つめていた。

「何故あの日、お前は来なかったのだ。俺はお前に会いたくて、ずっと待っていたぞ……」

「……ごめんね。……私、だめなの……もう、……ごめんね」

それだけ言い残して純子は朝の光の中に消えていった。

「純子、何が駄目なんだ……？」

日頃無頓着な秀が、何か気掛かりで、珍しくその日、新潟の純子の実家に電話をした。純子も家族も留守らしく、何度もコールはしていたが、受話器を取る者がいなかった。翌日には秀の気掛かりな思いも薄れ、結局、そのままになってしまった。

……今年もマウント大学では学園祭が近づいて、ゼミ生達は、研究発表の準備に追われていた。いつものように、十月の初旬にはアドグル旅行も例年通り行われ、今年、荒木アドグルの仲間達は、信州の霊泉寺温泉から美ヶ原高原を巡ったそうで、最上級生の美紀らを中心に、霊泉寺温泉の宿から、秀の手もとに寄せ書きの絵葉書が届いていた。社会人となって、日頃の激務に追われる秀にとって、学生時代の仲間からの便りはなつかしく、一時の安らぎを覚える瞬間であった。それから、どれぐらい経ったのか、多分二週間ほどして、今年もＭｔ大学の学園祭が近づく頃、後輩の山田ゼミ四年生、堀内から、秀の三石信託銀行の新宿支店に電話があった。その時、秀は外回りで外出しており、帰ってくると、電話を受けた同僚の字で机の上に伝言メモが置かれていた。

お会いしたい、山名先輩の西落合の独身寮に明日、土曜日午後三時に伺います。

Ｍｔ大学　山田ゼミ　四年　堀内隆志

翌日は、十月末の土曜日で、北国や山岳地では紅葉の便りが伝えられ、秋の行楽シーズン到来といった感があった。その日も朝から晴れて行楽日和であった。堀内は、約束の午後三時にやって来た。秀はその日、午後二時ごろ勤務先である銀行の新宿支店から帰宅し、上着を脱いでネクタイを外し、一旦部屋で落ち着き、三時前から玄関近くの来客用の応接室で、新聞を読みながら堀内を待っていた。堀内は玄関でスリッパに履き替えて、秀の待つ応接室に寮の管理人に案内されてきた。

「よう、久しぶりだね。学校のほうはどうだい」

「ええ、学校は特に変わったことはないのですが……」

「そうかい、……どうした？　就職の内定取ったと聞いたぞ、それにしてはあまり元気ないな、……なにか相談ごとか」

「そうなんです。……驚かないでください。……じつは、山本純子が亡くなったんです」

「えっ、……いつだ」

「やっぱり、ご存じなかったですか、……亡くなったのは、今月の十日、体育の日の朝だそうです。……私が山本と最後に電話で話したのが、九月中頃でした。その頃から、調子がよくなさそうで、話していても返事がうまく返ってこなかったんです」

「それで、……死因は……」

「家の人ははっきり言わないのですが、……多分自殺ではないかと思います」

「…………」

秀は恥じらいもなく、大粒の涙をぽたぽたと応接室のテーブルの上に落としながら、重たい頭を首を捻るように落とし、独り言のように、

「……あいつは、一人でなにを思い悩んでいたんだ」

「……山本の家族宛の遺書に……『山名さんには、暫らく知らせないで欲しい』と書かれていたそうです」

「……それで、君は、葬儀に参列したのか……」

「いいえ、何も知らないで、たまたまこちらから電話をした時には、もう何もかも終わっていて、初七日を過ぎた今週の日曜日、一人で新潟までお悔やみに行ってきました。彼女はもう、祭壇の骨箱に納まっていました。……祭壇に飾られた、赤い帽子を被った彼女の大きく引き伸ばした写真、その写真があまりにも可愛くて、私はその前で三十分近く泣いていました」

堀内は、うつむいたままの山名秀を見つめながら、自らも涙を目に一杯に溜めて、

「その写真は、山名先輩が上高地で撮られたものだと、お父さんから後で聞きました。今にも彼女が話しかけてくるようなすばらしい表情の写真、……先輩、いつでもいいですから、あの写真、私にも一枚いただけませんか……」

「うん、……結局、彼女は幼い頃のお母さんを忘れられなかった。優しいお母さんのところへ行ってしまったんだよ。バカだなー、そんなに急ぐこともないのに……」

「彼女は、お母さんを亡くしているんですか、それは知らなかった。……今度、お父さんと暫らく話したんですが、山名先輩のお話をされていましたね。もう少し、積極的に彼女の心を支え、コントロールしてくれたら、快復できたかも知れないと……」

「うん、俺も今そう思う。もっとアクティブに愛してやればよかったと悔やまれる」

「お父さんから、山名先輩に渡したいものがあると……。多分彼女の遺書だと思います。いつか、新潟に見えたときに渡すと言われてました」

「彼女が山田ゼミを受けるときに、推薦状を書いて欲しいといって持ってきた履歴書は感動的だった。その彼女があれからまだ二年にもならないのに、もうこの世に居ないなんて信じたくない。いわんや彼女の遺書など俺は見たくないな」

「そんなこと言わないで、彼女の最後の叫びを山名先輩に聞いて欲しいと書いたに違いない。受け取ってやってくださいよ」

「……可愛かっただろう、あの赤い帽子、去年九月、俺が新宿で買ってやったんだ。あいつ、あんなに気に入って喜んでいたのに……」

秀の目から涙が止まることなく、落ち続けていた。

秀の頭の中で、純子の弾くピアノの調べ、「ライムライト」が鳴り響いていた。あの日の純子の長い指の滑らかな動きが、今、涙の止まらない瞼の奥に浮かんでいた。

「俺は純子を知って、まだ二年にならない。君は三年半か、お父さんはもっと辛いだろう。

たった二年間でも、これから俺は死ぬまで、純子を引きずって生きることになるのだろうな。堀内、おまえ、どんなに純子が好きだったとしても、後を追おうと思ったりはするな。これから純子に会いたくなったら、いつでも俺のところへ来い。お前の知らない純子の話をいくらでもしてやるから、お前まで死ぬんじゃないぞ」

「……僕は、Ｍｔ大学に入学して、入学式の日、同じクラスの教室で山本純子を初めて見ました。……この大学には、こんなに可愛い子がいっぱい居るのかと思いましたよ。純子ほど背の高い娘《こ》はそんなに居ないけど、Ｍｔ大には魅力ある娘がごろごろ居るように見えたんです。二ヶ月、三ヶ月と日が経つに連れ、やっぱり純子は別格だと分かったんですが、僕は幸いなことに彼女と同じクラスで、一年生の時は、クラス毎の必修教養科目が多く、彼女と同じ授業が毎日二時間はあったから、クラスの仲間として直ぐに親しくなれて、遠慮なく話すようになった。二年生になって不安だったゼミの受験の情報もお互い交換しあって、僕も彼女と同じ山田ゼミを選んだんです。その頃から純子は、山名さんへの接近を本格的に心掛け、煮え切らない山名先輩にイラついていましたね」

「俺は多分、世の中の他の男たちに比べ、その点が鈍感でね。今考えれば、あんなに可愛い子が傍に居たのに全然気づかずに、向こうから近づいてきて依頼されて、初めて気が付いた始末だ。それが結果的によかったのかも知れないね。純子のほうがイラついて、自分でアクティブに動いたから……。もし、早くから俺のほうでご機嫌を伺って追いかけていたら、普通、女性の習性として、守りに入って引くんだよね」

「先輩、ずっと気が付かない振りしてたんじゃないんですか？」

「それは違うよ。俺はそんなに悪くはないよ、本当に知らなかった。眼中になかったよ。それがある日、彗星のように目の前に飛び込んできた。あんなに可愛い子がどこに居たのかと思ったね」

「今でもまだ疑わしいんですが、先輩、ほんとうに純子が好きだったんですか？」

「うん、去年秋、彼女が学校に来なくなって、俺は純子が好きだったのが、自分で分かったね。あれからずっと来る日も来る日も寂しかったから……」

「山本も先輩のことがストレートに好きなようだったけど、彼女の方から、先輩の気を引こうとしたことありましたか？」

「うん、……そう言われると思い当たらないな。純子は、何でもストレートだったね。いつも彼女と話していて気持ちよかったよ。自分の思っていることしか話さなかった。だから、思わせぶりとか、回りくどい誘惑とか、そういうことはなかったし、俺、一番感心したのは、自分が男達にもてる、人気があるということを全く語ろうとしなかった。誰々からこういう手紙を貰ったとか、プレゼントを貰ったとか、多分貰った人には感謝していると思うが、少なくとも俺には、そんな話は一切したことがなかった。純子は、そんなことどうでもよく、自分の好きな人が、自分を好きになってくれたらそれでいいと、そう思っていたんだろうな。本当にストレートなんだよ。自分の気持ちを隠すこともあまりしなかったね。だから、思い通りにならないと言い争いもしたし、俺がずっとどっちつかずだったから、はっきりしろと迫られたりもしたね」

「先輩は、あれだけ恵まれていたと思われる純子が、悩んでいた理由は何だと思いますか」

「俺には、わからない。鈍感だから……。こういう病気だから分からないが、原因は、彼女は孤独だった。さびしがっていた。本当は心配している家族も居て、一人ぼっちではないのだが、純子本人がそう思い込んでいた。今年八月に新潟で長い時間、二人で話した時それを感じたが、俺は結果的に、その心の空洞を埋めてやれなかった。今考えると逆に突き放したのかもしれない。どんなに愛し合っていても、いずれ俺は田舎に帰らなければならない。将来、純子にとって心から満足できる幸せを約束できないだろうから、いずれ別の道を歩む宿命なら、お互い苦しまないためにも深入りできないと、躊躇《ためら》っていたかもしれない。鋭い純子は、そんな俺の気持ちが分かったのか、次の日も会う約束だったのに、約束の場所に現れなかった。俺はその場所で五時間待っていたが、結局来なかった。……俺は理由も聞かずに帰ってしまい、それっきりになっていた。……堀内、お前、純子の奏でるピアノ聴いたことあるか」

「……いいえ、彼女、ピアノ弾くんですか」

「うん、純子の奏でる寂しい曲は、聴く者の心を打つんだ。聴いていて涙が出そうになってくる。あいつピアノを弾きながら自分でも泣いていた。……今思えばその時、わけを聞いてやればよかった。しっかりと支えになってやればよかった」

「……もう遅いけど、山名さん、もう一度に新潟に行ってやってくださいよ」

「うん、まだ、信じられない純子の死を、この目で確かめに行かなければならないな。いやだなあ、……彼女の遺書に知らせるなと書いてあったというのに、俺が出かけて行って構わないのか」

「行く前に、お父さんに連絡してからのほうがいいですよ。お父さんは、山名さんと話がしたそうでしたよ。一番悲しんでるのはお父さんですからね」

「うん、そうだろう、自慢の娘だっただろうから、お気の毒だよな。俺も白樺湖の合宿の時、仲間の奴らに何と言われようが、もっと優しくしてやればよかった。アドグルのクリスマスでも殊更よそよそしく振舞って、寂しがらせてしまった」

「いや、純子は、山名さんには優しくしていただいているといってましたよ」

「多分、お父さんも俺以上にそう思っていると思うよ。一流会社の社長で忙しい方だから、純子に構ってやる時間が取れなかったに違いない」

　秀にとって、純子の死ほど不条理なものはなかった。世の中に不条理でない夭折などないのかもしれないが、生あるものは、いつか必ず滅するとしても、純子の周囲を取り巻くあらゆるものが、まさに絶頂期に達しようしていた、……それなのに何故、今なのだ。

秀は純子の父に電話で連絡を取り、翌週の日曜日、朝の特急で新潟に向かった。新潟駅からは、タクシーで関屋信濃町の山本邸まで、夏の日に通った思い出の道を走り、萬代橋を渡り、お昼過ぎには、新しい邸宅街の山本邸の門前でタクシーを降りた。

門柱の呼び鈴のボタンを押すと内から返事があり、これに応え、「東京の山名秀です」と告げて門を入った。整えられた植木に沿って、白い小石の舗道が玄関まで二十メートルほどあった。純子の両親が玄関で秀を迎えた。玄関を入ると微かに線香の香りを感じ、長い廊下を案内されて、純子の遺骨が安置されている祭壇のある部屋に通された。祭壇中央に白木の位牌、純子の戒名など今、関心はない。その下の段に白銀色の布に包まれた遺骨箱、その脇に大きな写真が置かれ、上高地での純子が遺影額の中で何か言いたげに微笑んでいた。秀は、溢れる涙をハンカチで押さえながら、純子の写真に向って、

「一人で勝手に天に昇ってしまうなんて、……俺は約束通り、今もお前を待っている。この先、俺はいつまでお前を待っていればいいのだ、……お前が旅立つ日の早朝、お前は何かを言いたげに俺の枕元にやって来た。あの時、夢の中のようで、何が言いたかったのか、判ってやれなかったが、……これからも、ああいう風にいつでも戻って来い。俺とならいつでも話ができるだろう。上高地、徳沢園の宿で過ごした夜のように、二人で子供に戻って戯れあうことも出来る。母の愛を知らぬ俺を優しくあやしてくれたように、未来で過ごすことも出来る。純子、やさしい母親の手は、やはり温かくなくてはいけない。料亭青柳で別れるとき、最後に俺の手を

握ったお前の手は、驚くほど冷たかったぞ。あの時、お前は一人で旅立つことを決めたのだろうが、今も俺はあれが最後の別れになったことを悔やむ、だから翌日、お前が来るのをあんなに待ち続けたんだろう。……純子、お前の言い分を聞いてやれなかったね。お前の知りたいことに応えてやれなかったね。お前の思っていることの半分も理解してやれなかった。あんなに愛してくれたのに、今思うと何一つまともに応じてやれなかった。しかし、本当は、本当は俺、お前がどんなに好きだったか……。もっともっと、真実をぶつけて、お前を悦ばせてやればよかった」

秀は祭壇の前で手を合わせ、目を閉じていると、純子との隙間を埋めておきたいことが次から次へと湧き出てきた。……秀の胸の中で今、純子はあの長い脚で、世田谷の蘆花公園の木立の中を走り回っていた。夕陽の差し込む、すっかり葉の落ちた林の中をまるで妖精のように飛び回り、舞っていた。身体の中を木枯らしが吹き抜けていくような姿を秀は、黙って眺めていた。……秀の目から、もう涙は落ちなかった。

秀がやっと祭壇の前を立ち上がったのは、初めに火をつけた三本の線香がほとんど燼尽きそうな頃であった。今まで黙って見守っていた純子の父が、秀に話しかけた。

「今日は、遠いところをよく来ていただきました。あの子はこんな風になってしまいましたが、あなたにこうして来ていただいて、掌を合わせていただいて喜んでいると思います。本当に有り難うございました」

「知らなかったとはいえ、遅くなりました。……私は、この現実がまだ理解できません。だから、自分の中で彼女の霊が天に昇ったなどとはとても受け入れられません。彼女は何故、こんなに急いで天に召されなければ成らなかったのでしょうか……」

「あなたなら私どもよりご存知ではないかと思っていたのですが、お解りになりませんか……」

「闘病生活は苦しいといっていましたが、……何も分かりません。一つうかがっていいですか、私と彼女とお父さんと三人で料亭青柳で会食した翌日、私はもう一度、彼女と会う約束をしていました。それなのにいくら待っていても約束の場所に来なかった。私は午前十一時に約束し、約束の場所で夕方まで待っていた。その日、彼女に何か起こったのかと、ずっと思っていました」

「……よく覚えていませんが、青柳でお会いしたあの翌日は日曜日でした。私はその日は一日中、家に居たと思います。……純子は、確か出掛けたような気がする。昼頃だったのではないかと思います。そして、夕方帰って来た時、あなたを駅まで送ったと言っていた。そうではなかったんですか……」

「そうですか、……やっぱり僕には分からない。その頃から、彼女には考えていたことがあったんですね。何をどう思っていたのか、そして何故、命を絶たなければ成らなかったのか、想像がつかない……」

「純子は、十月十日、朝早くこのうちの自分の部屋で処方薬、睡眠薬を大量に服用し、家族が気づいた時には、既に息を引き取っていました。親の口から申し上げるのも憚りますが、あなたもご存知のように、本当に綺麗な顔をして、微笑みを浮かべ眠るようにベッドに横たわっていました」

純子の父は、思い起こすようにそこまで言うと、溢れる大粒の涙をハンカチで押さえながら、顔を歪め、苦しそうに続けた。

「机の引き出しの中に三通の手紙を残していました。そのうちの一通が山名さんに宛てたものです。警察の事情聴取もあったものですから、私は三通とも開封し、読みました。後であなた宛のものはお渡ししますが、それによるとあなたとの関係は、あの日で終えたいと書いています。私はあの日というのは、純子が駅まで送ったと言っていた日のことだと思っていました。私に宛てて残した遺書の中に、多忙な山名先輩にはすぐに知らせないで欲しい、と書いています。よろしかったら後でお見せしますが……」

「そのことは、先週こちらにお邪魔した同じゼミの堀内から聞きました。多分彼女、私との仲は、精一杯、幸せな思い出のままで別れを迎えたかったのでしょう。先ほど伺った美しい寝顔すら見られたくなかったのでしょう」

純子の父から手渡された、純子が秀に宛てて残した遺書は、こうであった。

山名　秀様

私は、あなたを悲しませるために、あなたを残念がらせるために、あなたを苦しめるために旅立つわけではありませんが、結果的に今、そうであって欲しいと思います。せめてあなたには悲しんで欲しいのです。今日まであなたは、私を散々苦しめてきたのだから、これから少しの間、あなたにも苦しんで欲しい。あなたが大切にしてくれた私をこの世で失うのだから、思いっきり涙を流して欲しい。あなたのお陰で、私の短い人生は楽しかったわよ。せめて大学を卒業するまで、もう二年、元気でいたかったな。だけど私は、これ以上、先に逝った母を待たせておけないのです。近頃、母は夜になると私を迎えに来るのです。一人で寂しいと、もう我慢できないと……。私は高校生の時、一度、母の元へ旅立とうとしたけれど失敗し、そのお陰で、あなたとの出会いの機会が得られ、恋の苦しみを知り、恋の喜びを味わい、あるときは挑み、あるときは耐え、あるときは満足を得ることが出来ました。あなたはこの世で、ただ一人の愛おしい恋人であり、頼もしい兄であり、従順な弟であり、そしていつも聞き分けのいい息子でした。私の心が奪われそうになったあなた、これからは私にこだわらず、力強く生きてください。ただし、あなたの人生の中に、私が関わったことはいつまでも忘れないで覚えていて欲しい。あなたが生きている限り、あの上高地、徳沢での思い出は、私がこの世にいたことの証しとして、残しておきたいから、あなたとの最後の日、列車に乗って私から離れていくあなたの姿を新潟駅で一人静かに見送っていました。あの日は本当に御免なさい。いつかお別れをしなければ、私は旅立てません。自分で勝手にお別れの日と決め、準備に入ったのです。去年秋、急に倒れて、お会いできなくなり、長い間、一人で病と戦い、この夏やっと元気を取り戻し、再びあなたにお会いでき、本当にうれしゅうございました。病気の間は、苦しくても旅立つことも出来ません。病気の重い時は、母を想うことも出来ません。あなたを想うこともその間はお休みです。今、やっと元気になって、毎晩のようにあなたとお話し、母ともお話ができています。私は今のうちに旅立たないと、母を悲しませます。旅立てば、あなたを悲しませる結果となるかもしれませんね。しかし、あなたは、私の掛け替えのない人ですから、我が儘を聞いてくれてもいいでしょう？　あなたが私の前に現れるのは、決まって、白樺湖のロッジで獲物を狙って、小さな割箸の銃を構えたときの姿です。私は上高地でのあなたにお会いしたいのに、あの時のあなたにはもうお会いできないのでしょうか、もう、あなたと新たな思い出を作ることはありますまい、青柳での思い出を最後にしようと決心したのですから、あの夜、父とあなたに囲まれて、二人の男同士の会話を耳にしながら、私は本当に幸せな時間を送っていました。どんなに強く愛し合っていても必ずいつか別れが訪れるのなら、それが今日でも仕方がない、あなたがようやく私を本気で愛してくださるというのに、せめてもう一度、元気な私を見ていただきたいと、私、あの日は頑張ったのよ。父もあの夜、二人での帰り道、車の中で、「今夜の純子は、久しぶりに綺麗だね」と、つぶやいていました。長くなったけど、最後だから、もっともっと言わせてね。あなたなら優しく聞いてくれるわよね。いつだったか、私、あなたが亡くなって、あなたの亡骸の傍で、一生懸命ピアノを弾いている夢見たことあるの、何を弾いていたのか曲名は思い出せないけど、Mｔ大学の幼稚園の三階で、あなたと二人ですごした夢のような時間、あの頃の私はあなたの心を奪おうと必死だった。あの時、ピアノを弾きながら幼い頃を思い出していた。あなたが座っていた席にいつも母がいて、ピアノのお稽古を見守ってくれていた。私はいつも母の笑顔を求めて一生懸命お稽古をした。母を亡くしてからピアノを弾くと、その頃を思い出すので、普段はピアノを弾かなくなっていました。そんな私が何故あの日、あなたにピアノをお聞かせしようと思ったのか、今でもよくわかりません。あの時も自分でピアノを弾きながら、母を思い出し泣いていました。……徳沢園での一夜のことは、二人だけの永遠の秘密。もう私も他人に言うこともないし、たぶん、あなたも他の人に言うことはないでしょうね。あなたと二人だけで行った夢のような山歩き、あなたに買って頂いた、お気に入りのあの赤い帽子、今、あなたにお返ししたいと思っています。あの旅が夢でなかったという証拠の品ですから、私の大切にしていた宝物、私の遺品として受け取ってくださいね。私のこの部屋のクローゼットの中の棚の上に置いておきます。父にあなたにお渡しするように手紙で頼んでおきます。すっかり長くなってしまいました。朝が訪れる前に、私は行きます。……お先に参ります。私の父と最愛の山名先輩が、いつの日か私が待つ天の国へ旅立たれる日まで、母とあちらでお待ちします。あなたはまた、私が声をかけるまで気がつかないかもしれませんね。

再会の時は、必ずこちらから声を掛けますから、……その日までさようなら。

純子

秀は、この純子の遺書を父から受け取って目を通した後、スーツの内ポケットに仕舞い込み、狭い鍔のエンジのニット帽と、秀がお願いして今年春、女子寮から持ち帰った彼女の所持品の中から、純子がゼミの授業中に、緊張の中で書き取った会社法の講義ノート一冊を遺品としてもらった。

……もう一度、純子の祭壇に目を遣ると、上高地、河童橋の上で撮ったエンジの帽子の純子が美しく微笑んでいる。今にも話しかけてくるような気がした。秀は純子の収まった白銀色の布に包まれた骨箱にもう一度、視線を投げかけ目を閉じた。そしてそっと手を伸ばし、祭壇の骨箱に優しく触れてみた。もうあの純子に二度と会うことはない。自分の心に言い聞かせていた。もうどんなに冷たい手であっても純子の手を握ることはないのだと、言い聞かせていた。

それからその部屋を出て、広い庭に面した応接室で純子の父と小一時間、出されたコーヒーを飲みながら純子の子供の頃の話を聞き、秀は学生時代の話をして、午後三時過ぎには山本邸にいとまを告げた。

秀は帰りの特急列車の中で、遺品としてもらった会社法のノートを取り出して、眺めていた。純子が万年筆で丹念に書き入れた整然とした文字が並んでいた。そこには純子の輝かしい青春がびっしり詰まっていた。そして秀は、純子の父から受け取り、バッグに大切に仕舞いこんでいたエンジの帽子を取り出して眺めていた。微《かす》かに純子の香水の香りがしたような気がして、秀は顔を近づけて、懐かしい香りをかごうとしたとき、帽子の内側に一本の柔らかな毛髪を見つけ、帽子を持つ手が震えた。純子のものに違いなかった。

秀の目から新しい涙が一気に溢れ出し、周囲の目をはばかることなく肩を震わせて泣いた。心いくまで泣けとばかり——今、特急列車は猛スピードで新潟の街を離れていこうとしていた。純子との思い出をはるか遠くへ置き去りにしていくように、せわしない東京へと向って走っていた。秀の頭の中で、純子の奏でる「ライムライト」が鳴っていた。おそらく、このピアノの調べは、これからどこにいても、秀の心の中で永遠に鳴り続くことであろう。

12　青山通りのクリスマス

師走に入って、新潟の山本純子の父から、純子の満中陰の法要を済ませ、新潟市内の山本家の墓所、亡き母の遺骨の隣に納骨を終えたという挨拶状が届いた。秀はその知らせを見て、もう純子は一人で遠くへ行ってしまったのだ、厳寒の雪国の積雪の下で永い永い眠りについたのだと、春また暖かくなったら、純子が好きだった真っ赤なバラの花を抱えて、墓前に会いに行こう。今も独身寮の机の上で微笑む純子の写真に語りかける秀の頬をまた涙が伝った。

悲しく暮れようとしているこの年、歳の瀬近くになって堀内から一通の手紙が届いた。クリスマスイブに、堀内と小田と西山と由美と恭子で、純子を偲ぶ会を持つ、山名先輩にも出席して欲しいというものであった。秀は、「この年末、学生時代のように時間に余裕はないが、遅刻しても許されるのであれば、是非出席したい」と返事を書いた。

そして約束の日、青山通りに面した営団地下鉄銀座線、神宮前駅（現在の表参道駅）近くのフランス料理の店で、秀は卒業以来九ヶ月ぶりに小田や西山や由美や恭子らと顔を合わせた。その日、堀内が秀からもらったエンジの帽子を被った純子の写真を引き伸ばし、祭壇の写真と同じ大きさの遺影を準備して来て、食卓の脇に飾っていた。

　その夜、秀は、純子が自らの命を絶ったのは、自分の配慮が足らなかったからだと反省の弁を繰り返し述べて、純子自身のことについては、ほとんど何も語らなかった。由美は、山名先輩の純子に対する想いはどうであったのかと何度も聞いたが、これに対し秀は、

「突然、病のため純子と会えなくなって、寂しかった。きっと帰ってくると祈っていた。今もこうして、皆と会って話している時、ここに純子がいてくれたらどんなにいいかと思う、いないことが残念だ」

　と話すだけであった。純子が亡くなったと聞いた時、秀が堀内に話したことは、小田や恭子等にも伝わっているらしく、純子の葬儀の祭壇に飾られた純子の遺影の話や純子が秀に宛てた遺書の存在も知っている様子であった。恭子が聞いてきた。

「今日、堀内君が同じものを準備してくれた、この純子の祭壇に飾られていたという上高地での写真は、秀さんが撮ったんですよね」

「……うん」

「昨年の夏ですよね」

「……うん」

「アドグルで行ったんですか、……上高地には」

「いや、……俺が誘って、純子と二人きりで行ったときのものだ」

「純子は山名先輩とのことは、私達には何でも話したんですが、上高地の話は聞いていなかったね、由美」

「そうだね。……きっと秘密にしてたんでしょう」

「そうなんだ。この時の話は俺も他の人に話していない。二人だけの思い出にしたかったから……」

「山名さんは、純子が亡くなる前に、彼女に会ったんですか」

これには秀は、素直に答えた。

「六月から新人研修で約二カ月ニューヨークに行っていて、八月九日に帰国し、翌日、久しぶりに自分の配属先の新宿支店に顔を出すと、自分のデスクの上の伝言箱の中に、『七月五日に新潟の山本さんから電話がありました』というメモがあり、『帰国したら知らせて欲しい』というものだった。そのメモには新潟の山本宅の電話番号も書いてあった。メモを見たその日に銀行の新宿支店の自分の席からその番号に電話したら、いきなり純子が出てきた。昨年十月に学校を休み出してから初めて、直接、話が出来た。純子は、東京にいる頃と全然変わらない様子で、甘えた声で、『すぐにお会いしたい、新潟に来てもらえないか』と言っていた。俺も嬉しくて、翌々日の土曜日の正午に会う約束をして、翌日、金曜日の午後、上野を発った。約束どおり、土曜日の正午に新潟のホテルのロビーで会って、二人で夜の九時ごろまで話した。途中夜七時ごろから、純子のお父さんも加わり、三人で話した。その日は、後で聞くと無理をしていたらしいが、見た目は、純子は元気にはしゃぎ、いつもと変わりなかった。純子と会って話したのは結局その日が最後になった。それからほぼ二ケ月後のある日の早朝、純子は一人で天に昇った。昨年秋、純子が病気になって会えなくなって、俺は毎朝、大学の礼拝堂で、純子を学校に戻してやって欲しいと祈っていた。やっとその祈りが叶い、学校には戻れなかったが、もう会えないのかと思っていた純子に、この夏、神はもう一度だけ会わせてくれたのかと、今、思っているよ」

「堀内君が言っていた秀さん宛の遺書は、受け取りましたか」

「堀内から純子が亡くなったと聞いて、翌週、新潟の純子のお宅に伺った。まだ納骨する前で、遺骨と遺影に手を合わせ、線香を上げ、その後お父さんと話した時、他界する直前に純子が私宛に書き残した遺書を受け取った」

「純子はなんて書いていましたか」

「この世に私がいたということを、あなたにだけは、ずっと覚えていて欲しいと……」

「それだけですか……」

「いつか、あなたがあの世に旅立つ日まで、向こうで待っていると……」

「早く来てくれと言っているんですか」

「いや、そうは言っていない」

「元気だった頃、純子は、山名さんのことを好きだと私達には隠さず言っていましたが、純子の気持ちはご存知でしたか」

「知っていたつもりだけど、俺はいつも正面から受け止めてやっていなかったと思う。もっと積極的にかかわっていたら、彼女はこういう選択をしなかったかもしれないと今、毎日自分を責めているよ」

「純子は何故、死を選んだんでしょうね」

「うん……」

秀は首を斜めに傾け、それ以上言わなかった。今、思い返せば理由ははっきりしている。純子は心の病に陥ってから、秀に対し何度か口にしていた。純子の気持ちをしっかりと受け止めてやっていたら、淋しい思いから解放してやれていたら、生きる勇気を持ったかもしれない。

この夜の秀は、注がれたワインがほとんど進まなかった。

「去年の夏、白樺湖で打ち上げの夜、純子は、ロッジの中庭のベンチに腰掛けて、初秋の夜気に浸り、遠く湖畔の街の灯を眺めながら、『ずっと、二人で話していたい』と言っていた。こんなに早く彼女に死が訪れるのが分かっていたら、どんなに周囲から非難されても、言われるまま、朝まででもつき合ってやればよかった」

「あの夜、部屋に戻ってからも純子はよく喋ったよね。……酔っていたから、本心をさらけ出していたよね」

「先輩は、もうあの頃は純子に傾いていたんですよね」

「うん、……あの頃は、純子は、天からあらゆるものを備えられた幸せな娘だなあ、と思っていた。他人の心の中までは分からないから……」

「私、彼女がすばらしいと思ったのは、あの容姿よりも性格だったんです。もし自分にあれだけの容姿が備えられていたとしたら、もっともっと性格が悪く、我儘になっていると思いますよ。普通女ってそんなものですから、それがあれだけ備えられていても純子は謙虚で、自分の気持ちにストレートだった。だから私達も、純子があれだけ周囲の男の子から羨望の眼差しで見られているのが分かっていても、彼女を羨ましいとか、憎いとか思わなかったですね。今思えば純子は、いつも創られたドラマの中でプリマを演じており、世の中のドロドロした現実的生活観の中で生きているという感じがしなかった。山名先輩もそのあたりを感じていなかったですか、先輩が内に熱いこころを持ちながら、今一歩前に踏み出せなかったのは……」

「そういえば、純子は、『山名さんを奪わないで……』とよく私達に言っていたよね。あれ本心なんだよね。誰が見ても、純子が本気で乗り出してきたら、我々は到底太刀打ちできないと思っている気持ちが、彼女には全然分かってないようで、よく恭子と二人でからかい半分、脅したよね」

「先輩に限らず小田君でも堀内君でも純子のような女性に迫られたら、百パーセント、シッポ振ってついていく……？」

堀内が応えて、

「うん、正直な気持ちそうだね、今でも彼女がこの世から消えてしまったことが惜しくて、写真を見てても、生身の動く山本純子にもう会えないのかと思うと本当に寂しいよ」

秀が続けて、

「俺は、生まれつきアンテナの性能が鈍くて、純子のこと、法学部に背の高い綺麗な娘がいるな、ぐらいの感覚で、それ以上の想いは何もなかったのだ、ずっと他の人に心がいっていたから。三年生の学園祭の時に、初めて二年生の山本純子と話をした。アドグルでの学園祭の提灯行列の後だ。他の学生達が大勢いる中で、純子が、山田ゼミに入りたいという話を持ち出してきた。純子にとって進路に関する内緒話だからお互いの頬がくっ付くぐらい接近して話すわけだ。あまり近すぎて顔はよく見えないが、その時、彼女のほのかな香水の香りがいい気分にさせていたよ。初めにあれで心が傾いていったな。それに後になって手紙をくれた。その文章と何より美しい文字。また、ゼミ入試の推薦状のお礼だといって聴かせてくれた、彼女の奏でるピアノの調べ、俺も感動の中で、涙をこらえて聞いていたよ。何故か純子もピアノを弾きながら泣いていたよ。純子は、たった二年ほどの間に俺にとって生涯忘れることのできない思い出をいっぱい残してくれた。今は悲しいけど、見方を変えれば、俺はこの大学を選び、東京に出てきて、そして彼女に会えた。……今はこの出会いのチャンスを与えてくれた、神に感謝してるよ。……ただ、でき得ればもう少し、この世での時間を彼女の為に残してやって欲しかったなあ」

「男の人は恋女房に先立たれると、後を追うように早死にするといわれるけど、山名先輩、大丈夫ですか」

「……そうだね。恋女房までいかないから、今すぐ死にたいとは思わないけど、死ぬことを怖れたり、絶対に避けようと強く思わなくなったね。死後の世界が身近に感じられ、神のなす業によって、純子に再び会える時が定められていると思えば、……仏教の教えにも定命《じょうみょう》というのがあるらしいが、ことさら自分の意思でそこに入り込まなくても、いずれ必ずその時が来るのだと思うようになったね」

「私達も先輩もこれからまだまだ、この世での生活が長いんだし、きっとまたその神によって素敵な人がもたらされますよ。過去は過去として、もっと未来を見つめて生きていったほうがいいですよ」

「私もそう思います、きれいな思い出は胸のうちに仕舞いこんで、現実に立ち向かうことに集中しないと、私達まだ若いのだから、これから世のため人のため、聖書の言う『地の塩、世の光』となり、自分に課せられた役割を果たしていかなければならないですよね。時々、こうして会って、また、学生時代の思い出話をしましょうよ」

「そうだね。感受性の鈍かったこの俺が、あんなにドキドキしたり、ワクワクした学生時代はもう二度と帰ってこないからな、君達も僅かに残された学生時代、自分の時間を大切にすることだね。……卒業のとき、また声をかけてよ。卒業祝会、純子に代わって出席するから……」

それから暫らく話して北青山の店を出た。夜の青山通りを表参道から渋谷に向けて、皆で語りながら歩いた。純子と初めて話した夜、学園祭の提灯行列で歩いたこの通りを……。

Ｍｔ大学の青山キャンパスのすっかり葉の落ちた銀杏並木の奥、パルテノンビルの前衛のクリスマスツリーの灯かりが、青山通りから真っ直ぐ正面に見通せた。今年も何事もなかったかのように、Ｍｔ大学のクリスマスツリーは優しく輝いていた。純子とよく二人で歩いた思い出の青山通りの並木道を宮益坂上から渋谷の街へと降りて行った。葉の落ちた欅並木を渡る北風が頬に冷たかった。今夜も見慣れたビルの屋上のネオンサインが、まるで燭台の上に置かれた燈明のように、真冬の街をあまねく照らしていた。

路面電車や自動車の行き交う雑踏の中、どこか遠くで純子の笑い声がしたような気がして、ちらりと天を仰ぐように見上げてみたが、都会の夜は、ただ風が吹き抜けるだけで、いつもとなにも変わらなかった。慌《あわ》ただしい歳の瀬の渋谷の街を、秀は黙って歩いていた。

悟　謙次郎（さとり・けんじろう）

1944年、鳥取県境港市生まれ。

鳥取県立境高等学校から青山学院大学法学部に学ぶ。

青山学院高等部事務長、青山学院法人本部秘書室長、青山学院法人本部総務部長を経て、フリーライターに転身。

『俺たちの十七歳』『古都監禁の日々』（ともに共栄書房、2013年）

木枯らしの舞

2014年2月20日　初版第1刷発行

著者 —— 悟謙次郎
発行者 —— 平田　勝
発行 —— 共栄書房
〒101-0065　東京都千代田区西神田2-5-11 出版輸送ビル2F
電話　03-3234-6948
FAX　03-3239-8272
E-mail　master@kyoeishobo.net
URL　http://www.kyoeishobo.net
振替　00130-4-118277
装幀 —— 佐々木正見
印刷・製本 – シナノ印刷株式会社

ISBN978-4-7634-1059-7 C0093

俺たちの十七歳

悟 謙次郎　　　　定価（本体 1500 円＋税）

いま団塊の世代から贈るこの一冊
君たちに伝えたい！
だれもが輝いていた青春があった——

戦後、貧しかった日本が、それでも元気に輝いていた時代。
だれもが懸命に駆け抜けてきた懐かしい時代。
いま最前線を譲り渡し、一時の安らぎを得て、
あの頃を赤裸々に振り返る——